SEUL À SAVOIR

Patrick Bauwen est médecin urgentiste en région parisienne. Après avoir collaboré aux novélisations de la célèbre bande dessinée *Lanfeust de Troy*, il publie son premier thriller, *L'Œil de Caine*, qui reçoit le prix Carrefour du premier roman 2007 et le Grand Prix des lecteurs du Livre de Poche 2008. Son deuxième thriller, *Monster*, a reçu le prix Maison de la Presse 2009.

W0372860

Paru dans Le Livre de Poche :

MONSTER

L'ŒIL DE CAINE

PATRICK BAUWEN

Seul à savoir

ROMAN

ALBIN MICHEL

© Éditions Albin Michel, 2010.
ISBN : 978-2-253-16262-9 – 1re publication LGF

Pour Laetitia, Margaux et Joffrey.

Veux-tu être mon ami ?

Anonyme, *Facebook.*

Je me sens si vieux, j'ai tant besoin d'y croire
Quand me laisseras-tu revenir vers toi ?
Je me sens si fatigué, je dois bien commencer quelque part
Alors si tu avais un instant, pourquoi ne pas en parler
Dans cet endroit que nous sommes les seuls à connaître
Tout pourrait se terminer enfin
Pourquoi ne pas nous rendre
En ce lieu que nous sommes seuls à savoir ?

D'après Keane,
Somewhere Only We Know.

MUSIQUES

Pour ceux qui veulent retrouver l'ambiance de *Seul à savoir*, je conseille les morceaux de Keane, en particulier *Somewhere Only We Know*, qui a inspiré le titre et l'histoire de ce livre, ainsi que *We Might As Well Be Strangers, My Shadow, You Don't See Me* et *Love Is The End*.

Quant à l'esprit du road movie, vous le retrouverez pleinement dans *Motorcycle Boy* de Mr Flash.

Bon voyage !

Le plaisir d'être surpris.

Voilà l'émotion essentielle.

Marion était assise sur le toit de l'Hôtel-Dieu, l'un des plus anciens hôpitaux de Paris. Il faisait un peu froid, et elle regardait la neige tomber sur la capitale.

En bas, les lumières de Noël brillaient sur le tapis blanchâtre qui recouvrait le parvis de la cathédrale Notre-Dame. Il était quatre heures du matin et seules quelques voitures circulaient encore. De rares passants rentraient chez eux, solitaires. Les bruits atténués semblaient étouffés par du coton. Marion contemplait la scène en essayant de capturer chaque son, chaque détail, la moindre texture, jusqu'au goût de la neige sur sa langue. Elle hésitait presque à battre des paupières de peur de perturber cet instant fragile. Elle n'avait que vingt ans, mais elle savait déjà que ce genre de moment était le fruit d'une alchimie unique, et qu'il ne se reproduirait plus. Alors elle essayait d'en profiter encore un peu.

Surtout, elle se trouvait dans les bras de l'homme dont elle était follement amoureuse.

– C'est quoi, ce sourire ?

– Rien, a dit Marion. Je rêvais à voix haute.

– Tu es bien ?
– Mieux que bien.
– Waouh ! J'ai réussi mon coup alors.
Elle lui a filé une tape.
– Comme si tu ne le savais pas.
Nathan a resserré ses bras autour d'elle.
– Je suis fier d'avoir réussi à te surprendre.
– Tu peux l'être.

Il l'avait amenée sur le toit au terme d'une journée exceptionnelle. Personne ne pouvait accéder à cet endroit autrement que par une trappe verrouillée située dans les combles de l'hôpital. Marion ne s'était même pas demandé comment Nathan avait fait pour obtenir la clé. Venant de lui, elle ne s'étonnait plus de rien. Il l'avait installée sur une couverture. Bouteille, musique, quelques provisions dans un sac. Tout était prêt en arrivant.

– Tu veux un autre morceau de chocolat ?
– Non.
– Un verre de vin ? Une cigarette ?
– Non plus.

Marion a ressenti une douleur au ventre. Ce n'était pas la première fois de la journée, mais elle avait préféré ne pas en parler à Nathan pour ne pas gâcher la fête. Elle a continué de l'ignorer.

Imaginez que vous êtes sur la crête du monde. Au sommet. La vue est simplement extraordinaire. Vous n'avez pas envie de penser au fait que, tôt ou tard, il va falloir redescendre.

– Ça ne va pas ?
– Si, si.
– Tu te tortilles.
– Je ne peux pas rester en place. Tu le sais bien.

– Tu as froid, c'est ça ?

– Je te dis que non.

Elle s'est redressée, soudain inquiète, et a pris le visage de Nathan entre ses mains.

– Dis-moi que tu m'aimes.

– Bien sûr que je t'aime.

– Mieux que ça.

– D'accord.

Il a inspiré et l'a fixée droit dans les yeux.

– Marion Marsh, je vous aime… Tu es mon âme sœur. Et je ne te quitterai jamais… Jamais.

– Je vais passer avec toi le reste de mon existence ?

– Oui.

– On aura des enfants ? On fera plein de choses ? On aura une belle vie ?

– Oui.

– Tu es sûr ?

– Je ne te laisse même pas le choix.

Elle a enfoui sa tête contre son torse.

– Ça va mieux ? a-t-il demandé.

– Ça va.

Elle s'est sentie un peu ridicule.

– Excuse-moi. J'ai paniqué. Trop de bonheur à la fois, ça rend malheureux.

– Je te comprends. Et je panique aussi, si tu veux savoir. Mais ce n'est pas grave. Je crois que, parfois, il faut simplement laisser aller les choses.

Elle a souri.

– Quand même, Nathan le romantique, c'est assez drôle.

– Quoi, tu te moques ?

– Un peu.

– Ça fait plaisir, avec tout le mal que je me suis donné !

– Je plaisante. Ta journée était parfaite.

– Mmmh, a-t-il murmuré, boudeur.

– Sublime… Géniale…

– Mmmmh.

– Fantastique… Tu es un dieu.

– OK. D'accord.

– Espèce de prétentieux. Embrasse-moi.

C'est ce qu'il a fait. Longuement. Avant de se détacher d'elle, l'air préoccupé.

– Tes lèvres ne sont pas un peu froides ?

– Ce n'est rien.

– Mais si, tu es gelée.

Il s'est levé.

– Ne bouge pas. Je vais te chercher une autre couverture. Il y en a plein en bas, aux urgences.

– Ça va aller, a tenté de protester Marion.

– J'en ai pour cinq minutes.

Il a enjambé la trappe pour redescendre.

– Nathan !

Il s'est arrêté.

Elle l'a fixé intensément.

– Je t'aime.

Il a souri.

– À tout de suite.

Et il a disparu par la trappe.

Marion s'est retournée pour contempler Notre-Dame, une fois de plus.

En contrebas, le panneau des urgences jetait une lumière rouge sur la neige. Elle a enserré ses genoux dans ses bras pour se réchauffer. Son corps lui paraissait lointain, presque absent.

Elle a fermé les yeux en attendant l'homme de sa vie.

Elle n'était pas pressée. Dans sa tête repassaient toutes les merveilleuses surprises, tous ces instants inoubliables qu'il avait su créer rien que pour elle.

Elle a patienté.

Attendu encore.

Seulement, Nathan n'est jamais revenu.

PREMIÈRE PARTIE

Ceci tuera cela

1

Quinze ans après

Marion était assise à l'arrière d'un taxi. La pluie crépitait contre les vitres, frappant la carrosserie avec un bruit assourdissant. L'entrée d'un hôpital luisait sur le boulevard, quelques mètres plus loin. Dans ce quartier de Paris, il devait s'agir de l'hôpital Necker.

– Marion, vous m'entendez ?

Les hauts murs sombres lui ont fait penser à une lame de fond. Une vague sur le point de l'engloutir.

– Marion ?

Le monde est soudain devenu gris et noir. Sauf la lumière rouge du panneau des urgences.

– MARION ! Vous êtes sourde ou quoi ?

La voix qui hurlait dans son portable l'a fait sortir de sa torpeur. Elle l'a rapprochée de son oreille.

– Excusez-moi, madame Bormann.

– Bon sang, mais où êtes-vous ?

– Dans un taxi.

– Ça fait vingt minutes que je vous attends !

– Pardon… la circulation est infernale.

– Vous avez mon discours ?

Marion a fouillé l'intérieur du cartable posé sur ses genoux. Dossiers, articles, liasses de feuilles. Des documents sont tombés sur le sol. Le chauffeur du taxi observait son manège dans le rétroviseur, l'air dubitatif. Elle l'a ignoré et a déversé le contenu du cartable sur le siège.

– Alors ? a fait la voix dans le téléphone.

Une feuille est apparue dans sa main.

– Je l'ai !

– À la bonne heure. Apportez-moi le discours à l'entrée du restaurant.

– Oui, madame. Excusez-moi pour le…

Mais l'autre avait déjà raccroché.

Marion a remis ses affaires en ordre.

Il y a des moments où vous vous demandez pourquoi vous avez accepté ce boulot d'assistante, étant donné qu'il consiste essentiellement à vous faire crier dessus.

Sans doute parce qu'il paye votre loyer.

Et aussi parce que vous n'avez rien trouvé d'autre.

Le chauffeur de taxi a forcé le passage au milieu d'un carrefour bondé en lâchant des jurons. Marion observait les embouteillages. Circuler dans Paris à la sortie des bureaux était une entreprise délirante. Elle avait commis l'erreur de croire qu'elle irait plus vite ainsi, mais elle s'en mordait les doigts. Elle aurait mieux fait de prendre le métro.

Le chauffeur continuait de slalomer dangereusement sur les boulevards comme si c'était tout à fait normal, une main sur la portière, critiquant au passage les jeunes en scooter, les femmes au volant, les vieux qui traversent n'importe où, les livreurs et les nouveaux couloirs de bus, tous responsables selon lui de l'augmentation des accidents de la route.

D'un coup de frein brusque, il a stoppé au bas des Champs-Élysées.

– On y est.

Elle a froncé les sourcils. Le restaurant où elle avait rendez-vous se trouvait cent mètres plus loin.

– Vous ne vous arrêtez pas en face ?

– L'avenue est bloquée. Ça fait dix-neuf euros.

– Il pleut des cordes…

Il s'est tourné vers elle, un doigt sur le compteur.

– Dix-neuf euros *et vingt centimes*, maintenant. Bon, vous descendez, oui ou non ?

Marion lui a envoyé un billet au visage et claqué la portière. Elle a dû attendre au passage piétons sous la pluie torrentielle. Coup de klaxon. Une voiture a projeté une gerbe d'eau. Elle a atteint l'autre trottoir. Le Fouquet's, son objectif, se trouvait à cent mètres.

Évitant de courir pour ne pas glisser – ça aurait été le pompon – elle a repéré la foule en smoking et robe longue massée devant l'entrée, sous une forêt de parapluies.

Marion a vérifié son apparence dans un miroir de poche. Avec ses cheveux à plat et son rimmel sur les joues, elle avait l'air d'un chien transi.

Tant pis. De toute façon, elle n'était pas invitée à la fête.

Elle a enjambé le cordon de sécurité, dépassé les invités sur le tapis rouge et s'est dirigée vers la porte avec autant d'assurance que possible.

Une montagne l'a stoppée net dans son élan.

Elle a levé les yeux : costume de portier, taille XXL, barbe noire, chevelure à bouclettes, regard de tueur. Une sorte de croisement entre le chanteur Carlos, en version mutante, et le champion du monde de catch.

– Vous désirez ? a demandé Carlos-le-mutant.

– Je travaille pour Catherine Bormann, la productrice de France Télévisions, a répondu Marion.

– Vous avez une invitation ?

– C'est elle qui organise la soirée.

– Il me faut une invitation.

– Je n'en ai pas.

– Alors désolé.

Le vigile a reporté son attention sur les invités suivants, l'ignorant aussi sûrement que si elle venait d'être désintégrée.

Elle a sorti son papier.

– Je dois lui remettre ceci.

Il a penché la tête, surpris de la trouver encore là.

– Pardon ?

– Madame Bormann doit recevoir ce discours en main propre.

– Ça ne va pas être possible.

– J'insiste. Elle m'attend.

– Je viens de vous répondre : ça ne va pas être possible.

– Rassurez-moi, il y a une école où l'on vous entraîne à répondre ce genre de truc ?

Il a ignoré la remarque.

Marion a changé de tactique.

– Le panneau derrière vous. Vous devriez le lire.

– Pourquoi ?

– Il est écrit « FESTIVAL INTERNATIONAL DE L'AUDIOVISUEL : DISCOURS D'INAUGURATION ».

– Et alors ?

Marion a secoué la feuille sous son nez.

– Le discours est dans ma main. Donc, je résume : pas de discours, pas d'inauguration.

Les yeux de Carlos-le-mutant se sont transformés en rayons laser.

– Écoutez, madame. Des tas de gens essayent de pénétrer ici sous des tas de prétextes. Si vous n'avez pas d'invitation, vous restez dehors. C'est aussi simple que ça.

Elle a soutenu son regard sans ciller.

– Vous n'auriez pas un cousin taxi, des fois ?

– Hein ?

– Laissez tomber.

Elle a composé le numéro de sa patronne sur son portable. La sonnerie a retenti, avant de basculer sur le répondeur.

Zut de zut.

Elle a pris une inspiration et fixé de nouveau le vigile avant de revenir à la charge.

– Bon. Je réalise que vous et moi, nous sommes partis sur de mauvaises bases. Mais tout peut encore se résoudre. Je ne vous demande qu'une petite chose. Une microfaveur. Laissez-moi entrer une seconde, le temps de…

– Ça ne va pas être possible.

– LAISSEZ-MOI PASSER ! JE DOIS REMETTRE CE FOUTU PAPIER !

Des têtes ont pivoté dans la file d'attente. Marion a rougi.

Catherine Bormann a choisi cet instant pour franchir la porte.

– Mais qu'est-ce que vous fichez ?

Marion a ouvert la bouche.

L'autre lui a arraché le papier des mains.

– Taisez-vous.

Elle a parcouru les lignes, puis levé un index.

– Ne bougez pas. Je dois m'assurer que votre traduction est correcte. Il y a beaucoup d'Anglais et d'Américains dans la salle. Je n'ai pas envie de raconter n'importe quoi.

La productrice a disparu. Quelques minutes se sont écoulées pendant lesquelles Carlos roulait des yeux, tandis que Marion, écarlate, faisait de son mieux pour mourir dignement sous la pluie.

Le portier a fini par lui dire :

– Je ne fais que mon travail, vous savez.

– Ouais.

– Je ne pouvais pas savoir.

– C'est bon.

– Il y a de la place en terrasse si vous voulez.

Il a désigné une petite table sous un réverbère chauffant.

Marion est allée s'asseoir. Elle aurait bien posé son cartable à terre, mais tout était trempé, alors elle l'a conservé sur les genoux. Autour du parasol, la pluie tissait un rideau ininterrompu. Elle a ramené les pans de son imperméable et serré son cartable plus fort.

Son portable a sonné.

– Chérie ?

– Papa !

Le visage de Marion a repris des couleurs.

– Je suis tellement contente que tu m'appelles, si tu savais. La vieille bique m'a fait écrire son discours en quatrième vitesse – en anglais, bien entendu – après quoi elle m'a obligée à l'apporter sur place. J'ai été bloquée dans la circulation. Et maintenant elle me fait poireauter dehors. J'ai cru que j'allais devenir folle. Du coup, je serai sûrement en retard pour notre dîner.

– Marion…

La voix de son père a hésité.

– C'est pour ça que je t'appelle. Je ne peux pas venir.

Marion s'est affaissée sur sa chaise.

– Quoi ?

– Désolé.

– Mais Papa… c'est mon anniversaire. Tu as promis…

Elle n'arrivait plus à parler, une boule restait coincée dans sa gorge.

– On n'aura qu'à fêter ça ce week-end, a suggéré son père. Tes cousins montent à Paris. On fera d'une pierre deux coups.

Elle a fermé les yeux.

– Ben voyons. Et si on reportait ça carrément à Noël ? D'une pierre trois coups.

Elle a raccroché, furieuse.

Et l'a regretté aussitôt.

Le téléphone a sonné une nouvelle fois.

– Pardon Papa, je ne voulais pas…

– C'est votre patronne, Marion.

– Madame Bormann ?

– Oui. C'est encore comme ça que je m'appelle.

Un choc contre la vitre derrière Marion. Elle s'est retournée. Catherine Bormann l'observait, le visage pincé, depuis l'intérieur du restaurant.

– J'ai lu votre discours. C'est très moyen. Vous n'avez rien d'autre ?

– Non.

– Alors je vais devoir faire avec.

Marion a baissé les yeux.

– Mademoiselle Marsh.

– Oui ?

– Ne me refaites jamais un coup pareil. Sinon vous irez pointer aux Assedic. Compris ?

Et Catherine Bormann a coupé la communication.

2

Marion a remonté la rue Montorgueil, les bras chargés de paquets, avant de s'arrêter devant son immeuble. Elle a composé le code et poussé la porte avec son dos.

Le couloir était éclairé par une ampoule solitaire. Murs décrépis, toiles d'araignées poussiéreuses. Les boîtes aux lettres marron débordaient de prospectus mouillés.

Elle est ressortie sur les pavés d'une cour intérieure – une véritable épreuve lorsque vous portez des chaussures à talons – puis elle a emprunté une cage d'escalier et s'est arrêtée au premier étage. Elle a déposé ses paquets sur le sol et secoué son cartable pour retrouver ses clés.

Une dispute a éclaté chez les voisins. Bagarre à coups d'assiettes, comme d'habitude. Marion a pénétré dans son appartement, fourré les sacs dans un cellier microscopique et refermé la porte.

Son studio mesurait à peine vingt-huit mètres carrés, mais elle était tombée sous le charme : murs blanchis à la chaux, vieilles poutres au plafond, carrelage ancien. Le coin-cuisine comportait un joli comptoir et une paire de tabourets. Elle y avait ajouté quelques meubles, des fleurs, des tapis moelleux et des livres par centaines. Littérature anglaise, américaine, manuels de médecine, romans chinés chez les bouquinistes, et même ses anciens polycopiés de fac.

Son chat est venu se frotter contre sa jambe.

Elle a retiré son imperméable, défait son écharpe et accroché le tout à un portemanteau déjà surchargé, avant de mettre une casserole à chauffer sur le gaz.

Le chat est retourné se lover sur un recueil de poèmes.

Marion s'est démaquillée dans la salle de bains. Elle a pris soin de son visage, lentement, avec application, devant le miroir entouré de lampes tamisées. Puis elle a noué ses cheveux en arrière, examinant son reflet en silence.

Elle n'était plus tout à fait jeune. Ni vieille non plus. Elle ne savait pas quoi faire avec ça.

Simplement, un jour, vous vous regardez dans la glace, et vous réalisez que vous n'êtes plus la même que sur les photos. Celles qui traînent dans cet album aux souvenirs que vous n'ouvrez jamais. Alors vous le ressortez, histoire de vérifier. Et là c'est la gifle.

Vous vous rappelez très bien ce cliché, au mariage de vos amis, ou cet autre, à Noël, avec ce chapeau stupide. Vous avez une coupe à faire peur, le visage trop rond, les cheveux raides.

Mais ce n'est pas ça qui vous fait frémir : c'est cette jeunesse, cette insouciance que vous lisez sur les photos.

Vous réalisez brusquement que ces choses vous ont quittée. Qu'elles ne reviendront pas.

« Le temps perdu ne se rattrape jamais », disait votre père, et soudain, ces banalités vous frappent en plein cœur.

Qu'avez-vous accompli ? Où sont passés vos rêves ? Où est cette fille incroyable, celle qui s'apprêtait à danser sur la crête du monde ?

Pourquoi êtes-vous si seule ?

Marion a fermé les yeux.

Elle détestait s'apitoyer sur elle-même. C'était un signe de faiblesse et elle ne voulait pas être faible, car elle savait où ce genre de glissade pouvait conduire.

Elle a ouvert l'armoire à pharmacie et avalé un comprimé.

À la réflexion, elle en a pris deux.

Après quoi elle est retournée dans la cuisine. S'est versé une tasse de thé. A sorti le gâteau d'anniversaire qui l'attendait dans le frigo et en a découpé une généreuse part, qu'elle a placée dans une assiette. Elle l'a déposée sur le sol, avec une bougie dessus.

Puis elle a balancé le reste à la poubelle.

– Bon anniversaire, le Chat.

*

Une heure plus tard, elle était lovée dans son canapé, enveloppée dans un gros pull. C'était sa position préférée pour pianoter sur son ordinateur portable. La télévision était allumée, sans le son, uniquement pour l'ambiance.

Elle a plongé la main dans un paquet de Granola Choco et s'est connectée à Internet. Une page de couleur bleue a envahi l'écran.

« Bienvenue sur Facebook. »

Elle a tapé son code d'accès puis s'est rendue sur sa page d'accueil pour consulter les derniers commentaires de ses amis. Chacun y décrivait ses activités récentes.

« Nico T. prépare son prochain voyage. », « Isabelle B. fait des muffins. », « Aline L. a trouvé son appart. »

Elle est passée à la suite.

« Jean-Paul et Janie montent ce week-end à la capitale voir leur petite Marion. »

Ça, c'étaient les cousins.

L'expression l'a fait sourire. Les années défilent, vous devenez une femme, mais quoi qu'il arrive, vous restez toujours la « petite Marion » de quelqu'un.

Elle leur a laissé un commentaire affectueux.

« Elo R. a vu le concert de Keane. »

Elle a cliqué sur *J'aime.*

« Lionel sort ce soir aux Bains-Douches. »

Ici, pas de message.

Lionel était un ancien copain de lycée qui avait retrouvé Marion sur Facebook. Elle l'avait accepté comme ami, évoquant la possibilité de prendre un café. Une simple politesse. Mais Lionel s'était rapidement excité, la bombardant d'allusions sexuelles, ajoutant qu'avec sa femme « ça n'était plus ça » et qu'il souhaitait ardemment pousser plus loin leur relation. Marion avait failli s'étrangler. Leur relation ? Quelle relation ? Dès que vous papotez sur Internet, il faut qu'on vous prenne pour une fille facile ? Elle n'avait jamais plus dialogué avec lui. Lionel avec un L, comme dans Lourdingue.

Elle a lu les messages suivants.

« Maëlle R. en a marre de la pluie. », « Xavier B. joue au kamoulox. », « Haoua H. est coincée dans les embouteillages. »

Chaque fois, elle a laissé un petit commentaire.

« Cora Chenowitz est à nouveau célibataire. »

Elle s'est arrêtée sur ce message. Cora était sa meilleure amie. Les deux femmes s'étaient rencontrées sur un site web de recettes de cuisine. De blagues en discussions sérieuses, leur contact avait vite évolué. Cora signalait toujours ses changements amoureux : son statut était passé de « En couple » à « C'est compliqué », pour arriver à « Célibataire ».

Avant de connaître les réseaux sociaux sur Internet, Marion se demandait comment les gens pouvaient publier de telles confidences. Puis elle avait compris. Le nombre de ses « amis » sur le Web n'était guère élevé – à peine une trentaine – et elle ne les connaissait pas vraiment, mais ils vivaient, ils souffraient, ils faisaient part de leurs commentaires. Aux yeux de Marion, cela suffisait à les rendre plus réels que nombre de ses connaissances. Depuis qu'elle s'était inscrite, elle se sentait moins seule.

Tout en picorant le gâteau, elle a réfléchi à la phrase qui définissait le mieux son statut actuel, afin de le poster à son tour.

« Marion : ...

Elle a complété :

... passe une soirée bien naze. »

Le premier commentaire n'a pas tardé à arriver.

« Bienvenue au club ! »

C'était Cora Chenowitz.

Un *poke* a retenti. Le signal sonore signifiait que son amie souhaitait démarrer une conversation privée. Marion a accepté. Une fenêtre de dialogue s'est ouverte.

– Salut ma belle, a inscrit Cora.
– Salut, a répondu Marion. Ça va ?
– Comme une vieille fille solitaire. J'ai viré mon mec.
– Raconte.
– Il aimait trop ses potes et les jeux vidéo.
– Garçons tous pareils, AMA[1].
– Ils vivent en bandes ? Squattent ton appart ? Tapent ton fric et tes clopes ?
– Mmmh. Tu marques un point.
– Note que j'ai tenté le dialogue.

1. À Mon Avis.

– Et ?
– Il a dit qu'il refusait d'abandonner ses valeurs. Pas prêt à s'engager dans un modèle bourgeois, avec travail, épouse, chien, pavillon de banlieue.

Marion a ri, puis tapé :

– T'as répondu quoi ?
– Que si son modèle c'était passer ses journées au lit à glander, abandonner des bouts de pizza partout et me prendre pour sa mère, on s'était mal compris.
– MDR[1] !
– Ce parasite a pleurniché. Dit qu'il allait chercher du travail. Que je devais l'aider à surmonter la crise.
– Tentative pour t'attendrir ?
– Hypocrisie pitoyable.
– Comment tu as réagi ?
– J'ai déposé ses valises sur le parking. Mais il a piqué la télé et la Playstation. Que j'avais payées, je précise.

Marion a poussé un soupir.

– Les mecs.
– Ouais. « Quand un voleur t'embrasse, compte tes dents », proverbe yiddish. Enfin, bon débarras. Et toi ?
– Boulot de dernière minute pour ma patronne. Horrible. Cette femme me déteste. Quoi que je fasse, c'est toujours mal.
– Et le dîner avec ton père ?

---

1. Mort De Rire.

– Annulé.
– Dur. Tu veux sortir boire un coup ?
– Déjà fait. « Remplis ton ventre, ton esprit ira mieux. »
– Proverbe yiddish ?

Marion a jeté un coup d'œil à son paquet.

– Non. Granola Choco.
– MDR ! À demain, Marion !

Le statut de sa copine est passé à « hors ligne ».

Marion a souri.

Cet échange lui avait fait du bien. Elle se sentait moins triste. Elle s'apprêtait à quitter le site, lorsqu'elle a remarqué la phrase « VOUS AVEZ 1 MESSAGE » tout en haut de l'écran. Du courrier était arrivé dans sa boîte aux lettres. Elle a cliqué dessus.

L'auteur du message s'appelait Le Troyen. Son profil ne comportait aucune photo, seulement une silhouette barrée d'un point d'interrogation.

Curieux.

Les pseudonymes n'étaient pas fréquents sur Facebook, les gens s'inscrivaient généralement sous leur nom. Elle a ouvert le message. Il contenait seulement quelques mots laconiques :

« Bonjour. Voulez-vous être mon amie ? »

Rien d'autre.

Elle s'est mordillé les lèvres. Elle n'aimait pas trop ça. Le site était un terrain de drague, tout le monde le savait. N'importe qui pouvait se cacher derrière une fausse identité. Marion était curieuse de nouvelles expériences, mais n'avait pas envie d'être harcelée pour autant. Elle avait refusé d'enregistrer ses informations personnelles. Ni adresse, ni numéro de téléphone, ni cursus scolaire. Et après l'épisode « Lionel le Lourdingue », elle avait même effacé sa date de naissance.

Elle a cliqué sur le profil du Troyen pour en apprendre plus.

Rien.

Elle s'est rendue à la section photo : pas le moindre cliché.

Plus bizarre encore, il ne possédait aucun ami. À en croire l'historique de sa page d'accueil, le pseudonyme venait d'être créé à l'instant.

La boîte de Marion s'est allumée de nouveau.

« VOUS AVEZ 1 MESSAGE »

Intriguée, Marion a cliqué dessus.

« Voulez-vous être mon amie ? » a répété Le Troyen.

Elle a réfléchi. Puis tapé lentement :

« Je n'accepte pas les inconnus. Désolée. »

Et elle a appuyé sur la touche ENVOI.

Un moment s'est écoulé.

« OK » a répondu Le Troyen.

Puis :

« Je suis déçu, mais cela ne fait rien. »

Un autre message a suivi :

« Je vais devoir m'y prendre autrement. À bientôt, Marion. »

Un souffle glacé est passé sur sa nuque.

Elle a relu les mots en frissonnant. Elle a tapé un *poke* sur son clavier, déterminée à obtenir des explications, mais l'icône de son interlocuteur était devenue inactive.

Il s'était déconnecté.

Le Troyen avait disparu.

3

Marion est sortie de chez elle aux premières lueurs de l'aube.

Un voile rose recouvrait les toits de la capitale. Elle a levé les yeux : de minuscules flocons de neige demeuraient en suspension dans l'air, comme s'ils ne pouvaient se résoudre à venir mourir sur le trottoir. Elle a mis son bonnet, fermé son manteau et resserré son écharpe.

Vous parlez d'un printemps.

Elle a traversé la rue Montorgueil où les marchands des quatre-saisons disposaient déjà leurs étals, et s'est rendue jusqu'au métro Les Halles. Sa nuit avait été agitée. Et le type sur Facebook n'y était pas pour rien. Impossible de fermer l'œil après ça.

C'est toujours pareil, vous cherchez le sommeil en passant vos soucis en revue, mais plus vous réfléchissez et moins vous avez envie de dormir. Pour commencer, vous songez à l'individu qui vous a harcelée la veille. Sans doute un obsédé. Mais ce n'est pas lui qui vous énerve. C'est votre père qui, une fois de plus, n'hésite pas à sacrifier les moments qui vous sont chers. Après quoi vous repensez à votre patronne, qui vous pourrit l'existence. Puis à l'existence en question, que vous trouvez désespérément vide. Où est l'espoir, le changement ? Quel sens donner à tout ça ? Puis vous vous retournez sur le matelas et vous recommencez du début.

– Alors ! Vous passez, oui ou non ?

Marion s'est rendu compte qu'elle se tenait devant le portillon, sa carte Navigo à la main.

– Bougez-vous ! a insisté l'autre voyageur.

Elle a rejoint la foule dans les couloirs.

Claquements des talons sur le sol. Courants d'air chaud ou froid. Puis le quai, à l'odeur caoutchouteuse. Le métro s'est immobilisé dans un chuintement de portes. Ça sort, ça entre, on s'écrase sans pitié, comme s'il s'agissait d'embarquer sur un radeau de survie. Les gens manipulaient fébrilement leur portable, s'envoyant des messages de la plus haute importance. Certains lisaient. D'autres affichaient une mine sinistre, ou dormaient la tête contre la vitre. Aucun sourire. Aucune tentative de révolte contre cette immense comédie humaine.

Marion a effectué un changement à la station Saint-Michel pour emprunter le RER C, puis elle est descendue au niveau du quai André-Citroën avant de marcher jusqu'à France Télévisions.

Tourniquet en verre. Portique de sécurité. Les deux gardiens se la jouaient *Men in Black* avec leurs oreillettes. Elle a pénétré dans un hall sous une verrière immense. À droite, des portraits de présentateurs. Marion s'est arrêtée côté gauche, au bureau des hôtesses, pour signaler son arrivée. Une jeune femme lui a remis son badge.

Encore une humiliation, cette histoire de badges. Ils étaient réservés aux visiteurs. En la condamnant à en porter un, Catherine Bormann lui signifiait qu'elle n'avait pas obtenu le statut de journaliste, seulement celui d'assistante en CDD éjectable.

Marion n'a pu s'empêcher de penser au genre de remarque que l'on vous colle au bas du bulletin scolaire : « doit faire ses preuves à l'examen ». Les années passent, les persécuteurs changent de tête, mais les méthodes restent. Peut-être qu'elle devrait écrire un article sur le harcèlement au travail, un de ces quatre.

Nouveau tourniquet. Dans une cour intérieure, sous des parasols chauffants, des personnalités prenaient leur café. Elle a reconnu un chroniqueur littéraire célèbre pour son talent à dézinguer les écrivains. Elle a pris un ascenseur, puis un long couloir blanc, et pénétré dans une série de bureaux séparés par des cloisons en verre.

Lorsqu'elle était à la fac, elle travaillait dans le calme absolu. Se forcer à écrire au milieu du bruit lui avait demandé du temps, mais elle avait réussi à s'y habituer.

Elle a rejoint son box. Un gros bouquet de roses l'attendait. Elle a déposé ses affaires, surprise, et lu la carte qui allait avec :

Désolé pour hier soir…
Je t'aime !
Papa.

Elle a souri et humé les fleurs tandis que des collègues féminines se tordaient le cou, curieuses. Elle a fait comme s'il s'agissait d'un amoureux et rangé la carte dans sa poche.

Cette journée ne s'annonçait pas aussi horrible que ça, en fin de compte.

Elle a allumé son ordinateur.

Le travail de Marion consistait à préparer les fiches des « vrais » journalistes et chroniqueurs de Catherine Bormann, la grande papesse de l'audiovisuel. Elle triait leurs infos, étoffait leur travail, effectuait des enquêtes à leur place et procédait occasionnellement à des traductions, lorsque l'émission était reprise d'un concept étranger. Elle devait répondre présente à n'importe quelle heure, travailler vite. Dans le meilleur des cas, on la remerciait d'un signe de tête pour ses recherches. Dans le pire, on balançait son texte à la poubelle, ou on lui annonçait que tiens, non, le sujet a été supprimé, personne ne t'a prévenue ma chérie ?

Officiellement, on appelait cela être assistante. Officieusement, son boulot consistait à faire tout ce que Catherine demandait.

L'écran de l'iMac s'est illuminé en ronronnant, démarrant plusieurs programmes à la fois. La messagerie contenait déjà une demi-douzaine d'emails, dont plusieurs de sa patronne. Elle les a parcourus, puis s'est brusquement arrêtée sur le dernier de la liste.

Celui-là ne provenait pas de son employeur.

Elle a relu le nom sans y croire. Un nœud s'est formé au creux de son ventre.

« Expéditeur : Le Troyen »

Elle a regardé autour d'elle.

La rédaction d'une grande chaîne est un lieu agité, mais bienveillant. Des employés allaient et venaient, débordés de travail. On était dans le monde réel, personne ne lui voulait du mal, c'était sûrement une blague. Elle était assistante depuis quelques mois, il s'agissait peut-être d'une forme de bizutage ?

Elle a cliqué sur l'email. Le message s'est affiché.

« Bonjour. Je vous ai envoyé deux cadeaux. Le premier arrive ce matin. Veuillez l'ouvrir. »

C'était tout.

Le ton a irrité Marion. Non content de l'importuner sur Facebook, ce type était capable de la traquer sur son lieu de travail. Comment avait-il obtenu cette adresse électronique ?

Elle a relu les phrases en réfléchissant.

Sa manière de s'exprimer était ferme, presque militaire.

La seule chose à faire, dans ces cas-là, était de ne pas répondre, comme lorsqu'elle était adolescente et que son père lui ordonnait de raccrocher le téléphone au nez d'un garçon trop collant.

Sauf que… Marion avait grandi, et appris à gérer ses relations sentimentales. Elle s'était débarrassée de la sacro-sainte autorité du père, ce n'était pas pour se laisser impressionner par un malade mental.

Un signal sonore a retenti : un email.

« Premier cadeau. »

Elle s'est redressée.

Déjà ?

Autour d'elle, la rédaction poursuivait une activité normale.

Elle est revenue au message.

Pas d'autre phrase. Seulement une pièce jointe, sous la forme d'un fichier à télécharger.

Son front s'est creusé de rides.

Et s'il s'agissait d'un virus ? On vous recommande de ne pas ouvrir les pièces jointes envoyées par n'importe qui. Ce type essayait peut-être de planter son ordinateur ?

Ses doigts ont hésité, à proximité des touches.

Ouvrira, ouvrira pas.

Elle a fini par cliquer sur l'icône et lancé le téléchargement.

20 %… 55 %… 95 %…

Une photo est apparue.

Une image de petite taille, difficile à voir. On distinguait un bateau, de loin, un homme debout sur le pont. Impossible d'identifier ses traits à cette distance. En guise de titre, le fichier comportait un nom, « Adrian Fog », suivi d'une date, antérieure de quelques mois.

Adrian Fog ? C'était qui ?

Une option permettait d'agrandir l'image, Marion l'a sélectionnée pour l'afficher plein écran.

Le choc l'a frappée.

Elle a reconnu l'homme tandis qu'une vague terrible montait en elle. Elle a compris que ses défenses, érigées une année après l'autre, n'avaient servi à rien. Que la digue allait se rompre.

Il n'avait pas pris une ride.

Son allure, cette attitude protectrice, sa confiance naturelle, comme si rien ne pouvait vous arriver en sa présence, ce sourire au charme dévastateur, tout était là. Marion aurait pu l'avoir quitté un instant plus tôt.

L'air s'est échappé de ses poumons et elle s'est cramponnée aux coins de la table.

Elle ne savait pas qui était Adrian Fog.

Mais l'individu sur la photo, cet homme-là, elle le connaissait bien.

Dans une autre vie, à des années-lumière, les polices de plusieurs pays l'avaient recherché, avant de le déclarer officiellement disparu.

C'était il y a quinze ans.

Il avait été l'homme de sa vie.

Et il s'appelait Nathan Chess.

4

Avant

... Chess. Docteur Nathan Chess. Bonjour.

L'homme lui a tendu la main.

– Je suis chirurgien orthopédiste. C'est moi qui supervise les urgences chirurgicales quand le chef de service n'est pas là. C'est-à-dire tout le temps.

Marion a serré la main tendue.

– Enchantée.

– De même.

Il n'a pas l'air d'en penser un mot.

– Bon, on y va ?

Il avait replongé les mains dans les poches de sa blouse et fait demi-tour sans attendre. Il était grand, les cheveux noirs, avec de longues mains blanches. Sa coupe était en désordre et il avait l'air crevé. Marion a remarqué que l'un de ses lacets était défait. Il devait être surdoué ou dingue de boulot – ou les deux – car pour un chef, il n'avait pas la trentaine.

Elle a vaguement pensé à Lestat le Vampire, le héros des livres de Anne Rice.

Elle a accéléré le pas pour revenir à sa hauteur.

– Vous connaissez l'Hôtel-Dieu ? a dit Chess.

– De nom, seulement.

– C'est le plus vieil hôpital de Paris. Il y a même une prison, dans une tour. On y reçoit les détenus des centres pénitentiaires lorsqu'il faut les hospitaliser. Vous le saviez ?

– Non.

Il a poussé une porte battante, grimpé un escalier, salué un collègue et pénétré dans une pièce crasseuse où des casiers en fer s'alignaient contre un mur.

– Voici votre vestiaire, a-t-il dit en ouvrant l'un d'eux.

– Il n'y a pas de clé ?

– Gardez les objets de valeur sur vous. Les vols sont classiques.

– À cause du personnel ?

– Le personnel. Les SDF. Les toxicos. Tous ceux qui entrent. Même vos propres collègues.

– Les étudiants en médecine ?

– Personne n'est riche, ici. Si vous avez des choses auxquelles vous tenez, gardez-les sur vous, ou laissez-les à votre domicile.

Il a regardé sa montre en attendant qu'elle enfile sa blouse. Marion a ramené ses cheveux en arrière et les a noués en vitesse avec un élastique, puis elle a fourré dans ses poches divers accessoires, dont un carnet, un stylo, un marteau à réflexes et un stéthoscope.

Ils sont redescendus au pas de charge.

– Je ne vous fais pas visiter, a dit le Dr Chess. Les urgences sont divisées en deux zones d'accueil : urgences médicales et urgences chirurgicales. Tout ce qui est traumatisme, plaie, accident, et d'une façon générale tout ce qui est susceptible d'être opéré, est pris en charge par les urgences chirurgicales, là où vous allez effectuer votre formation. Vous découvrirez seule. De toute façon on n'a pas le temps. En quelle année êtes-vous ?

– PCEM 2. Je débute ma deuxième année.

– Premier stage ?

– Oui.

– Donc vous n'avez jamais examiné un malade ?

Elle a rougi.

– Non.

– Quel âge avez-vous ?

– Vingt ans, a répondu Marion.

– C'est jeune.

– C'est l'âge normal.

Tout en marchant, il a jeté un coup d'œil à son badge, qu'elle avait récupéré au secrétariat du service.

– Marion Marsh. Vous êtes d'origine anglaise ?

– Mon père est américain.

Il s'est arrêté.

– De quel coin ?

– New York. Ma mère était française.

– Était ?

– Elle est morte il y a longtemps, j'avais cinq ans.

– Vous ne connaissez pas les États-Unis, alors ?

– Sans plus. Mais je suis bilingue.

Il s'est remis en route, comme si on venait de lui ôter un souci.

– Et vous vous plaisez, dans cette capitale, en France ?

Drôle de formule. On aurait dit que Marion était étrangère.

– Je viens d'une petite ville, dans le Sud. Alors forcément, Paris, quand on débarque, c'est surdimensionné…

– Le nom.

– Pardon ?

– Le nom de la ville.

– Aix-en-Provence.

– Je connais.

– Ah ?

– Il y a un lycée franco-américain, là-bas. Beaucoup d'échanges avec les étudiants étrangers. L'écrivain John Grisham y séjourne de temps à autre. Je me souviens d'une avenue célèbre, le Cours Mirabeau, c'est ça ?

– Tout à fait, a reconnu Marion en laissant échapper un sourire.

Ce type n'était peut-être pas le tyran qu'il avait la réputation d'être, en fin de compte. Elle se souvenait du tirage des choix, quinze jours plus tôt. La première lettre tombée était le N. Les élèves avaient déterminé leurs options dans l'ordre alphabétique à partir de là. Il ne lui était pas resté grand-chose, à part ce stage aux urgences. La note attribuée par les étudiants dans le carnet d'évaluation des carabins était de 2 sur 10. L'une des pires qui soit. Le commentaire laissé par les années supérieures disait « *Entre ici et laisse toute espérance* », la phrase de la *Divine Comédie* de Dante, gravée à l'entrée des Enfers. Sur les exemplaires distribués dans l'amphi, un rajout précisait : « Chess est cinglé ! »

Ils ont traversé une galerie sous des arcades. L'un des côtés s'ouvrait sur un jardin. Au centre, la statue d'un homme de science était affublée de divers accessoires en plâtre, peints de toutes les couleurs, dont un phallus énorme.

– C'est la tradition, a dit Chess en remarquant les yeux arrondis de Marion. Les nouveaux internes modifient l'aspect de la statue chaque semestre. Mais vous n'êtes qu'une étudiante, une externe, alors vous n'avez pas intérêt à y toucher.

Elle l'a observé pour voir s'il plaisantait. Ce n'était pas le cas.

– Puis-je vous poser une question personnelle ? a-t-il demandé.

Ah bon, parce qu'il faisait autre chose, depuis le début ? Marion avait l'impression de subir un interrogatoire de police.

– Je vous écoute.

– Pourquoi continuez-vous vos études ?

Elle a été surprise.

À ce stade-là, la question ne se posait pas. Elle avait réussi son concours de première année, elle allait devenir médecin. Seule une folle aurait changé d'orientation après tant d'efforts.

Elle s'est demandé s'il s'agissait d'une sorte de test. Elle a opté pour la sincérité.

– En fait, j'ai hésité.

– Hésité ?

– Au départ, je voulais être écrivain, ou journaliste. Mais mon père n'a pas voulu. De son point de vue, écrire n'est pas une profession sérieuse.

Elle a souri au Dr Chess, notant au passage ses yeux vert translucide.

– En vérité, mon père a eu peur que je rate ma vie, comme il a loupé la sienne. Il est musicien, mais il galère, pianiste dans les bars. Il m'a poussée vers les études à coups de pied aux fesses. J'ai réussi le concours. Et me voilà.

Le Dr Chess a haussé un sourcil.

– Ah, d'accord. Je vois.

Il a continué de foncer dans les couloirs. Marion a dû accélérer le pas une nouvelle fois pour rester à sa hauteur.

– Vous voyez quoi ?

– Votre genre. Scolaire. Aucune vocation. Vous passez l'examen pour faire plaisir à Papa. Pour vous, la médecine ne représente rien d'essentiel.

Elle a froncé le nez.

– Attendez, ça fait cinq minutes qu'on se connaît. De quel droit me jugez-vous ?

– Je ne vous juge pas, mademoiselle. Mais j'ai besoin d'apprentis chirurgiens. Pas de… (il a cherché ses mots) … d'une touriste. Prenons l'exemple de la matinée d'aujourd'hui. Nous ne sommes que trois. Il y a Aziz, qui est étranger et Faisant Fonction d'Interne, vous et moi. Il me faut de véritables internes, ou des étudiants de cinquième année minimum, et on me colle une débutante !

– Je n'y suis pour rien !

– Peut-être, mais je n'ai pas le temps d'être votre baby-sitter.

Le Dr Chess a poussé une dernière porte.

De l'autre côté, une odeur de sang et d'alcool a assailli les narines de Marion.

Couloir carrelé, brancards contre un mur. Des cris dans une pièce.

Un type débraillé a surgi devant elle et s'est jeté à plat ventre, hurlant qu'il n'était pas question qu'on le lave. Deux hommes se sont emparés du clochard hirsute et l'ont entraîné dans un réduit doté d'une baignoire avant de refermer derrière eux.

Marion a regardé la scène avec sang-froid.

Du bout de sa chaussure, le Dr Chess a essuyé une tache de sang sur le sol.

– Toujours envie d'être stagiaire ?

– Je n'irai nulle part ailleurs, a-t-elle répondu d'une voix blanche. Je veux apprendre.

Il l'a entraînée dans une autre pièce et lui a jeté une boîte métallique entre les mains.

– Très bien. Ici, c'est le Petit Bloc. Recousez-moi ce type dès qu'ils l'auront sorti de la douche. Il vient de se faire agresser par une bande dans le quartier des Halles. Plaie du cuir chevelu à coups de tesson de bouteille.

Marion a écarquillé les yeux.

– Quoi, a dit Chess, vous ne savez pas faire de sutures ?

– Non.

– Eh bien c'est le moment de vous y mettre.

– Comme ça ?

– Oui. *Comme ça.* De toute façon il est bourré. Il ne sentira rien. Les brancardiers le maintiendront si nécessaire. Si vous avez des questions, voyez avec Aziz ou les infirmières du service.

– Et… et vous ?

– Je repars au bloc.

– Vous me laissez seule ?

Le Dr Chess a levé les yeux au ciel.

– Oui. Le chef est censé être ici, mais il est au bloc. Je suis censé vous superviser, mais j'assiste le chef. Vous êtes censée être expérimentée, mais vous êtes débutante. C'est comme ça que ça marche. Seigneur, vous n'avez pas lu l'évaluation du stage ? 2 sur 10. Et en plus, je suis cinglé ! Bienvenue aux urgences de l'Hôtel-Dieu, mademoiselle Marsh !

Et il est sorti.

5

Maintenant

Marion s'est passé de l'eau sur la figure.

La photo de Nathan sur son ordinateur l'a secouée, la forçant à se réfugier dans les toilettes de l'étage. Elle y est restée un moment, les mains sur les rebords du lavabo.

Pâle comme un spectre.

Un bruit de chasse a retenti dans un box et une porte s'est ouverte, laissant passer une femme. Marion a fait semblant de se repoudrer le nez. L'autre lui a lancé un bref regard inquisiteur avant de quitter la pièce.

Les questions se bousculaient dans sa tête. D'où sortait cette photo ? Pourquoi lui envoyer maintenant ? Qui était Le Troyen ? Qu'est-ce qu'il attendait d'elle ?

Elle a fermé les yeux.

Imaginez. Du jour au lendemain, la personne qui pour vous compte le plus au monde, celle en qui vous avez placé une confiance totale, disparaît sans la moindre explication. Plus personne. Silence absolu. Chaque jour, chaque semaine, les suppositions s'ajoutent. Vous évoquez tous les scénarios, du plus banal au plus rocambolesque. À certains moments, vous croyez tenir une réponse. Vous suivez une piste. Puis vous réalisez qu'il n'y a rien au bout. Vous revenez au point de départ, vous en suivez une autre. Vous tournez en rond. Le temps passe puis votre existence finit par reprendre son cours, car ainsi vont les choses.

Marion s'est souvenue avoir cherché de l'aide auprès d'une association de personnes disparues. Une vieille femme avait pris un thé avec elle. Elle avait écouté Marion patiemment, tout en tournant la cuillère dans sa tasse. À la fin, elle lui avait expliqué que son fils handicapé s'était évanoui dans la nature à l'âge de dix-sept ans. La police avait conclu à une fugue, mais rien ne prouvait qu'il ne soit pas la victime d'un crime. Le plus dur, avait-elle expliqué à Marion, était de ne pas savoir. L'imagination est le pire des adversaires. Si l'on réfléchit, que l'on continue de bâtir des hypothèses, le calvaire ne prend jamais fin. Pour survivre, il faut renoncer à comprendre. C'est une profession de foi. Il n'y a qu'en acceptant le mystère que l'on trouve la paix.

Et Marion y était parvenue.

Quelque temps plus tard, la vieille dame avait reçu des nouvelles de son fils. On l'avait retrouvé. Enterré de façon anonyme, dans le cimetière d'une petite commune située sur son trajet de train habituel. Le jeune homme était simplement tombé d'un wagon le jour de sa disparition. Personne n'ayant retrouvé ses papiers, il avait été enterré sous X. Seule la curiosité d'un employé municipal et les progrès des analyses ADN avaient permis de faire le rapprochement.

Le soir de la nouvelle, la vieille dame s'était appliquée à écrire une longue lettre de remerciement aux autorités compétentes. Elle avait mis de l'ordre dans sa maison, repassé son linge et soigneusement rangé ses affaires. Puis elle s'était suicidée.

Marion est ressortie des toilettes.

Le problème est que, parfois, le mystère se dévoile. La vérité devient accessible.

Mais quand ce jour arrive, est-on capable de supporter les réponses ?

*

– J'ai besoin de prendre ma journée.

– Pardon ?

Catherine Bormann a levé les yeux de sa feuille. Marion venait d'entrer dans son bureau. Une table, un canapé, deux chaises. Moins de dix mètres carrés au total. Sa patronne l'a examinée par-dessus ses lunettes.

– Je suis malade. Il faut que je rentre chez moi.

Catherine Bormann avait cinquante ans, dont vingt-cinq passés à faire de la télévision. Divorcée deux fois. Rescapée d'un cancer du sein. Les murs n'avaient pas besoin de diplômes ou de photos : la seule légende ici, c'était elle. Dans la boîte, on l'appelait Big Brother : elle voyait tout, elle entendait tout.

– Qu'est-ce que vous racontez, Marion ? Je vous ai commandé trois fiches pour trois émissions différentes. J'en ai besoin depuis hier. Vous n'arrivez pas à suivre le rythme ?

– C'est ça. Je n'arrive pas à suivre.

Catherine a froncé les sourcils. Elle ne s'attendait manifestement pas à cette réponse. Elle a soudain considéré Marion d'un œil différent.

– Vous êtes enceinte ? Je vous préviens, ne me faites pas ce genre de coup. Je vous ai demandé le jour de votre embauche si vous comptiez l'être au cours des prochains mois.

– Je ne suis pas enceinte.

– Vous ne prenez pas de stimulants, j'espère ?

– Quoi ?

– Quelqu'un vous a vue dans les toilettes des dames. Vous n'aviez pas l'air bien.

Big Brother. Qu'est-ce qu'on disait ?

– Vous ne seriez pas la première à vous repoudrer le nez.

– Je ne comprends pas.

– Je parle de coke. Vous savez, le truc blanc qu'on s'enfile dans les narines pour avoir la pêche.

– Vous croyez que je suis une droguée ?

Catherine a levé les yeux au ciel.

– Oh, ça va, ne faites pas cette tête… Il y a plusieurs consommateurs réguliers parmi vos connaissances. Certains animateurs sniffent même à côté du plateau, entre deux prises. C'est leur attaché de presse qui fournit, ce n'est un secret pour personne.

Marion a regardé sa patronne dans les yeux.

– Je ne me drogue pas. Je ne suis pas enceinte. Je suis malade. J'ai besoin de ma journée.

L'autre s'est penchée en arrière sur sa chaise et a croisé les bras.

– D'accord.

– D'accord ?

Marion n'en revenait pas.

Catherine s'est remise à écrire.

– Vous êtes encore là ? a-t-elle fait sans lever la tête.

Elle a agité la main.

– Pffft, allez, du vent…

Marion est sortie sans rien ajouter.

Elle a récupéré ses affaires et quitté l'immeuble. Dans le métro, il y avait moins de monde qu'à l'aller. Des gens joyeux plaisantaient dans la rame. Un vieil homme s'est levé pour lui proposer son siège. L'air sentait bon.

Marion s'est demandé comment l'ambiance avait pu changer à ce point. Ou alors c'était elle.

Elle se sentait vide, assommée. Elle aurait donné cher pour que cette journée redevienne banale.

À la station Saint-Michel, elle est descendue pour trouver une pharmacie. Un employé l'a accueillie avec le sourire.

– Bonjour ! Que puis-je pour vous ?

Elle a sorti son ordonnance.

– Ça ne va pas ? Vous pleurez ?

– Non.

– Vous êtes sûre ?

– Juste un cil dans l'œil.

Elle a glissé son ordonnance sur le comptoir.

Il a examiné la liste. L'a regardée de nouveau.

– Tout ça ?

– Oui.

– Vous êtes certaine que vous n'avez pas besoin d'aide ?

– Vous me les donnez, ces foutus comprimés, ou je dois les acheter ailleurs ?

Il est resté un instant immobile, puis lui a remis les boîtes.

Elle a réglé et elle est sortie.

L'homme avait fait les frais de son mal-être. C'était injuste. D'autant qu'il avait raison sur un point : il lui fallait de l'aide.

Elle a décroché son téléphone. Composé le numéro de son père. Répondeur. Elle en a composé un autre.

– Cora ?

– Où es-tu ?

Marion lui a expliqué.

– Bouge pas. J'arrive.

6

Il y a les amies que vous choisissez parce qu'elles vous ressemblent. Elles sont souvent proches de vous sur le plan physique. Elles portent le même genre de vêtements, sont attirées par les mêmes hommes et ont les mêmes préoccupations. Les enfants, l'écologie, les sports de combat, le macramé, peu importe. Chacune d'elles est un peu le reflet de vous-même. Vous partagez leurs rires et leurs confidences, et parfois, aussi, vous êtes un peu rivales.

Et puis il y a celles qui n'ont rien à voir avec votre personnalité.

Des femmes improbables, à qui vous n'auriez sans doute jamais dit un mot. Pourtant, en quelques secondes, vous savez que ça colle.

Cora Chenowitz était de celles-là.

Elle a garé son tank en double file, sur le boulevard Saint-Michel, devant la table de café où l'attendait Marion.

Un flic s'est pointé dans la seconde, agitant un carnet à souches. Cora est sortie de la voiture en claquant la portière. Le flic s'est avancé. Il devait être très petit, ou bien c'était Cora, avec son mètre quatre-vingt-cinq, parce que le policier a paru ridicule dans son uniforme.

– Vous ne pouvez pas rester ici, a-t-il aboyé.

Cora a désigné sa blouse blanche et le gyrophare sur son véhicule. Elle était ambulancière dans une compagnie d'ambulances privées.

– C'est pour une urgence. Je viens chercher quelqu'un.

– Vous êtes en double file. Il faut vous déplacer et vous garer sur un emplacement réservé aux véhicules prioritaires.

Elle a gonflé sa poitrine.

La taille de l'agent a diminué encore.

– Y en a pas. On fait quoi ? Je laisse mourir la patiente ou je la conduis à l'hôpital ? Pour la première option, j'aurai besoin de votre nom et votre matricule. C'est pour le procès qu'intentera la famille.

L'agent a hésité. Cora a fait signe à Marion de grimper sur le siège passager.

– Elle ne devrait pas plutôt monter à l'arrière ? a demandé le policier.

– Nouvelles consignes de sécurité. Comme ça, on les surveille.

– Ah bon ?

– Oui. Et rendez-vous utile, au lieu de jouer les matamores. Arrêtez les voitures pendant qu'on redémarre. La circulation est un enfer.

Le flic a obtempéré sans piper mot.

Cora a installé sa masse derrière le volant, attrapé Marion par le cou et lui a claqué une bise sonore sur la joue.

– Bienvenue à bord, ma chérie.

Elles se sont faufilées dans le flot des voitures. Enfin, si on peut parler de se faufiler lorsque vous êtes à bord d'un monstre de métal qui ressemble à un cuirassé de combat.

Marion a désigné le tableau de bord renforcé de barres d'acier.

– C'est quoi ?

– Un Hummer. Mon outil de travail. C'est vrai que tu ne l'avais jamais vu. Tu aimes ?

– Ils transforment des Hummer en ambulance, maintenant ?

Cora a haussé les épaules.

– C'est un peu inhabituel, je te l'accorde. Mais depuis qu'on en voit dans les séries comme *Urgences* ou *Les Experts*, les clients adorent. Il y a des dizaines de compagnies privées, tu sais, il faut savoir apporter un petit plus.

« Petit » n'était pas le terme qu'aurait employé Marion, mais bon.

Cora a attrapé un sandwich aux graines de sésame à l'arrière.

– T'en veux un ? Mélange sucré-salé. Je les ai confectionnés ce matin. Uniquement du bio.

Parler cuisine, tout comme citer des proverbes, était une forme de rituel entre elles.

– Non merci.

– Mets-toi à l'aise, je vais rouler un peu.

– Tu as une course ?

– Non. Mais la vie, c'est comme le vélo, pour garder ton équilibre, tu dois rester en mouvement. C'est Albert Einstein qui a dit ça. Alors, tu racontes ?

C'est ce que Marion a fait.

Elle lui a expliqué les circonstances de sa rencontre sur Facebook avec le cinglé – le mot ne lui paraissait pas trop fort. Concernant Nathan Chess et son passé d'étudiante en médecine, cependant, elle est restée évasive. Elle n'était pas prête.

Quand elle a eu terminé, Cora a demandé :

– Comment tu dis qu'il s'appelle, ce type ?

– Le Troyen.

– On dirait le nom d'un jeu sur console. Mon ex jouait sans arrêt à ce genre de trucs.

– Je trouve ça effrayant.

– Moi aussi. Mais ton gars est peut-être chauve, petit, avec une moustache grotesque. T'as pensé à ça ?

Marion a souri.

– Qu'est-ce que tu ferais à ma place ? Tu crois que je devrais contacter la police ?

– Sans doute, a dit Cora. D'un autre côté, il n'a exprimé aucune menace.

– C'est vrai.

– Tu risques de perdre trois plombes à remplir des papiers, après quoi les flics se contenteront de ranger ton dossier dans un tiroir.

Marion a regardé la route.

– Je devrais me mettre sur liste rouge, et changer d'email.

– Ou bien te creuser le crâne pour identifier ce salaud.

Elle s'est tournée vers Cora.

– Pourquoi ? Tu crois qu'il pourrait s'agir d'un proche ?

– Ce n'est pas la plus idiote des hypothèses.

– Qui ?

– Je ne sais pas moi, un petit copain que tu as plaqué, quelqu'un à qui tu dois de l'argent, un jaloux à ton travail…

Marion a secoué la tête.

– Non. Je ne crois pas.

– Pourquoi ?

– Mon existence est d'une platitude à mourir. Je n'ai pas d'argent, pas de dettes, personne dans ma vie. Je termine mon boulot complètement crevée et je rentre chez moi, où les seules choses qui m'attendent sont un chat et un frigo vide. Je suis la parfaite Bridget Jones. Je n'ai pas le temps de me faire des ennemis, même si je voulais en avoir.

– N'empêche, il y a sûrement une raison.

La conversation s'est poursuivie jusqu'à ce que Cora la dépose dans sa rue.

– Je termine à vingt heures, a dit son amie. Tu as la trouille ? Tu veux que je dorme chez toi ce soir ?

– Je sais pas. Peut-être… Je crois que ça me ferait du bien.

Cora l'a écrasée entre ses bras.

– Génial ! a-t-elle fait sur un ton bourru. Heu… pour tout t'avouer, je n'avais pas envie de me retrouver seule dans mon appartement… C'est trop la déprime.

Elle l'a relâchée, permettant à Marion de reprendre son souffle.

– Prends soin de toi. Je reviens tout à l'heure, avec de quoi nous préparer à dîner. Surtout, ne commence pas à picoler avant que j'arrive !

Marion a ri et l'a remerciée. Elle se sentait déjà mieux.

Elle est montée dans son studio et a fermé le verrou derrière elle. La conversation venait de lui rappeler un point important.

En fait, Le Troyen avait laissé une piste.

Un nom, sur le fichier de la photo : Adrian Fog.
Elle devait faire des recherches.

*

Elle a sorti une bouteille d'eau minérale. Sa montre indiquait midi. Elle avait amplement le temps d'amorcer des investigations.

Vous voulez obtenir des renseignements sur quelqu'un, par où commencez-vous ? Le plus simple, bien sûr.

Elle a bu une gorgée tout en allumant son ordinateur. Google, Yahoo, Wikipédia : elle a lancé une recherche sur les trois moteurs simultanément. Elle s'est essuyé la bouche en guettant les réponses, s'attendant à y passer des heures.

Le résultat a pris moins d'une seconde.

Adrian Fog. Chirurgien orthopédiste, spécialiste de la chirurgie de la main.

Un nom. Une adresse professionnelle à Laguna Beach, comté d'Orange, Californie.

Son cursus universitaire complet figurait en dessous. Apparemment, il consultait dans des hôpitaux prestigieux, tels que le Cedars-Sinai de Los Angeles, et donnait aussi des cours à l'USC, University of Southern California.

Elle a regardé la photo.

C'était Nathan Chess.

La bouteille a failli lui échapper des mains.

Elle s'est assise pour lire en détail. Il n'y avait aucun doute, il s'agissait bien de lui. Hallucinant.

Alors, depuis toutes ces années, Nathan vivait en Amérique, sous un autre nom ? Complètement dingue.

Elle a observé son parcours professionnel. Il n'était fait aucune mention de son passage en France. À en croire le site, le Dr Fog n'avait jamais travaillé ailleurs qu'aux USA. Elle a consulté d'autres moteurs de recherche. Les mêmes informations lui sont parvenues.

Elle s'est levée pour faire quelques pas dans la pièce. Le mieux était de transmettre le dossier à la police. Après un tel rebondissement, ils étaient forcés de rouvrir l'enquête.

Elle n'en revenait toujours pas.

Elle a appelé son père pour lui en faire part, mais il était encore sur répondeur. Elle a raccroché, irritée.

Un signal sonore a retenti.

« VOUS AVEZ 1 MESSAGE »

Facebook.

Le Troyen.

Marion a senti la colère l'envahir. Elle a décidé de prendre la parole et, sans même lire, lui a adressé un *poke*. Une fenêtre de dialogue s'est ouverte.

– Comment saviez-vous, pour Nathan ?!
– Bonjour. Ravi de discuter à nouveau.
– Répondez !
– Non. Accédez d'abord à ma requête.
– Laquelle ?
– Je l'ai déjà dit. Être votre ami.

Elle a réfléchi.

Que risquait-elle ?

Elle a validé sa demande. Le Troyen figurait désormais sur sa liste de contacts.

– Voilà. Vous êtes content ?

– Très.
– Et maintenant ?
– Nous allons jouer.

Marion a battu des paupières.

– À quoi ?
– Mon jeu. Je vous donne le titre : « Sauvons des vies. »
– C'est une blague ?
– Non.
– Et si je refuse ?
– Je vous le déconseille. Sinon...
– Sinon ?
– Je tue votre chat.

La température de la pièce a semblé chuter de plusieurs degrés.

Ce type bluffait, forcément.

Il ne pouvait pas faire une chose pareille. Il n'en avait pas les moyens.

– Le Chat ? a appelé Marion, tandis que son cœur cognait fort dans sa poitrine.

Elle ne l'avait pas vu depuis qu'elle était rentrée, certes, mais il avait l'habitude d'aller et venir à sa guise en passant par la fenêtre.

– Le Chat ?

Le tintement signalant l'arrivée d'un nouveau message l'a rappelée vers son ordinateur.

– Nous sommes amis. Désormais, je peux vous envoyer des photos sans votre accord. Regardez.

Le chat de Marion est apparu à l'écran.

Cette fois, l'atmosphère est carrément devenue glaciale.

– Vous mentez, a-t-elle tapé. Il n'est pas avec vous.

– On parie ?

Elle n'a pas su quoi répondre.

– Bien. Le jeu commence...

Un bruit strident a résonné dans la pièce.

Marion a failli tomber de sa chaise.

C'était la sonnerie de la porte d'entrée.

7

Des coups sourds ont résonné contre les côtes de Marion. Un bélier semblait vouloir sortir de sa poitrine.

Elle a essayé de se lever. Impossible. Ses membres ne répondaient plus.

La sonnerie a retenti de nouveau.

– Oh ! Mon Dieu… Oh ! Seigneur…

Au prix d'un effort surhumain, elle est parvenue à se remettre sur ses jambes. Elle est allée jusqu'à la porte pour observer par le judas. Très lentement, elle a approché sa paupière des contours en métal de l'orifice.

Rien.

Le couloir était plongé dans les ténèbres.

– Qui est là ? a-t-elle demandé à voix haute.

Pas de réponse.

– Répondez, s'il vous plaît…

Personne.

Elle s'est mordu les lèvres jusqu'à ce qu'une goutte de sang apparaisse.

La sonnette a carillonné avec plus d'insistance.

– Merde…

Son cœur était en train d'atteindre un rythme démentiel.

Elle a tenté de reprendre son souffle. De faire fonctionner son cerveau.

Quelles étaient ses options ? Petit a : appeler la police. Ils seraient là dans un quart d'heure. Trop long. Petit b : s'armer d'un couteau et hurler à l'aide par la fenêtre. Petit c : être une grande fille. Refuser la paranoïa. Tout ça était impossible. Elle devait se reprendre…

Elle a ouvert d'un coup.

Un jeune type avec une mèche rebelle l'attendait de l'autre côté en mâchouillant un chewing-gum. Il dansait en rythme d'un pied sur l'autre, un paquet entre les mains.

– Putain.

– Pardon ?

Il a ôté de ses oreilles l'énorme casque qui l'empêchait d'entendre.

– Qu'est-ce que vous dites, m'dame ?

– Rien.

– Z'êtes Marion Marsh ?

– Oui.

– Colis pour vous.

Il lui a tendu une feuille et un stylo.

– Signez là, s'il vous plaît.

Elle a récupéré le paquet.

– À vot' service.

– C'est ça.

Elle a refermé la porte.

Espèce d'abruti.

Elle s'est laissée tomber dans son canapé.

– Toujours là ? a inscrit son ordinateur.

Elle n'a pas bougé.

– Toujours là ? Toujours là ?

Elle s'est pris la tête entre les mains.

– Toujours là toujours là...
– ASSEZ ! a tapé Marion.
– Ah. J'étais inquiet.

Elle a regardé fixement l'écran, comme pour forcer les millions de pixels à se réunir et faire apparaître le visage de son interlocuteur.

– Paquet reçu ?
– Oui.
– Ce matin, je vous ai promis un deuxième cadeau. Ouvrez.

Elle n'a pas protesté. Elle a déchiré le carton pour voir ce qu'il y avait à l'intérieur. Deux prises, un étui protecteur en silicone et un objet rectangulaire, le tout enveloppé dans du papier-bulles. Elle a reconnu l'un de ces appareils récents, fabriqués par Apple.

– iPhone. Paramétré à l'avance. Allumez.

Elle a cliqué sur le bouton de démarrage.

– Effleurez l'écran tactile. Touche F. Couleur bleue.

Facebook s'est mis en route sur le terminal mobile. Un double de leur dialogue est apparu à l'écran.

– Excellent, a écrit Le Troyen.

Ses mots apparaissaient maintenant sur l'appareil.

– Nous pouvons nous écrire de n'importe où.
– Je préfère parler, a tapé Marion.
– Pas moi. *« Tourné vers le haut, il accorde la vie. Tourné vers le bas, il condamne à mort. A voix haute, on arrête tout. »* Réponse ?
– C'est quoi ?
– Une énigme.
– Pas d'énigme. Je veux mon chat.

Un chronomètre est apparu.

– Une minute. Une réponse. Vous vous trompez : le chat est mort.

Le compte à rebours a commencé.

« 59, 58, 57... »

Marion a regardé l'écran sans y croire.
Tout ça était impossible. Irréel. Elle n'était pas chez elle, en train de dialoguer avec un inconnu sur un iPhone pour sauver son chat.

« 46, 45... »
– J'attends.
– Vous êtes dingue !
– Non.

Si, et elle refusait d'obtempérer. Elle n'avait pas envie de le faire. Elle n'avait qu'à éteindre.
« 30, 29... »

Elle ne voulait pas dialoguer avec un inconnu. Surtout un taré capable de s'en prendre à un animal.

« 24, 23... »
– OK. Adieu le Chat.
– Attendez !

Marion s'est creusé la tête. Bon sang, mais qu'est-ce qu'il voulait dire ?
La vie, si on le tourne vers le haut.
En bas, la mort.

« 13, 12, 11... »

Si on le dit à voix haute, on arrête tout.

« 5, 4, 3, 2... »

Oh ! mon Dieu.
Elle s'est précipitée pour taper.

– « POUCE »
– Bravo. Bonne réponse. Posez-le ici.
– Quoi ?

– Votre pouce. Posez-le sur l'écran tactile. Au centre de l'appareil.

Marion l'a fait.
Un déclic a retenti.

– Parfait. iPhone configuré pour reconnaître votre empreinte digitale. Simple test. C'est tout pour le moment.

– Hein ? s'est exclamée Marion à voix haute.

– Votre chat est libre. Il n'a jamais été en danger. Laissez votre fenêtre ouverte. Il rentrera.

Une pause. Puis :

– Je ne suis pas votre ennemi. Vous êtes intelligente. Disciplinée. Tout ira bien. Quel est le nom du jeu ?

Elle n'a pas bougé.

– Marion ?

Lentement, elle a tapé.

« Sauvons des vies. »
– Parfait. Vous et moi, c'est exactement ce que nous allons faire.

Et il s'est déconnecté.

8

Avant

– Le cours est terminé, a dit le professeur en souriant à ses étudiants. Vous pouvez regagner vos services respectifs. Comme on dit : « Allez sauver des vies. »

Marion avait rangé ses notes et quitté l'amphithéâtre. Aujourd'hui, elle était allée en cours avec ses amies Isa et Véro. Elles avaient préparé et réussi ensemble l'examen d'entrée en médecine.

– Cet enseignement de sémiologie est épuisant, a dit Isa.

– On va se faire un petit aérosol avant de retourner bosser ? a proposé Marion.

– Ça marche, a répondu Véro.

Elles sont sorties de l'Hôtel-Dieu vêtues de leurs blouses blanches et ont fait quelques pas sur le parvis de Notre-Dame.

Le froid était vif et leur haleine produisait de petits nuages dans l'air. Sur la gauche, un type vendait des sapins de Noël. Plus loin, un groupe d'employés municipaux montait une estrade pour les fêtes de fin d'année.

Marion a sorti un paquet de cigarettes de sa blouse et allumé deux clopes qu'elle a tendues à ses amies, avant de faire pareil pour elle-même. Elle a placé sa main gauche au creux de son coude droit, se frottant le bras tout en tirant de petites bouffées. Autour d'elles, les hordes de touristes prenaient des photos, doudounes et écharpes remontées jusqu'aux oreilles.

– Ce serait super qu'il neige, a dit Marion.

– Pourquoi ?

– Parce que les gens arrêteraient de venir aux urgences. J'ai remarqué que dès qu'il fait froid ou qu'il y a un match de foot, mystérieusement ils ne sont plus malades.

Ses amies ont échangé un regard, comme si elles hésitaient à lui poser une question. Véro a fini par se lancer.

– Et avec Chess, comment ça se passe ?

Marion a tiré une longue bouffée pour se réchauffer.

– Mmmh… Cauchemar.

Elle a soufflé par les narines.

– Il me refile un boulot de malade. Le stage devrait commencer à neuf heures, mais il exige que j'arrive dès sept heures trente pour assister aux transmissions de l'équipe de nuit. Après ça, c'est le défilé jusqu'en milieu d'après-midi. Si j'ai le temps, je mange un sandwich sur un coin de table. Ensuite, je me tape la visite post-opératoire des patients jusqu'à six heures du soir.

– Tu n'es pas censée finir à midi ?

– Censée est le mot juste.

– Il a le droit de t'imposer ça ?

– Il fait ce qu'il veut. Le patron est presque à la retraite. Chess assure la transition avant l'arrivée d'un nouveau chef de service. Dans deux mois, des internes viendront en renfort. En attendant, le stage est tellement mal noté que personne d'autre, ni interne ni externe, n'a voulu le prendre. Évidemment, c'est sur moi que ça tombe. Alors je bosse comme une dingue pour essayer de rester à flot. Je me suis entraînée à faire des sutures sur des escalopes de poulet. J'en ai acheté vingt-sept la semaine dernière. La caissière de la superette me prend pour une malade. J'ai appris à faire tous les types de points. Je sais aussi confectionner des bottes plâtrées, des plâtres brachio-antebrachio-palmaires, des attelles, des Dujariers, des strappings de cheville… Il y a du plâtre partout dans mon appartement. Le jour, je bosse comme une dingue, et la nuit, je rêve qu'il y a une file d'attente interminable aux urgences, et que le temps d'en soigner un, les infirmières en inscrivent trois.

Elle s'est arrêtée pour reprendre son souffle.

Ses amies l'observaient avec des yeux ronds.

– Et avec Chess lui-même ? a demandé Isa.

– Alors lui, m'en parlez pas ! a repris Marion avec véhémence. Ce type est un tyran. Il gère les urgences comme s'il était seul sur la Terre et nous traite comme des larbins. Il a complètement chamboulé le fonctionnement du service. On doit vouvoyer les SDF, les laver et leur donner à manger. Il a même fait venir une assistante sociale qu'il paye sur son argent propre. Et il a imposé qu'on aille fumer dehors, soi-disant que dans quelques années, ce sera obligatoire. Non mais on rêve !

– Il paraît que sa famille est richissime. S'il le voulait, il n'aurait même pas besoin de travailler.

– Ouais, ben en attendant, lorsque Monsieur a fini de donner ses ordres, il disparaît au bloc et on ne le revoit plus. Et lorsqu'il consent à nous rendre visite, c'est uniquement pour m'engueuler et me faire remarquer, avec une totale absence de tact, que j'ai plâtré la mauvaise jambe d'un patient !

– Tu as plâtré la mauvaise jambe ?

– … ou me dire que les filles ne sont pas faites pour la chirurgie orthopédique, parce qu'il faut être costaud pour visser une prothèse de hanche, alors que je pèse cinquante kilos toute mouillée ! Je m'échine à faire un quasi-boulot d'interne, mais tu crois qu'il me dirait merci, ou qu'il remarquerait quelque chose ? Mais non, que dalle ! Il n'y en a que pour Aziz, qui est médecin étranger, et qui est une crème, il faut bien le reconnaître. Alors c'est Aziz ceci, Aziz cela. Mais moi, je peux crever, il s'en contrefiche !

– Il paraît que Chess est très fort dans son domaine, a dit Isa. Il travaille dans la recherche sur la chirurgie de la main.

– Oui, a renchéri Véro, d'après ce qu'on raconte, c'est un véritable génie. Il pratique des opérations incroyables, des trucs qu'on n'a jamais vus. Qu'est-ce qu'il fabrique à l'Hôtel-Dieu ? On n'est pas à la pointe, question chirurgie de la main.

Marion a allumé une nouvelle tournée de cigarettes avec les mégots des anciennes.

– Moi, je crois qu'il s'est juste cherché un coin peinard. Du moment qu'il fait tourner la boutique, on lui fiche une paix royale. En plus, il est sûrement étranger.

– Pourquoi tu dis ça ?

– Des indices. Son accent. Parfois, je me demande s'il ne vient pas des USA, comme mon père.

Isa et Véro ont souri.

– Tout ça est un peu mystérieux, a dit l'une.

– Et drôlement excitant, a fait l'autre. Tu devrais peut-être le questionner d'un peu plus près, tu crois pas ?

– Je suis externe.

– Et alors ?

– On ne vit pas dans le même univers. Il ne m'a jamais laissée l'accompagner au bloc, même pas pour un coup d'œil. Et je n'ai pas le droit d'aller en salle de garde sans être invitée.

– Qui te parle de médecine ?

Marion les a regardées glousser l'une et l'autre.

– Quoi, qu'est-ce qu'il y a ?

– Ne me dis pas que tu ne le trouves pas craquant.

– Hein ? Je n'ai rien remarqué du tout.

– Ah, d'accord, a dit Isa en examinant ses ongles. Tu as fait un accident vasculaire cérébral et tu as perdu la vue. Ça doit être gênant, dans ton travail.

Véro a pouffé.

– Il paraît que les infirmières du bloc sont folles de lui. Mais apparemment, aucune n'a couché avec.

– Je vois que vous êtes bien renseignées, a grimacé Marion.

– Oh, à peine…

– Tu devrais tenter le coup !

– Quoi ?

– Ça serait bon pour ton évaluation de stage.

– Non mais vous êtes folles ?

Véro a levé un index.

– Simplement réalistes. La femme est régie par le principe de nécessité. L'homme par le principe de plaisir. La femme épouse l'homme qui lui est utile. L'homme couche parce qu'il en a envie.

– D'où tu sors ça ?

– Crois-en ma longue expérience, a assuré Véro en arrondissant les lèvres pour souffler une nouvelle taffe.

– Et s'il ne veut pas de toi, a ajouté Isa, dis-lui que nous, on veut bien.

Marion les a considérées toutes les deux.

– Mais vous êtes complètement nymphos ! Je ne vais pas coucher avec mon chef. Et puis d'abord, je suis une romantique. J'ai envie qu'un homme se donne un minimum de peine, qu'il s'intéresse à ce que je ressens, à mes goûts. Je ne sais pas, moi, qu'il m'offre des tournesols parce que c'est ma fleur préférée. Lui, c'est le goujat intégral. Il ne sait rien faire à part vous hurler dessus.

– S'il te maltraite, c'est que tu l'intéresses, a fait remarquer Isa. Tous les hommes sont pareils.

– Reconnais qu'il est canon, a dit Véro. Il ressemble à Johnny Depp.

Marion a haussé les épaules.

– Sauf qu'il se prend pour Dieu.

– Il n'a peut-être pas tort.

– Allez, avoue, tu l'as regardé, quand il enfile son pyjama de bloc ?

– Mais non, enfin !

– Menteuse.

– Bon, d'accord. Un peu.

– Et ?

Marion a poussé un soupir.

– Dieu. Avec les fesses de Johnny Depp.

Eclat de rire général.

Elles ont écrasé leurs mégots sur le parvis.

– Bon, on retourne à la mine ?

Marion leur a dit d'aller en tête, parce qu'elle devait relacer ses chaussures. Depuis qu'elle bossait aux urgences, elle portait des Converses pour que ses chevilles soient parfaitement maintenues lorsqu'elle fonçait dans les couloirs. L'inconvénient était d'avoir à les relacer sans cesse. Mais bon, toutes ces entorses qu'elle plâtrait à longueur de journée commençaient à la rendre parano.

Tandis qu'elle était accroupie, ses yeux se sont posés sur le banc situé à quelques mètres en face. Dissimulé par le vendeur de sapins de Noël, un manuel d'anatomie ouvert sur les jambes, un homme en civil était en train de lire. Il a relevé la tête comme s'il sentait le poids du regard de Marion.

– Docteur Chess ?

Il l'a dévisagée.

– Tiens. Mademoiselle Marsh.

– Ça… ça fait longtemps que vous êtes là ?

– Un moment.

– Et, heu, vous… (Elle a ravalé sa salive.)… Vous nous avez entendues ?

Il l'a considérée de ses yeux vert translucide. Il avait l'air ailleurs.

Il lui a montré un casque audio.

– Non. J'étais en train d'écouter ce minidisc portable. C'est nouveau. Un jour, vous verrez qu'ils feront tenir des milliers de titres dans un simple briquet. Pourquoi, vous m'avez dit quelque chose ?

– Non, non.

Elle ne savait pas pourquoi au juste, mais elle se sentait vaguement déçue. Décidément, ce type vivait sur une autre planète. Une façon polie de dire qu'il était totalement à la masse.

– Dites donc, Marsh.

– Oui ?

– Vous n'êtes pas censée faire la visite de mes patients post-op ?

– Si.

– Alors qu'est-ce que vous fichez là ?

Elle est devenue écarlate. A bredouillé quelque chose, tourné les talons et s'est empressée de regagner l'hôpital.

La suite de la journée a été semblable aux précédentes : épuisante, tant sur le plan moral que physique. Les cas se sont enchaînés aux urgences sans lui laisser le moindre répit. Elle avait l'impression que cet endroit concentrait toute la misère du monde – ce qui était vrai, d'une certaine manière. Dans l'après-midi, elle a fait un petit malaise dû au manque de sommeil. Elle a mesuré discrètement ses chiffres de tension dans les toilettes : 9/5. Elle a bu de l'eau et mangé du sucre pour la faire remonter, se gardant bien de signaler l'incident à quiconque. En ressortant, elle est allée se peser sur une balance. Quarante-huit kilos. Elle en avait perdu deux en deux semaines.

Une infirmière lui a demandé si tout allait bien. Elle a répondu d'un hochement de tête et s'est remise au travail.

Depuis quelques jours, ses mains tremblaient. Elle avait remarqué qu'elle pleurait facilement devant les séries débiles à la télé. Elle devenait susceptible, aussi. Mais plutôt mourir que de le reconnaître.

Son père comptait sur elle. Il avait tout sacrifié pour qu'elle réussisse.

Elle allait tenir.

Vers vingt heures, elle a regagné les vestiaires d'une démarche de zombi. Une Antillaise qui faisait le ménage lui a fait des remarques, indiquant qu'il ne fallait pas marcher sur son sol mouillé.

Marion n'avait pas la force de répondre.

Elle a ouvert son casier, l'esprit vide, repris son stéthoscope, son marteau à réflexes, et accroché sa blouse sur un cintre. Elle allait refermer lorsqu'une chose qui n'était pas là tout à l'heure a attiré son attention.

Elle l'a fixée, circonspecte.

Sur l'étagère du haut, quelqu'un avait déposé une fleur de tournesol.

9

Maintenant

Marion se tenait devant la fenêtre quand Cora est entrée.

– Je suis là ! a joyeusement lancé cette dernière, les bras chargés de victuailles. Prête à faire la fête ?

Marion s'est retournée vers elle.

Le sourire de Cora a fondu comme un bonhomme de neige dans un micro-ondes. Elle a posé ses paquets et l'a prise dans ses bras.

– Qu'est-ce qui s'est passé ?

Marion a désigné le chat en train de lécher sa gamelle.

– Il est revenu.

– Qui ?

– Le chat.

Marion a tenté de poursuivre, mais elle en était incapable.

Au lieu de ça, elle a fondu en larmes.

Une heure plus tard, elle avait tout raconté à Cora, y compris les grandes lignes de son passé avec Nathan Chess.

– C'est dingue, a dit son amie. Alors tu penses que ce Troyen a un rapport avec un homme dont tu étais amoureuse il y a quinze ans ?

– Je ne sais pas, a répondu Marion en s'essuyant les yeux. C'est possible. Il m'a envoyé une photo accompagnée du nom « Adrian Fog ». J'ai vérifié. Il existe bien un chirurgien qui s'appelle comme ça. Il habite aux États-Unis. Et la photo correspond à Nathan.

Cora arpentait le studio de long en large.

– Tu es sûre de ne pas te tromper ? Quinze ans, c'est long. Quelqu'un aurait pu trafiquer l'image. Ou les références sur Internet. On essaye peut-être de te faire chanter, d'une façon ou d'une autre.

– Non. C'est bien Nathan. Et je ne vois pas quel genre de chantage on pourrait exercer. Mais tu as raison, ça ne colle pas.

Cora s'est arrêtée de marcher.

– Qu'est-ce que tu veux dire ?

Marion s'est levée du canapé dans lequel elle avait trouvé refuge.

– Le Troyen n'a aucune exigence. Il a simplement prétendu que, lui et moi, nous allions « sauver des vies ». Ça ressemblait à une sorte de mission.

Marion a éprouvé une soudaine excitation tandis que son cerveau se remettait en marche..

– Si on était dans une série policière, il m'aurait demandé de l'argent ou exigé quelque chose, non ?

– Chais pas, a fait Cora. Je suis nulle, en séries.

– D'habitude, les criminels disent quelque chose du genre « surtout n'appelez pas la police ». Mais là, il n'a rien précisé.

– Conclusion ?

– Il ne s'agit peut-être pas d'un criminel. Mais d'un authentique malade.

– Du genre ?

– Attends une seconde…

Marion a fouillé parmi ses étagères, exhumé un vieux polycopié de fac et feuilleté ses pages.

– Voilà. Sémiologie psychiatrique, deuxième année de médecine : « *Les patients atteints de psychose paranoïaque peuvent faire une fixation sur un parfait inconnu. Leur dangerosité peut aller jusqu'à commettre des actes médico-légaux.* »

Elle a refermé le polycopié.

– Le cas d'Ernest Hemingway était célèbre. Il voyait des agents du FBI partout. Si ça se trouve, un type a flashé sur moi, et depuis il me persécute. Peut-être même qu'il s'agit d'un voisin de palier. Ceux d'à côté sont violents. Ils n'arrêtent pas de s'envoyer des assiettes à la figure.

– Et qu'est-ce que tu comptes faire ?

– Aller voir les flics.

Elle a regardé sa montre.

– Il est vingt et une heures. À cette heure-ci, le commissariat ne doit pas être bondé.

Cora a poussé un soupir de résignation.

– De toute façon, notre soirée est morte. Alors autant y aller, si ça peut faire avancer les choses.

Elles ont quitté l'appartement pour se rendre à pied au commissariat du secteur.

En fait, il y avait de l'affluence. Marion et Cora ont dû attendre deux bonnes heures, assises entre un couple de Pakistanais menacés d'expulsion et un ivrogne qui n'arrêtait pas de s'endormir sur leur épaule. Un agent de la force publique a finalement consenti à les faire entrer dans son bureau. Il a écouté l'histoire de Marion, les yeux embrumés de fatigue, avant de conclure :

– Donc, si j'ai bien compris, vous souhaitez porter plainte contre un inconnu ?

– C'est ça, a dit Marion, dont l'enthousiasme initial s'était largement émoussé.

– Et ses messages de menaces arrivent sur un iPhone, ainsi que sur votre ordinateur.

– Oui.

– Mais les menaces en question – hormis le fait qu'elles concernent un chat – ont été proférées lors de conversations privées, c'est-à-dire à l'intérieur de fenêtres de dialogue, c'est bien ça ?

– Heu, oui, a reconnu Marion. Et alors ?

– Et alors, vous devriez savoir que tout ce qui est inscrit dans ce genre de fenêtre ne comporte aucune sauvegarde. Facebook, et la plupart des autres sites, ne les conservent pas. Tout part à la poubelle. Il n'y a aucune preuve du dialogue en question. Et comme vous n'avez pas de suspect à désigner…

Le flic s'est levé, indiquant la sortie.

– Il n'y a pas de quoi établir votre plainte. Quant à cette histoire de disparition remontant à quinze ans, je vous suggère d'aller voir mes collègues du Quai d'Orsay. Moi, je ne peux rien.

Elles sont ressorties.

– Crotte, a dit Cora. Quand il faut te flasher sur le périph', ils sont aux premières loges. Mais quand tu as vraiment besoin d'eux…

Marion a réfléchi tout en marchant.

– Il y a quelqu'un d'autre qui pourrait m'aider.

– Qui ?

– Mon père. Sauf qu'il ne répond pas au téléphone. Il faudrait passer là où il travaille.

– À cette heure ?

Marion s'est tournée vers son amie.

Cora a poussé un soupir.

– Ça va. Inutile de me faire les yeux du chat dans *Shrek*. On va prendre la voiture. Mais je te préviens : c'est moi qui conduis.

10

Cora a garé son Hummer sur le côté droit du boulevard Sébastopol.

Marion est descendue.

– Tu m'attends ici ?

– Je ne bouge pas, a dit Cora. Je laisse la fenêtre ouverte. Si tu as un problème, tu m'appelles.

– Ça ne craint rien. Je vais juste à côté.

– Ouais, ben je surveille quand même. Et j'ai un taser dans ma boîte à gants.

– Un taser ?

– Quand tu vas chercher un patient dans certains endroits au milieu de la nuit, mieux vaut en avoir un, tu peux me croire.

Marion a traversé le boulevard. L'Hôtel-Dieu et une partie de sa jeunesse ne se trouvaient pas loin.

Un type en blouson l'a sifflée. Plus loin, une drag-queen est entrée dans une boîte.

Elle s'est arrêtée au numéro 42, un club de jazz, le Duc des Lombards.

– Bonjour, Marion, a dit le videur.

– Il est en bas ?

– Comme d'habitude.

Elle a descendu les escaliers menant à la cave voûtée. Avant, cet endroit aurait été saturé de fumée de cigarettes. Ce soir, l'ambiance était calme. Elle y avait passé beaucoup de temps à écouter de talentueux pianistes, jadis, à une époque où la musique électro et le téléchargement pirate étaient des concepts inimaginables.

Son père rangeait du matériel.

– Papa, tu ne réponds jamais à mes coups de fil !

– Désolé, on n'entend rien, ici.

Elle l'a serré dans ses bras.

– Tu vas bien ?

– Parfaitement.

Il avait l'air encore plus vieux et maigre qu'à l'accoutumée.

– J'ai reçu tes fleurs, a dit Marion. Merci beaucoup.

Il a esquissé un geste d'excuse.

– Encore désolé pour ton anniversaire. Tu sais comment ça se passe. Je bosse dès qu'on me refile du boulot.

– Qui jouait, ce soir ?

– Un groupe.

– Et toi ? Tu n'essaies plus ?

– Régler le son me convient très bien. (Il a soulevé une table de mixage.) Et si on en venait au but de ta visite ?

Marion a ravalé sa salive.

– J'ai reçu de ses nouvelles.

– Qui ?

– Nathan.

Silence.

Son père a reposé la table.

– Tu as entendu ce que je viens de te dire ? a demandé Marion.

– Oui. Ça ne te dérange pas si on va en parler dehors ?

Il est sorti sans attendre sa réponse, et a allumé une cigarette. Dans la lueur des réverbères parisiens, Marion l'a trouvé encore plus pâle.

– Je ne t'en propose pas, a dit son père.

– Tu sais que je ne fume plus. Et tu ferais bien d'arrêter aussi.

– Je t'écoute, Marion.

Il fixait un coin de ténèbres, comme pour tenter d'en percer le mystère.

– J'ai découvert une photo. Apparemment, il habite aujourd'hui près de Los Angeles. Il se fait appeler Adrian Fog.

– Vraiment ? Quinze ans après, c'est original. Et qu'est-ce que tu comptes faire ?

– J'étais venue en parler avec toi. Je pensais que tu pourrais m'aider.

– À quoi ?

– Tu ne veux pas savoir ce qu'il est devenu ?

– Non.

Il contemplait à présent le bout rougeoyant de sa cigarette.

– Juste non ? Comme ça ?

– Nathan a disparu depuis des lustres. Pour moi, c'est comme s'il était mort.

Il a levé les yeux.

– Mort et enterré. Point barre. Je ne vois pas l'intérêt de remuer la merde.

L'expression dans la bouche de son père a choqué Marion. Lui qui s'appliquait toujours à avoir une diction française impeccable.

– Et s'il vit réellement là-bas ?

– Alors qu'il y reste. J'ai quitté l'Amérique parce que je ne supportais plus ce pays. Tu ne te rends pas compte de la chance que tu as d'habiter la France. Si tu n'as pas d'argent, là-bas on te laisse crever la bouche ouverte. Jamais tu n'aurais fait des études de médecine.

– Je n'en ai pas fait, Papa.

– Tu sais ce que je veux dire. Et à mon âge, si j'avais des problèmes de santé, je n'aurais pas les moyens de me faire soigner.

Elle a marqué une pause.

– Tu as des problèmes de santé ?

– Non.

Elle s'est penchée pour l'observer.

– Est-ce que le nom « Troyen » te dit quelque chose ?

Il a froncé les sourcils.

– Hein ? Quoi ?

Il avait l'air sincère. Elle l'a embrassé sur la joue.

– Je dois y aller. Prends soin de toi. On se voit ce week-end ?

Il n'a pas répondu. Marion a parcouru le chemin en sens inverse et elle est remontée dans la voiture.

– Alors ?

– Le Troyen ne lui dit rien. J'ai préféré ne pas m'étendre. Mais il me cache autre chose.

– Tu en es sûre ?

– C'est mon père. Je sais quand il ment. Et aussi qu'il est inutile d'insister lorsqu'il fait sa tête de mule. Mais je reviendrai à la charge.

Cora a hoché la tête.

– Au fait, ton iPhone a émis un bip. J'ai essayé de regarder, mais je n'ai pas pu déverrouiller le système.

La tension de Marion est soudain montée d'un cran.

Elle a placé son pouce sur l'écran de l'iPhone. Il y a eu un déclic tandis que son empreinte était reconnue.

Facebook.

Un *poke* immédiat.

– Bonsoir Marion. « Sauvons des vies », vous vous rappelez ? Ce soir, on oublie le chat. La prochaine victime sur la liste doit vous stimuler un peu mieux.

Marion a regardé le texte apparaître, les yeux écarquillés.

– ... J'ai choisi comme cible votre amie, Cora Chenowitz, actuellement assise sur le siège conducteur. Prête ? Attention, voici l'énigme...

11

Au lieu de répondre, Marion a plaqué précipitamment sa main sur le bouton. L'iPhone s'est éteint.

– FONCE, CORA, FONCE !

– Qu'est-ce qu'il y a ?

– VAS-Y ! PIED AU PLANCHER !

Son amie l'a regardée, puis s'est décidée à enfoncer l'accélérateur. Le Hummer a bondi sur le boulevard. Une Smart a pilé dans un crissement de pneus.

– PLUS VITE ! FONCE JE TE DIS !

– Tu es sûre que…

– NE POSE PAS DE QUESTION !

– D'accord, comme tu voudras.

Cora a écrasé la pédale. Marion a été plaquée contre son siège, tandis que l'ambulance grimpait le boulevard dans un vrombissement d'avion de chasse.

– Moteur bricolé, a expliqué Cora.

Elle a enclenché le gyrophare. Un bruit de tôle froissée, sur la droite. Cora n'en a pas tenu compte. Elle s'est mise à slalomer entre les voitures. Un conducteur les a regardées d'abord furieux, puis effaré. On aurait dit qu'une tarentule géante lui déboulait dessus.

Cora l'a dépassé en brûlant le feu.

Coups de freins. Klaxons.

– Je fonce, a grogné Cora. Mais avant qu'on meure, tu peux m'expliquer ?

Marion était livide.

– Le Troyen ! Il est là ! Il nous voit !

– Hein ?

– Il nous suit ! Il sait que tu conduis la voiture !

Marion a jeté l'iPhone sur le tableau de bord.

– Il vient de l'écrire sur ce truc ! Il allait poser une autre énigme !

Le feu était rouge au prochain croisement. Plusieurs voitures arrêtées. Cora a été forcée de ralentir. Elle a donné un coup de sirène. Pas de réaction.

Elle s'est tournée vers Marion.

– Tu es absolument certaine de ce que tu dis ?

– MAIS OUI !

– OK. Changement d'itinéraire.

Elle a braqué à gauche, elle est montée sur le trottoir et s'est engagée dans une rue piétonne. Marion a poussé un cri. Un coup de volant sur la droite. Le véhicule a remonté le quartier des Halles normalement réservé aux promeneurs. Elles roulaient à présent dans la rue Saint-Denis.

– Ceinture, a conseillé Cora.

Elle a une nouvelle fois écrasé l'accélérateur. Marion s'est cramponnée. Autour d'elles, le décor filait comme dans un train. Poubelle qui vole. Des loubards qui s'éparpillent. Des types sont sortis d'un sex-shop – et rentrés aussitôt, obligés de plonger à plat ventre.

Un autre coup de volant sur la gauche. L'enseigne d'un marchand de sandwiches grecs a volé en éclats. Le Hummer a rebondi dans la rue Étienne-Marcel, fonçant en sens interdit. Passage en trombe devant un café, sous les yeux médusés des clients.

Cent mètres plus loin, sur la gauche, s'ouvrait la gueule noire des tunnels sous les Halles. Cora s'y est engouffrée.

Au bout d'un moment, elle a ralenti la cadence.

– Là, à mon avis, on l'a semé.

– T'es folle ?

– Non. Je sais juste conduire une voiture.

Marion a ravalé sa salive.

– Attends, arrête-toi ici une seconde…

Cora a freiné devant une benne à déchets.

– Tu ne te sens pas bien ? Qu'est-ce que tu fais ?

Marion a ouvert sa vitre.

– Ce que j'aurais dû faire depuis le début.

Elle a balancé le téléphone au milieu des ordures.

– Je ne sais pas si Le Troyen s'est servi d'un GPS intégré pour nous localiser, mais peu importe. Je me débarrasse de ce truc.

Elle a remonté la vitre.

Cora a hoché la tête.

– On y va ?

Et le Hummer est reparti en trombe.

*

Elles ont franchi l'immense pont de l'autoroute A15 au-dessus de la Seine. En journée, depuis cet endroit, on pouvait admirer Paris jusqu'à La Défense. Mais à cette heure de la nuit, la plupart des immeubles étaient éteints.

Marion a observé les phares de quelques voitures qui roulaient dans l'autre direction. Derrière elles, en revanche, personne.

– Où est-ce que tu m'emmènes ? a-t-elle demandé.

– Chez mes parents, a dit Cora. C'est à L'Isle-Adam, dans le Val-d'Oise, à une quarantaine de kilomètres. Vu les circonstances, il vaut mieux que tu ne dormes pas chez toi. Ni moi non plus.

Marion n'a rien répondu. Son regard était perdu dans les ténèbres derrière la vitre. Elle se sentait présente, et en même temps ailleurs. On appelait ça un état de choc.

Cora a remué sur son siège.

– Alors tu en es sûre ? C'est à moi qu'il destinait ses menaces ?

– C'est ce qui était écrit.

Cora a lâché un juron, avant de ramener ses yeux sur la route.

Les mains de Marion étaient serrées à s'en faire blanchir les jointures.

– Dès demain, je retourne voir la police. Ça m'étonnerait que des menaces pareilles ne les fassent pas bouger. Et s'ils ne bougent pas, je préviendrai mon père, je rameuterai des journalistes de mon boulot, je… je trouverai des solutions…

Elle a baissé la tête, sentant venir les larmes.

Un silence.

– Je suis désolée de t'avoir entraînée là-dedans, Cora. Vraiment, je regrette.

– Bah, ce n'est pas grave.

Elles ont emprunté l'A115, direction Taverny. Cora a mis un fond de musique. Marion a récupéré un comprimé dans son sac et l'a laissé fondre sous sa langue. Au bout d'un moment, elle s'est détendue un peu. Si elle avait pu oublier les évènements des dernières vingt-quatre heures, elle aurait presque pu croire à une virée nocturne entre copines.

Il y a eu soudain un bruit sourd. La voiture a zigzagué.

– Nom de…, a commencé Cora.

Le véhicule est sorti de la route.

La terre et le ciel ont changé de place.

Un premier tonneau.

Un deuxième.

12

Avant.

Marion était en train de terminer une suture au Petit Bloc quand le Dr Chess est entré.

– Comment ça se passe ?

Elle a levé la tête pour observer son visage : il était indéchiffrable. Elle a fait un effort pour ne pas penser à la fleur de tournesol qu'elle avait installée, avec le plus grand soin, sur le comptoir de sa cuisine.

Surtout ne pas rougir.

– Tout va bien, a-t-elle répondu.

Elle a saisi son aiguille courbe avec une pince et l'a placée soigneusement dans le pot à aiguilles afin qu'aucune infirmière ne se pique en débarrassant son plateau à suture.

– C'est calme, aux urgences ?

– Ça va.

– Qu'est-ce qu'on a ?

Elle a retiré ses gants, les a jetés dans la poubelle réservée aux déchets toxiques, puis s'est frotté les mains pour se débarrasser du talc.

– Brûlure en box Un. J'ai placé sa main sous l'eau froide pendant trente minutes, ça devrait aller. Chute de vélo en Deux. Uniquement des abrasions, les infirmières sont en train de lui faire des pansements. Au Trois, il y a un gamin qui s'est fait mordre par un chien. L'animal est vacciné contre la rage et le vaccin antitétanique du gamin est à jour. Il part au bloc. Mais le père qui l'accompagnait a fait un malaise vagal.

– Vous l'avez mis en décubitus dorsal ?

Marion a froncé le nez.

Décubitus dorsal voulait juste dire « allongé sur le dos ». Cela faisait partie des termes obscurs qu'on employait entre confrères, et qui avaient tendance à l'irriter un peu. L'explication officielle : ça vient du latin, vous êtes censé adopter un langage scientifique commun. La version officieuse : c'est pratique pour vous parler sans que le patient comprenne. Et puis vous avez l'air moins idiot quand vous discutez de certaines maladies sur lesquelles, finalement, vous ne savez pas grand-chose.

– Je l'ai allongé sur le dos, oui, et j'ai surélevé ses jambes. Il va bien.

Chess a hoché la tête.

– Je peux vous accompagner jusqu'au tableau d'accueil pour voir si on a inscrit d'autres personnes ?

– Bien sûr…

Comme s'il avait besoin de lui demander la permission.

Il a fait quelques pas à côté d'elle.

– Et cette fille, tout à l'heure ? a-t-il demandé. Celle qui a reçu un coup de batte de baseball sur la tête ?

Le visage de Marion s'est éclairé.

– Dounia ? Elle est géniale.

– Vous connaissez son prénom ?

– On est devenues copines. La pauvre s'est fait agresser par un skinhead dans le quartier des Halles.

Elle a grimacé.

– Le type lui a demandé une cigarette. Elle a dit non. Alors il a sorti une batte et lui a filé un coup. Comme ça. Pas très fort, mais quand même. Vous vous rendez compte ? Taper une fille parce qu'elle vous a refusé des clopes ?

– Comment savez-vous que ça n'était pas très fort ?

– Parce qu'elle me l'a dit. Dounia est supersympa. Elle est hongroise, vous savez ? Elle est venue en France pour le week-end avec son petit copain. Enfin, ce n'est pas encore son petit copain, elle aimerait bien, mais elle ne lui a rien dit…

Mais qu'est-ce qu'elle était en train de raconter ?

Elle a fait mine de se concentrer sur le tableau d'accueil – comme par hasard, totalement vide de patients.

– Vous lui avez fait les tests neurologiques ?

– Oui. Les réflexes pupillaires étaient normaux, les ROT[1] symétriques, pas de Babinski, ni rien d'autre. Je lui ai fait une suture aux petits oignons. Elle ne verra même pas la cicatrice. C'est important pour une fille.

– Et après ?

– Après, comme elle avait un peu mal à la tête, je l'ai envoyée au scanner. Je dois la revoir tout à l'heure. On s'est promis de prendre un pot en sortant. On a le même âge, vous savez ?

Il a eu un sourire neutre.

– D'accord.

Une pause.

---

1. Réflexes Ostéo-Tendineux.

– Je voudrais vous montrer quelque chose. Vous voulez bien ?

Elle a opiné.

– Bien sûr. Pas de problème.

Le cœur de Marion s'est mis à battre plus fort.

Ils ont quitté les urgences, Chess en tête, et emprunté un escalier pour monter au premier étage. Marion n'avait jamais vu ce secteur de l'hôpital.

– Vous connaissez la salle de garde ? a dit Chess.

– Non.

– Vous n'y êtes jamais allée ?

– Comment le pourrais-je ? Il faut être invité par son interne, ou par un chef. Et je n'ai pas d'interne.

– Ah. Eh bien, réparons cet oubli.

Il a poussé une porte.

– Il n'y a pas grand monde à cette heure, mais elle vaut le coup d'œil.

Marion s'est promenée dans la salle de garde déserte, les mains dans les poches de sa blouse.

Les murs étaient couverts de fresques immenses. Des bacchanales figurant des personnages nus, souvent avec leurs attributs virils à la main. Les visages hilares représentaient d'anciens chefs de service. Marion a noté qu'il s'agissait d'hommes neuf fois sur dix. La gloire masculine triomphait jusqu'ici. Une fois, une chirurgienne lui avait confié avec amertume que, lorsqu'un homme avait gagné ses galons de chef, on lui fichait la paix, tandis qu'une femme était constamment sommée de faire ses preuves. Marion s'est demandé si elle aurait la force de s'affirmer dans un univers aussi masculin.

Chess a ouvert un buffet.

– Vous voulez grignoter ? Je crois qu'il y a du chocolat là-dedans.

– Non merci, a-t-elle répondu.

Son expression était toujours aussi insaisissable, et elle commençait à se sentir mal à l'aise. Surtout avec tous ces pénis dressés sur les murs.

Il s'est assis, croquant une tablette à 70 % de cacao. Il regardait les fresques à son tour, comme s'il cherchait par quoi commencer.

– Vous avez pris vos marques dans le service. C'est bien.

– Oui.

– Ce n'est pas facile.

– Non.

– Il y a du boulot.

– C'est sûr.

C'était quoi la prochaine ? Il allait se mettre à parler de la pluie ?

– Vous croyez en Dieu ?

– Hein ?

– Désolé. C'est une question personnelle, je m'en rends compte. Je me demandais juste si vous étiez croyante.

– Non.

– Je dis ça, parce que parfois, ça aide.

– À quoi ?

Chess a examiné son bout de chocolat.

– Il y a longtemps, lorsque je ne me sentais pas bien, je prenais ma voiture et j'allais crier dans la forêt.

Un blanc.

– Je vous parle de mes premières années de médecine, a dit Chess. Lorsqu'une intervention se passait mal, ou après avoir annoncé un diagnostic terrible, parfois, je n'en pouvais plus. Dans ces cas-là, certains médecins intériorisent tout. D'autres font du sport jusqu'à l'épuisement total, ou bien se saoulent, ou encore tapent contre les murs. Moi, j'allais dans les bois, je cherchais un endroit où personne ne pouvait m'entendre, et je criais à m'en faire péter les cordes vocales. Au bout de quelques minutes, ça allait mieux. Ensuite, je pouvais rentrer et reprendre mon travail.

Marion s'était attendue à une sorte de blague avec une chute. Mais il était tout à fait sérieux.

– Vous savez, a dit Chess d'un air grave. En définitive, ce n'est pas le temps qui vous reste à vivre qui est important. C'est ce que vous en faites.

– Pourquoi vous me dites ça ?

– Il ne faut pas vous en vouloir. C'est votre premier. Vous allez vous y faire. Mais les premiers sont toujours les plus terribles.

– Les premiers quoi ?

– Décès.

Il l'a regardée avec tristesse et compassion.

– Dounia, votre copine hongroise. Elle a convulsé sur la table de scanner. C'était un hématome extradural. Imprévisible. Rapide. Vous n'y pouviez rien. On l'a conduite au bloc, mais on n'a pas pu la sauver. Elle est morte.

13

Maintenant

– Vous êtes en vie.

Marion écoutait le médecin debout à son chevet. Un homme brun, la quarantaine. « DR P.B. » disaient les initiales sur sa blouse.

– Compte tenu de l'accident, cela tient du miracle, mais vous n'avez rien.

Il lui a montré les clichés du scanner.

– Vous avez subi un traumatisme crânien en cognant dans l'habitacle, mais les airbags ont absorbé le choc. Pas de sang dans le cerveau, et le reste de votre bilan est normal. Vous vous en tirez avec des égratignures.

Il a rangé les clichés dans leur pochette.

Elle hésitait à lui demander des nouvelles de Cora, terrifiée par l'éventualité de la réponse.

Elle se souvenait du choc. Du contact brutal de l'airbag contre son visage. La voiture s'était immobilisée dans un champ. Marion était parvenue à défaire sa ceinture et à s'extraire de l'habitacle. L'endroit ne se trouvait pas loin d'un lampadaire de l'autoroute. Elle avait fait le tour de la voiture.

Elle se souvenait surtout du silence, et d'avoir composé le 15.

Le SAMU était arrivé en quelques minutes. Elle ne se rappelait pas avoir vu du sang, mais Cora ne réagissait toujours pas. Marion avait été évacuée en premier.

– Où sommes-nous ?

Il lui a dit le nom d'une clinique.

– Quelle heure est-il ?

– Sept heures du matin. On vous a laissée dormir un peu. Vos affaires personnelles sont au coffre.

Il a débranché les électrodes de monitoring.

– Vous n'avez plus besoin de ça. Il faudra revoir votre médecin traitant dans les quarante-huit heures pour refaire le point, mais en ce qui me concerne, vous êtes sortante.

Elle a pris son courage à deux mains.

Dounia, votre copine hongroise.

Elle est morte.

– Et mon amie, Cora Chenowitz ? a demandé Marion.

– Elle va bien. Elle est ici.

Elle a manqué défaillir de soulagement. Ses épaules se sont relâchées, mais elle avait noté une réserve dans le ton.

– Vous êtes sûr ? Vous lui avez bien fait tous les tests ? Les pupilles et le truc sous les pieds, le Babinski ?

Le médecin a souri.

– Je vois que vous vous y connaissez.

– Un peu.

– On lui a tout fait, rassurez-vous. Elle n'a rien. Juste un peu mal dans le dos. Pour être certain que sa moelle épinière n'est pas touchée, on va lui faire passer une IRM.

Sa moelle épinière ?

Oh mon Dieu.

– Elle bouge ses jambes, rassurez-vous, a répété le médecin comme s'il lisait dans ses pensées. Mais on devra peut-être la garder quelques jours.

– Est-ce que je peux la voir ?

– Bien sûr.

Il lui a tendu un papier.

– Voici le numéro de sa chambre. Si vous avez d'autres questions, ou besoin de quoi que ce soit, n'hésitez pas.

Il lui a souhaité un bon retour à son domicile et a quitté la pièce.

Marion s'est retrouvée seule.

Autour d'elle, de grandes baies vitrées donnaient sur une épaisse forêt de conifères. Une sensation de calme et de bien-être imprégnait les lieux.

Elle allait bien, le médecin l'avait dit. D'ailleurs, elle n'avait mal nulle part. Pourtant, elle ne parvenait pas à se détendre.

Qu'est-ce qui s'était passé ? Comment un tel accident avait-il pu se produire ? Elle se souvenait d'un choc sourd, juste avant que le Hummer ne quitte la route.

Elle s'est mordu les lèvres.

La vraie question : Le Troyen y était-il pour quelque chose ?

Elle avait jeté l'iPhone. Refusé le dialogue et l'énigme. Est-ce que tout était sa faute ?

Elle a réfléchi.

Non. Elle n'était pas directement responsable de l'accident. Et Cora était vivante.

Une aide-soignante est entrée et lui a proposé un plateau de petit déjeuner. Marion a d'abord refusé, avant de découvrir qu'elle était morte de faim. Elle a accepté un grand bol de café et une double ration de tartines et de confiture, qu'elle a engloutis devant la fenêtre.

Un daim est passé entre les arbres. Il a brouté quelques touffes d'herbes, puis a disparu.

Elle a repoussé son plateau, s'est rafraîchie dans la salle de bains et a enfilé ses vêtements.

Elle était prête.

Dans le couloir, une infirmière lui a indiqué la chambre. Elle a pris une inspiration.

– Salut ma belle ! a lancé Cora.

Son amie était confortablement installée dans son lit d'hôpital, zappant d'une chaîne à l'autre avec la télécommande. Elles sont tombées dans les bras l'une de l'autre. Quelques minutes ont passé, puis Cora a dit :

– Ce n'est pas normal. Il y a eu ce son bizarre, et le volant a cessé de répondre. Heureusement que je conduis un monstre d'ambulance et qu'on a atterri dans un champ fraîchement labouré.

– Tu crois que c'était lui ? Le Troyen ?

– Je ne sais pas. Il aurait pu trafiquer la voiture ?

Marion est restée songeuse.

– Qu'est-ce que tu vas faire ? a demandé Cora.

– Je vais prévenir mon père, je suppose. Puis je vais rentrer à Paris.

Votre copine est morte.

– Je dois régler cette histoire.

– Tu retournes chez les flics ?

– Sans doute, a répondu Marion en détournant les yeux.

Elles se sont enlacées encore une fois, et elle est partie.

Un taxi l'a ramenée jusqu'à son appartement. Une fois la porte refermée, elle a contemplé ses piles de livres en silence. Ses repères familiers étaient présents, les symboles rassurants d'une vie calme et ordinaire. Pourtant, elle ne se sentait plus chez elle. Son monde avait irrémédiablement basculé.

Ce qui compte, ce n'est pas le temps qu'il vous reste à vivre, avait dit Nathan. *C'est ce que vous en faites.*

Elle s'est assise au comptoir de la cuisine.

Elle a allumé son ordinateur. S'est connectée à Facebook.

Comme elle s'y attendait, Le Troyen était en ligne.

Elle lui a envoyé un *poke*.

– Je suis là.

14

– Qu'attendez-vous de moi ? a tapé Marion.
– D'abord de vos nouvelles.

Elle a regardé le sparadrap situé au niveau du pli de son coude, là où on lui avait perfusé des antalgiques.

– Je me sens bien.
– Votre amie ?
– Aussi.
– Parfait.

Marion a attendu la suite.

– J'aurais pu faire pire, a écrit Le Troyen.

Une pause.

Le petit panneau en bas de l'écran indiquait qu'il était en train de composer une nouvelle phrase.

– J'aurais pu aller jusqu'à votre voiture pendant que votre amie était inconsciente. Deux femmes seules. J'aurais pu lui régler son compte.

Marion a imaginé les doigts en train de taper les mots.

Donc, il avait toujours été proche d'elle.

Est-ce qu'il se trouvait dehors, dans un cybercafé ? Juste en bas de son appartement, pourquoi pas ?

– J'avais compris le message, a-t-elle répondu. Et maintenant ?

– On reprend le jeu.

– Et si je refuse ?

Elle avait posé la question de pure forme. Elle connaissait déjà la réponse.

– Je ne suis pas l'un de ces psychopathes, a écrit Le Troyen.

Nouvelle pause. Le petit panneau indiquant qu'il tapait encore. Puis :

– « Sauvons des vies » n'est pas une option. La question n'est pas de savoir si vous allez y participer : vous n'avez pas le choix. La question est : qui d'autre vais-je impliquer dans la partie ? Si vous n'y mettez pas du vôtre, je trouverai sans peine des gens pour vous contraindre.

Marion a pensé à son père, si maigre et faible, sous les lampadaires de la rue des Lombards. Elle n'avait pas envie de voir de quoi Le Troyen était capable.

– Que dois-je faire ?

– Je ne vais pas vous le dire. Je vais vous le montrer.

Un nouveau signal sonore lui a indiqué qu'il était en train de lui envoyer un fichier.

– C'est une vidéo. Ouvrez-la.

Elle l'a fait.

La scène durait moins de vingt secondes. Elle l'a regardée avec le plus de courage possible. Elle a essayé d'être forte en écoutant les mots. Mais à la fin, ses yeux étaient humides, et ses mains tremblaient tellement que ses doigts avaient du mal à rester sur les touches.

– Vous allez faire ce que la personne sur la vidéo vous demande ?
– Oui, a répondu Marion.
– Bien. Alors voici mes instructions...

*

Une heure plus tard, Marion avait bouclé sa valise. Elle a confié son chat à une voisine, contemplé une dernière fois son appartement, puis elle a refermé la porte et est montée dans un taxi.

Tandis que la voiture l'emportait loin de son quartier et de son existence, un souvenir lui est revenu en mémoire. À l'époque où elle était encore étudiante en médecine, elle avait lu *Notre-Dame de Paris* de Victor Hugo. Travailler à l'Hôtel-Dieu, au pied de la cathédrale, était pour beaucoup dans ce choix. Quand les cloches sonnaient, elle avait presque l'impression d'entendre le rire de Quasimodo résonner dans les couloirs de l'hôpital.

Un passage l'avait marquée en particulier : celui dans lequel Frollo, l'archidiacre, observait un livre imprimé en murmurant : « Ceci tuera cela. » Il fallait comprendre que la naissance de l'imprimerie allait tuer l'Histoire, jusque-là transmise par les fresques des cathédrales. L'avènement du livre devenait l'abolition de la servitude envers l'Église. Un symbole de liberté. Mais Marion y avait surtout vu une réflexion sur le changement.

L'évolution inexorable d'une ère vers une autre.

Il y a des rituels de passage dans la vie. La perte de votre première dent. Le jour des premières règles. Votre premier baiser. La première fois que vous faites l'amour. Le premier mort que vous voyez aux urgences. Et chaque passage tue l'époque antérieure. Vous devenez différent, vous franchissez une étape et une nouvelle ère s'ouvre. Vous prenez conscience du temps qui passe et de votre mortalité, de la fragilité des choses. De l'importance de capturer des instants tels qu'un lever de soleil au petit matin, un bon moment autour d'une table, un fou rire en compagnie de vos amis.

Vous faites des bilans.

Dans ces moments-là, il n'est pas rare que vos rêves et vos désirs de jeunesse vous reviennent en mémoire. Le contraste avec votre existence actuelle est parfois difficile. Il peut provoquer une grave prise de conscience. Crise de la quarantaine, dépression, crise des sept ans, coup de folie, appelons cela comme vous voulez. Le résultat est le même : les murs que vous pensiez solides sont soufflés par une bourrasque. Soudain, l'avenir que vous imaginiez tout tracé devient aussi mystérieux qu'un champ enveloppé par la brume de l'aube. Vous respirez un air nouveau.

C'est excitant, et en même temps, vous êtes pétrifié de peur.

Ceci tuera cela.

Le taxi a déposé Marion devant l'immeuble où elle travaille.

– Attendez-moi ici, a dit Marion. J'en ai seulement pour une minute.

Elle a demandé à voir directement Catherine Bormann.

– Est-ce que vous comptez faire de moi une journaliste ? lui a-t-elle annoncé de but en blanc.

L'autre l'a regardée avec des yeux ronds.

– Vous faites irruption comme ça, dans mon bureau, alors que ça fait deux jours que vous ne venez pas travailler, pour me poser une question pareille ?

– Répondez-moi, s'il vous plaît.

– Vous n'êtes plus toute jeune.

– J'ai pris quelques années de retard.

– Le journalisme, c'est un métier.

– J'apprends vite.

– Vous n'avez même pas de sujet d'enquête.

– Détrompez-vous. J'en tiens un excellent.

– Vous n'êtes pas prête pour cela.

Marion a hoché la tête.

– Bien. C'était juste pour être certaine que je ne ratais rien.

Elle a déposé une lettre sur le bureau.

– Voici ma démission. Au revoir, madame Bormann.

Elle s'est détournée pour franchir la porte.

– Attendez.

Catherine s'est levée pour venir lui faire face.

– Je ne sais pas ce que vous comptez faire. Mais vous avez tort. J'ai eu moi-même des moments difficiles. Quelle que soit votre souffrance, ou la nature de votre blessure, croyez-moi, vous devez aller de l'avant. Personne ne peut changer le passé.

Elle a regardé fixement sa patronne.

– Si. On le peut.

Puis elle est sortie sans se retourner.

*

Elle a demandé au taxi de la laisser devant la porte F. Elle a récupéré son sac dans le coffre, est entrée dans l'aéroport et s'est présentée au comptoir d'Air France.

– J'ai réservé un billet, a-t-elle annoncé.

– Quelle destination ? lui a demandé l'hôtesse.

– Los Angeles. Le vol de 16 h 30.

On a vérifié son passeport et validé la place dans l'ordinateur.

– Pas de date de retour ?

– Non. Vous n'avez qu'à me donner un billet *open*.

L'hôtesse a fait quelques manipulations avant de lui tendre un carton.

– Bon voyage.

Marion est entrée dans le terminal.

Le Troyen avait déposé de l'argent sur son compte. Conformément à ses instructions, elle s'en était servie pour payer son billet d'avion et acheter un nouvel iPhone. Elle l'a allumé et s'est connectée à sa page d'accueil sur Facebook pour regarder encore une fois la vidéo.

On y voyait Nathan Chess.

Mal en point. Allongé sur un lit d'hôpital. Des perfusions dans les bras. Il avait perdu plusieurs kilos. L'endroit ne comportait aucune fenêtre, et le décor autour de lui était plongé dans les ténèbres.

Surtout, une paire de menottes attachait ses pieds aux barreaux du lit.

« … Bonjour Marion… Je suis vraiment désolé de te contacter de cette façon… Après tant d'années, tellement de mystères… je sais à quel point cela doit être difficile pour toi… Je voudrais t'expliquer, te donner des réponses… »

Il s'est interrompu pour tousser.

« … Mais le temps… me manque… Alors écoute-moi… Tu dois entreprendre ce voyage que Le Troyen te demande, si tu veux me revoir un jour. Fais-le, Marion, Je t'en supplie. Ma vie… ma vie n'est pas la seule qui soit en jeu. »

Et c'était tout.

Elle a composé le numéro de son père. Le répondeur, une fois de plus. Tant mieux, a-t-elle pensé.

– Je m'en vais, Papa. Pardonne-moi de te l'annoncer ainsi, mais je monte dans l'avion à l'instant. Je pars pour les États-Unis.

Elle a fermé les yeux.

– Nathan n'est pas mort. Il est vivant. Là-bas, quelque part. Il a besoin de moi. Et je vais le chercher.

*

Le père de Marion a raccroché son téléphone après avoir écouté le message de sa fille.

Il se sentait faible, tout à coup. Il a préféré s'asseoir dans un fauteuil.

Ses doigts ont malaxé ses joues, effleurant sa barbe rêche. Ce moment-là devait arriver un jour. Forcément. Toutes ces années, il avait tenté de repousser la date. Mais au fond, il avait toujours su que cela finirait ainsi.

Il s'est levé pour aller fouiller dans le buffet de la cuisine. Il n'a pas tardé à retrouver l'enveloppe. Un modèle ancien, celui qu'on collait encore avec la langue. À l'intérieur du rabat en « V », un numéro était noté au stylo.

Il a appelé les renseignements.

– Bonjour. Je voudrais passer un appel pour l'étranger. J'ai un numéro, mais je ne sais pas s'il est encore valable.

Il l'était.

Seul l'indicatif de zone avait changé. On lui a expliqué quelles modifications faire. Il a remercié son interlocuteur, puis composé les chiffres.

La sonnerie a fait un bruit de buzzer. Un seul coup long, plus grave qu'en France. Quelqu'un a décroché.

– *She's coming*[1], a simplement dit le père de Marion dans l'appareil.

Il n'y a pas eu de réponse.

Il a répété la phrase, pour être bien certain qu'on l'avait entendu, puis il a raccroché.

Ses yeux ont fait une dernière fois le tour de l'appartement.

Il était temps pour lui de faire sa valise.

---

1. « Elle arrive. »

DEUXIÈME PARTIE

Derrière le voile orange

15

Ce matin-là, le temps était tellement superbe que Chloé a décidé d'abréger les cours.

Elle a agité la main en classe, l'autre appuyée contre son bas-ventre en se tordant de douleur, mimant l'agonie. Le professeur a levé les yeux au ciel et lui a fait signe de sortir. Elle a filé en souriant.

Ce genre de prétexte était imparable.

Elle est allée jusqu'aux toilettes, les a dépassées et s'est tranquillement dirigée vers son casier. Elle l'a ouvert pour récupérer ses affaires, puis elle est sortie par une porte latérale réservée au personnel d'entretien.

Laguna Beach Junior High, dans le comté d'Orange, était construite dans la pure tradition des écoles américaines : architecture massive en briques rouges, fenêtres en hauteur. Ce qui conférait à Chloé l'indéniable privilège de pouvoir passer sous les classes sans être vue.

Elle est parvenue aux abords du terrain de basket. Une équipe féminine était en train de s'entraîner. Elle s'est glissée parmi les taillis jusqu'au mur d'enceinte et elle a escaladé un arbre.

Rétablissement à l'horizontale. Saut dans le vide. Atterrissage sur les baskets.

Elle a sorti son vélo, qu'elle avait préalablement dissimulé sous un tas de feuilles, et enfilé le Perfecto jadis porté par son père.

iPod sur les oreilles. Musique à fond.

C'était la troisième fois qu'elle séchait les cours cette semaine. Sûr que ça allait mal finir. D'un autre côté, on ne vit qu'une fois, pas vrai ?

Elle a donné un coup de pédale et filé sur la pente.

*

Au dix-neuvième siècle, des colons fuyant la guerre civile avaient bâti Laguna Beach sur une falaise bordant le Pacifique. Au début, seules les chèvres étaient capables d'en parcourir les flancs escarpés. Mais avec le temps, les chemins sinueux s'étaient transformés en routes pavillonnaires, tandis que la petite ville devenait peu à peu une lointaine banlieue de Los Angeles réservée aux riches bobos. Désormais, de vastes demeures y rivalisaient d'architecture, quitte à être construites sur pilotis, face à un vide vertigineux. Et les chèvres étaient toujours là : on les voyait encore, une à deux fois l'an, menées par un berger afin de débroussailler les chemins les plus inaccessibles. Une partie de la ville ayant brûlé lors d'un incendie parce que les pompiers ne pouvaient accéder aux maisons, la municipalité avait fait en sorte de réduire au maximum la végétation sauvage et multiplié les routes.

C'était l'une de ces avenues que descendait Chloé. Elle s'était lâchée en roue libre, faisant durer le plaisir, les yeux mi-clos face au soleil. Le coup de klaxon d'un livreur l'a réveillée tandis qu'elle déboulait devant sa camionnette.

– Holà !

Elle a fait un dérapage pour s'arrêter. Elle ne l'avait pas entendu venir, et elle a préféré remettre les écouteurs dans sa poche. Elle adorait la musique, mais pas au point d'en mourir bêtement.

Les morts dans la famille, ça suffisait comme ça.

Elle est repartie avec un geste d'excuse. Une mouette est passée au-dessus d'elle, portée par le vent. L'air sentait bon. Chloé a laissé le souffle caresser ses joues et ébouriffer ses cheveux méchés de toutes les couleurs. Au bout d'un moment, elle a décidé qu'elle avait faim.

Virage à droite sur Boat Canyon Drive. Elle s'est garée à côté de la boulangerie.

L'enseigne annonçait CHEZ JEAN, BOULANGER FRANÇAIS. « Les meilleurs croissants de la ville », précisait la devanture en version originale.

À l'époque où Chloé possédait encore une famille, elle venait souvent ici. Elle se demandait d'ailleurs pourquoi, étant donné qu'à chaque passage, le Jean en question redoublait de remarques désagréables. Son mauvais caractère proverbial laissait Chloé perplexe. S'agissait-il d'une généralité chez ce peuple, ou d'un trait pittoresque et purement local ?

Chloé a enfilé la cagoule qu'elle avait achetée exprès pour dissimuler son visage et elle est entrée dans le magasin. Jean était en train de servir des clients. Elle a bondi vers le panier de croissants posé sur le comptoir, en a attrapé deux, et a pris la fuite.

Quelques secondes plus tard, les hurlements commençaient.

Chloé a fourré les croissants dans son Perfecto, sauté sur son vélo et pédalé comme une démente.

Le boulanger est sorti du magasin, les poings en l'air.

– Chloé ! Espèce de sale petite voleuse ! Je sais parfaitement que c'est toi !

Elle a pédalé encore plus vite.

– Reviens ici tout de suite ! Je te préviens, cette fois je vais chez les flics !

Le visage de la jeune fille est resté impassible tandis qu'elle tournait le coin de la rue, abandonnant les cris derrière elle. Elle a retiré sa capuche et continué de pédaler en direction de la plage.

Au bout d'un moment, elle a ralenti.

C'était la troisième fois qu'elle s'attaquait à la boulangerie. Pourquoi ? Elle ne le savait pas très bien. En vérité, elle éprouvait une certaine amertume. Elle pensait qu'accomplir ce forfait lui apporterait une émotion, mais non.

Elle s'est arrêtée au croisement de Pacific Coast Highway. Dans son dos s'élevaient les collines de Laguna Beach, avec leurs richissimes demeures. En bas, les vagues de l'océan Pacifique venaient lécher le sable. Elle a observé un groupe d'étudiants en train de faire du surf tandis que d'autres réunissaient du bois pour allumer un grand feu. Encore une fête prévue pour le soir.

À une époque, elle avait été heureuse.

Aujourd'hui, elle n'éprouvait plus rien.

Juste un grand vide. Un trou abyssal au centre de sa poitrine.

Elle est descendue de son vélo et l'a abandonné contre la barrière en bois du petit centre commercial. Elle est entrée dans le magasin des téléviseurs haut de gamme et s'est plantée devant une émission débile.

Au bout d'un moment, le vendeur derrière le comptoir a levé les yeux de son catalogue de commandes.

– Je peux t'aider ?

– Non.

Il a continué de l'observer.

– Tu n'es pas censée être en cours ?

– C'est *Springbreak* : les vacances de printemps. Je ne vais pas en classe.

– Quel âge as-tu ?

– Treize ans.

– Il n'y a que les étudiants qui sont en vacances.

Il l'a scrutée en plissant les yeux.

– Dis donc, je te reconnais…

– Pardon ?

– T'es la voleuse. Des commerçants m'ont parlé de toi.

Il a sauté par-dessus le comptoir tandis qu'un couple entrait dans la boutique. Ils allaient parler, mais il a levé un doigt pour les interrompre.

– Viens un peu par ici, a-t-il lancé à Chloé.

Elle s'est précipitée vers la porte.

L'homme a bondi sur ses talons.

Chloé a couru le long du trottoir devant la plage, mais il n'a pas tardé à la rattraper. Il s'est jeté sur elle.

– Qu'est-ce que tu as volé, hein ? Je suis sûr que tu as pris quelque chose dans ma boutique !

– Vous êtes fou ! Je n'ai rien fait du tout !

L'homme a levé une main.

Une ombre est apparue derrière lui.

– Si j'étais vous, je ne ferais pas ça.

Les pieds du vendeur ont décollé du sol. Il a poussé un cri en se tordant pour apercevoir son agresseur. Il s'agissait d'une sorte de géant filiforme, en costume noir, qui le soulevait sans effort à bout de bras. À côté de lui se tenait un deuxième homme aux dimensions exactement inverses : petit et rond, dans les cent trente kilos.

– Merde, les mecs, qui vous êtes ? a grogné le vendeur, dont les pieds s'agitaient toujours dans le vide.

– Zut, a fait Chloé. Mikado et Brownie.

Les deux hommes ne bougeaient pas.

– Tu connais ces types ? Putain ! Dis à cet enfoiré de me lâcher !

Le petit gros a sorti une lame de trente centimètres qu'il a glissée entre les jambes du vendeur.

– Vous souhaitez vraiment qu'on vous lâche, mon garçon ?

Le géant a ricané. L'homme est devenu blanc.

– C'est bon, a dit Chloé. Arrêtez.

Les deux hommes ont échangé un signe de tête, puis le géant a reposé le vendeur, qui s'est enfui sans demander son reste.

Chloé l'a regardé s'éloigner.

Le petit gros a pointé son couteau sur elle.

– T'es censée être en cours.

– En cours, a appuyé le géant.

– Pope est furieux.

Chloé a haussé les épaules. Ils ont récupéré son vélo et ouvert la portière d'une voiture.

– Monte. On te ramène.

16

Marion a atterri à l'aéroport de Los Angeles à 19 h 05, heure locale.

Il y avait encore du soleil sur la passerelle de débarquement. Elle a retiré son pull et son manteau et les a coincés sous son bras. La différence de température avec Paris était incroyable.

Elle a suivi le flot des passagers dans les couloirs, épuisée et nerveuse, son top collé par la transpiration. Elle avait à peine dormi, et ce n'était pas la dernière comédie de Ben Stiller, ni le dessin animé ensuite, qui l'avaient aidée à se relaxer. Quelles que soient ses tentatives pour trouver le repos, ses pensées n'avaient cessé de tourner autour de Nathan et du Troyen.

Imitant le geste des autres voyageurs autour d'elle, elle a rallumé son portable. Elle avait fait transférer la puce de son appareil classique dans ce nouvel iPhone. Plusieurs SMS l'ont aussitôt assaillie. Elle les a examinés, inquiète, mais il s'agissait juste de Verizon Wireless et d'autres opérateurs locaux qui lui souhaitaient la bienvenue sur le réseau de la côte Ouest.

Elle a repensé à son empreinte de pouce enregistrée par le téléphone du Troyen, celui qu'elle avait jeté aux ordures. Elle ne savait pas à quoi elle avait servi, ni d'où provenait un tel programme, mais cette option ne figurait pas sur cet appareil neuf.

La foule a ralenti et s'est répartie en différentes files devant une vingtaine de comptoirs.

Marion s'est dirigée vers le secteur réservé aux étrangers. Tandis qu'elle progressait entre les serpentins, une Américaine de la file voisine a engagé la conversation avec elle sans le moindre préliminaire, lui déversant un flot de paroles. Apparemment, le Homeland Security[1] était sur les dents à cause de nouvelles menaces terroristes. Les contrôles étaient renforcés. La femme s'est interrompue ensuite de façon tout aussi brusque et ne lui a plus adressé un mot.

Comportement typiquement américain, s'est souvenue Marion, notant au passage que la fluidité de son langage en anglais était toujours aussi vive.

– *Next !*

Elle a franchi une ligne tracée sur le sol, son passeport à la main.

– Vous venez passer des vacances ? a demandé l'employé en frappant avec dextérité une série de tampons.

– Oui.

– Première fois aux États-Unis ?

– Je connais New York, mais pas cette côte.

– Allez voir Santa Monica. La jetée est superbe.

– J'y songerai.

Il a scanné son passeport à lecture optique, lui a demandé d'apposer son pouce gauche, puis droit, sur une petite lumière rouge afin d'enregistrer ses

1. Sécurité du territoire.

empreintes digitales. L'employé a pris ensuite une photo d'elle au moyen d'une petite caméra montée sur un pied articulé, avant de lui rendre ses documents.

– Bienvenue aux USA.

Marion est entrée dans le hall de l'aéroport.

Elle n'avait aucun bagage à récupérer. En dehors de la petite valise à roulettes qui l'avait accompagnée en cabine, elle ne possédait rien. À sa montre, il n'était pas loin de cinq heures du matin à Paris. Elle l'a réglée sur l'horaire de la côte Ouest.

Elle se sentait dans un état bizarre et flottant. Stressée et détachée à la fois.

Voilà, vous y êtes. Quelques heures ont suffi à faire basculer votre existence. Vous avez changé d'univers sous l'impulsion d'un dingue. Et maintenant, quel était le programme ? Vous entrez dans une librairie et vous achetez le guide du « Petit Psychopathe pour les Nuls » ?

Un groupe de jeunes gens l'a bousculée en beuglant, les bras chargés de gobelets de bière. Ils portaient tous le même tee-shirt orné de lettres grecques, un symbole indiquant qu'ils faisaient partie d'une fraternité étudiante.

– J'espère que vous n'avez pas réservé une chambre d'hôtel au bord de la plage, lui a glissé un touriste français.

– Pourquoi ? a demandé Marion.

– C'est *Springbreak*. Les vacances de printemps. La moitié des étudiants d'Amérique va débarquer ici. L'idée, c'est de ne pas dessaouler pendant quatre jours. Bonne chance pour dormir, avec leurs fiestas partout…

Elle l'a remercié pour l'info. Dormir ne faisait de toute façon pas partie de ses intentions immédiates.

Elle s'est assise sur un banc, laissant ses doigts jouer machinalement avec l'écran tactile de son iPhone. L'icône F de Facebook est passée plusieurs fois devant ses yeux.

Elle a haussé les épaules.

Pourquoi faire compliqué ?

Elle a appuyé sur le bouton. La connexion s'est s'établie. Elle a consulté sa page d'accueil. À cette heure-ci, aucun de ses amis n'avait laissé de commentaire. Dommage.

En revanche, comme elle s'y attendait, Le Troyen, si.

Elle a ouvert son message.

« ALAMO R.A.C. / E. PIAF »

Hein ? Qu'est-ce que cela voulait dire ?

Elle a relu les mots, circonspecte.

Alamo comme dans Fort Alamo ? Ce n'était sûrement pas ça.

Elle a soupiré en croisant les bras, se sentant gagnée par l'épuisement du voyage. Ses yeux se sont posés sur les immenses affiches qui l'entouraient.

ALAMO RENT A CAR.

Un loueur de voitures.

*

La navette a roulé quinze minutes et l'a déposée sur un parking proche de l'aéroport. Apparemment, tous les loueurs étaient regroupés au même endroit.

Il faisait nuit, à présent, et les néons d'Alamo se détachaient dans les ténèbres. L'endroit sentait le kérosène et le pneu chaud. Un chant de grillon montait d'un buisson proche. Marion a été quasiment assommée par la chaleur éprouvante tandis qu'elle descendait du bus : aussi torride qu'un sauna.

Elle a poussé la porte et s'est dirigée vers le comptoir.

– Je voudrais louer une voiture.

– Quel genre ? a demandé l'employé.

Elle a réfléchi.

– Je ne sais pas. Vous avez peut-être quelque chose de réservé. Essayez Piaf. Edith Piaf.

– C'est votre nom ?

Elle a plissé les coins de la bouche.

– Pas vraiment.

Il a consulté son registre.

– Désolé, nous n'avons rien sous ce nom-là.

Zut. Un coup dans l'eau.

– D'accord. Donnez-moi une voiture. Ce que vous avez de plus basique.

Il lui a proposé une petite Ford Taurus de couleur brune. Elle a signé les papiers et elle est ressortie, tirant sa valise derrière elle. Elle se sentait fatiguée et déçue.

L'employé l'a rattrapée sur le parking.

– Excusez-moi ! Il y avait bien quelque chose pour vous. On a laissé une enveloppe. J'étais censé la remettre à la personne qui se présenterait sous ce nom. Désolé, je suis nouveau ici…

Marion a ouvert l'enveloppe. Lu le papier. Et l'a refermée.

– Merci.

Maintenant, elle savait où se rendre.

*

Le téléphone sonnait au domicile de l'agent spécial du FBI Aaron Altman. Il était sur l'embarcadère devant sa villa en compagnie de son fils handicapé, occupé à charger des provisions à bord de leur bateau. Dans le jardin, des loupiotes se balançaient au bout d'un fil telle une guirlande de Noël éclairant les chromes du fauteuil roulant.

Le téléphone a insisté, plus haut dans la maison.

Altman a posé les caisses.

Merde. C'était son jour de congé.

– Tu m'attends là, tu bouges pas, OK ?

– D'accord, a répondu son fils.

Il a cavalé jusqu'à son téléphone.

– Je vous préviens, vous avez intérêt à avoir une foutue bonne raison.

– Ici le manager d'Alamo.

Altman s'est redressé d'un coup.

– Vous m'avez demandé de vous appeler au cas où quelqu'un réclamerait l'enveloppe, a dit le manager.

– J'écoute.

Altman a noté l'information sur un calepin puis il a raccroché.

– Qu'est-ce qu'il y a ? a demandé son fils.

– Rien, a-t-il répondu en ramenant le fauteuil roulant à l'intérieur. On est obligés de remettre à plus tard. J'ai une urgence. Appelle Rosa pour qu'elle te tienne compagnie.

Il a enfilé sa veste tout en passant un autre appel, son téléphone coincé contre l'épaule.

– Ici Altman ! Quelqu'un a pris l'enveloppe. Une femme de nationalité française. Elle se nomme Marion Marsh… (Il a épelé en vitesse.) Une parfaite inconnue, oui…

Il a démarré sa voiture et reculé du parking en dérapant.

Il se sentait excité comme pas possible.

– Sortez-moi tout ce que vous avez sur cette femme. Je veux tout savoir, vous m'entendez ? Bon Dieu, je veux tout le monde sur le pont dans quinze minutes !

17

Marion conduisait de nuit sur l'autoroute.

La Ford était encombrée de toutes sortes d'objets. Cartes routières dépliées en vrac sur la plage avant. Sachets de gâteaux ouverts. Lampe électrique. Une Thermos de café, surtout, coincée entre deux fauteuils et toujours à portée de main. Sa valise, Marion s'était contentée de la jeter dans le coffre.

Elle avait oublié depuis combien de temps elle ne s'était pas changée. La seule fois où elle s'était passé une lingette sur la figure, c'était dans cette station-service avant l'autoroute, là où elle s'était procuré tout ce bazar. Depuis, elle avait roulé.

Elle ne savait pas s'il était dangereux pour une femme seule de s'arrêter sur la route à une heure pareille – il était près de minuit – mais une chose était certaine, elle n'allait pas le faire maintenant. Quand vous avez passé le moment du coup de barre, vous êtes dans un état second. Peu importe que vous ayez les yeux grands ouverts ou que vous ressembliez à un hibou. Seuls les kilomètres comptent.

Dix de parcourus. Dix autres. Quinze de plus.

Un panneau a indiqué Laguna Beach.

On y était.

Elle a quitté la voie rapide et s'est engagée sur un boulevard, puis elle a garé la voiture sous un réverbère, ouvrant les vitres en grand pour laisser la brise marine envahir l'habitacle. En contrebas, on apercevait des feux sur la plage, là où des jeunes dansaient autour de braseros.

Elle a cligné les yeux, luttant contre le sommeil. La fatigue engendrée par le décalage horaire la frappait de plein fouet.

Elle a relu la lettre récupérée chez le loueur de voitures. Les mots étaient inscrits à la main. Une calligraphie nerveuse, difficile à déchiffrer. Marion n'était pas une experte en la matière, mais elle aurait plutôt dit qu'il s'agissait d'un homme :

13, Mystic Hills, Laguna Beach, Orange County.
Demander Chloé.

Elle s'est envoyé une autre rasade de café pour lutter contre l'épuisement et elle a redémarré en trombe. La ville était plutôt morne à cette heure tardive. Immeubles de banlieue chic, un ou deux restaurants ouverts, quelques sculptures étonnantes, pas grand-chose d'autre. Elle a repéré le virage qu'elle était censée prendre : pile là où elle l'avait entouré sur son atlas routier. Malgré la fatigue, elle avait parfaitement su s'orienter et trouver son chemin. Dommage que son père ne soit pas là pour voir ça – lui, ou n'importe quel macho convaincu que les femmes ne savent pas lire une carte.

La route grimpait vers les hauteurs.

Qui était Chloé ? Pourquoi Le Troyen l'envoyait-elle ici ?

Marion a appuyé sur la pédale de l'accélérateur. Elle n'allait pas tarder à le savoir.

*

La fête battait son plein.

D'énormes amplis balançaient leurs watts dans la nuit tandis que les jeunes se trémoussaient en essayant de hurler plus fort que la musique. Beaucoup avaient déjà ôté leurs vêtements pour sauter dans la piscine pleine de mousse. Du personnel avait été engagé en extra pour ramasser les verres et nettoyer les dégâts. Accessoirement, ces domestiques supplémentaires étaient également là pour prendre en charge les comas éthyliques.

Chloé a regardé les autres ados d'un air morne, puis s'est détournée. Elle a descendu les marches menant jusqu'au jardin. Au bout du promontoire, la voûte étoilée se déployait au-dessus de la mer, magnifique. Dans le lointain, les lumières de l'île d'Avalon scintillaient comme des lucioles.

Elle s'est accoudée à la balustrade tandis que le vent du large gonflait ses vêtements et elle a resserré autour d'elle les pans de son Perfecto.

En bas de la falaise, des chalutiers pratiquaient la pêche à la lampe pour attraper des pieuvres. On les reconnaissait aux lueurs bleues qui entouraient leur coque. Chloé observait leur ballet fantomatique. C'était une chance de les voir à cette heure, d'habitude, ils demeuraient masqués par la brume. Ce brouillard, que tout le monde connaissait dans le coin, apparaissait tard dans la nuit ou tôt le matin, en particulier à cette période de l'année. Il faisait partie de la vie des habitants de Laguna, on le retrouvait d'ailleurs dans divers noms de rues, comme Mystic Hills, ou Smog Alley. Chloé aimait le voir envelopper les parties basses de la ville. Pour elle, le brouillard jouait un rôle protecteur. Il était une sorte de manteau dans lequel elle aurait voulu s'envelopper pour échapper à sa vie. Plonger dans la brume et disparaître à jamais.

Le petit homme aussi large qu'un sumo s'est approché de la balustrade.

– Tu ne participes pas à la fête ? a-t-il demandé.

– Non.

– C'est dommage.

– Ces gens ne m'intéressent pas.

Il a ricané.

– Eh bien, dans ce cas, quel était l'intérêt pour toi d'organiser cette soirée ?

Elle l'a dévisagé d'un air impitoyable.

– Pour me sentir comme les autres. Voilà pourquoi.

Au moins faire semblant.

Il a reculé, comme s'il percevait en elle la force de son père.

– Il y a quelqu'un qui te demande, a dit le sumo.

– Qui ça ?

– Une femme, dehors, à la grille.

Chloé s'est rendue à pied jusqu'à l'entrée de la résidence. Le portail en fer forgé se trouvait à plus de cinq cents mètres, mais ça lui faisait du bien de marcher un peu. Son autre garde du corps, le géant maigre, l'attendait sur place en tenant une femme par le bras. Cette dernière avait l'air hagarde.

– Elle a sonné, a expliqué le petit gros, mais comme ses propos paraissaient incohérents, on n'a pas ouvert.

Alors elle s'est mise à tourner autour de la propriété en tentant d'escalader la clôture. Mikado l'a repérée sur les caméras de surveillance et l'a chopée dehors. Elle a l'air épuisée, elle tient à peine debout.

– Vous êtes… Chloé ? a articulé la femme.

– Oui.

– Je cherche quelqu'un… Nathan Chess…

– Je ne le connais pas. Vous faites erreur. Je vais demander qu'on vous raccompagne.

Chloé a levé la main à l'intention de ses gardes du corps.

– Attendez…, a soufflé la femme au bord de l'évanouissement. Il a un autre nom… Fog… Dr Adrian Fog.

Chloé a eu l'impression de recevoir une gifle.

– Vous connaissez Adrian ? Vous avez de ses nouvelles ?

Elle s'est jetée sur la visiteuse.

– S'il vous plaît, répondez-moi ! Je suis Chloé Fog, Adrian est mon père, ça fait un mois qu'il a disparu !

Mais la femme s'était évanouie.

18

Marion s'est réveillée en douceur. Sa tête reposait sur un oreiller de plumes exhalant une odeur printanière.

Elle a ouvert les yeux. Grand lit à baldaquin, meubles blancs, chambre immense. Le design était très contemporain, sans être trop *high tech*. Par les baies vitrées largement ouvertes, le vent faisait danser les rideaux. Au pied du lit, assise sur un tapis, se tenait la jeune fille que Marion avait rencontrée la veille à l'entrée de la propriété.

Chloé a posé le livre de la série *Twilight* qu'elle était en train de lire.

– Bonjour, a-t-elle dit. Vous vous êtes évanouie, alors on vous a transportée jusque dans cette chambre. Ça va mieux ?

– Quel jour est-on ? a demandé Marion.

– Samedi après-midi. Vous avez dormi seize heures.

Marion s'est assise pour se masser les tempes. Elle avait l'impression qu'un ouvrier armé d'un marteau-piqueur avait entamé des travaux sous son crâne. Lui, et au moins une douzaine de ses collègues. Elle a tendu la main.

– Marion Marsh.

– Chloé Fog, enchantée, a répondu l'autre en lui serrant les doigts.

– Désolée si je t'ai fait peur. Je ne voulais pas m'introduire chez toi par surprise.

– Ce n'est rien.

La jeune fille s'exprimait avec une certaine courtoisie, inhabituelle chez quelqu'un de son âge.

– J'ai sonné à la grille, a poursuivi Marion, mais personne n'a répondu. Sans doute à cause de la musique. J'ai fait un long voyage. J'étais épuisée. Et, heu, je crois que j'ai un peu perdu les pédales…

– Vous êtes française. De Paris.

Ce n'était pas une question.

Chloé lui a tendu son portefeuille.

– C'est écrit sur vos papiers. Oh, je vous rassure, a-t-elle enchaîné en voyant sa tête, je ne me serais pas permis de fouiller dans vos affaires. Les autres, en revanche…

– Les autres ?

– Mikado et Brownie. Les deux types que vous avez vus. Mikado, c'est le géant. Brownie, le gros. Ils sont frères, tout le monde les appelle comme ça.

Marion ne pouvait pas s'empêcher d'observer Chloé pendant qu'elle parlait.

La fille de Nathan ? Incroyable.

Le temps perdu ne se rattrape jamais.

Elle se sentait un peu idiote. Vous êtes en arrêt sur image, bloquée sur une situation vieille de quinze ans, et soudain vous filez en avance rapide. Vous visionnez d'une traite toutes ces choses qui se sont produites pendant votre absence. Vous mesurez le gouffre qui vous sépare. Évidemment, son étendue est considérable. Et lorsque ça arrive, il faut quand même que cela vous étonne.

Marion avait envie de se donner des baffes. Franchement, qu'espérait-elle en venant ici ? Que Nathan avait vécu comme un moine durant toutes ces années ? Qu'il l'avait attendue, tel un amoureux transi ?

– Vous voulez prendre une douche ? a dit Chloé.

– Grave. Enfin, je veux dire : d'accord.

La jeune fille a ri.

– Les adultes d'ici ne parlent pas comme ça.

– Mince alors, je ne me croyais pas aussi vieille.

– C'est bon. Vous êtes cool.

Chloé s'est levée.

– J'ai déposé un jean et un tee-shirt propre dans la salle de bains. Ça devrait être votre taille. Dépêchez-vous, Pope voudrait vous parler.

*

Marion s'est perdue plusieurs fois en traversant l'immense demeure. Combien y avait-il de pièces, dans cette maison ? Au moins cinquante, non ? Le terme de manoir aurait été plus juste… Elle a emprunté un long couloir décoré de miroirs. Tout en le traversant, elle n'a pu s'empêcher d'observer son propre reflet. Le changement était stupéfiant. Avec ses nouveaux vêtements, on aurait cru une adolescente. Elle a hésité une seconde, puis s'est tournée pour s'observer de dos.

– Il vous va bien.

Chloé est venue à sa rencontre.

– C'était le « jean test » de ma mère. Toutes les filles en ont un. Quand on rentre dedans, c'est qu'on pèse le poids idéal. Ma mère était obligée de s'allonger sur le lit pour arriver à l'enfiler. Mais les Françaises sont plus minces…

Marion a noté l'emploi de l'imparfait, mais n'a pas osé poser de question.

– On y va ? a fait Chloé. Pope est mon grand-père. Il est un peu impressionnant, et il manque de patience. Mais ne vous inquiétez pas, il ne va pas vous manger.

À vrai dire, ce n'était pas la première fois que Marion entendait ce surnom de « Pope ». Nathan l'avait déjà employé, tout en restant évasif, expliquant qu'ils étaient très différents l'un de l'autre et qu'ils avaient coupé les ponts depuis belle lurette.

Elles sont entrées dans un salon à peine moins grand qu'un terrain de foot. Œuvres d'art aux murs, probablement hors de prix. Un espace était entièrement dédié à des photos dans des cadres. Nathan, Chloé, et une très belle femme figuraient sur la plupart d'entre elles. De magnifiques portraits d'une famille heureuse. Marion s'est sentie honteuse de venir déranger autant de bonheur affiché.

Au centre de la pièce, un conduit de cheminée en métal noir descendait du plafond avant de s'arrêter à un mètre cinquante du sol. Il s'évasait ensuite au-dessus d'une dalle d'ardoise. Quelques bûches brûlaient là, pour le simple plaisir des yeux.

Marion a cherché le fameux Pope.

Personne.

Chloé a désigné un immense téléviseur.

– Mon grand-père ne vit pas ici. Il va vous parler à distance.

Une webcam et un téléphone satellite étaient branchés sur une boîte. Marion, un peu nerveuse, s'est assise sur une chaise face à l'écran. La connexion s'est établie. Dans le téléviseur est apparu un vieil homme en costume anthracite, le visage livide. Autour de lui, un décor en marbre.

– Mademoiselle Marsh, a énoncé l'homme d'une voix profonde.

Il lui faisait penser à un croque-mort tout droit sorti de la Famille Adams – le côté drôle en moins.

Flûte, dans quoi avait-elle mis les pieds ?

– Dites-moi, que venez-vous faire dans ma maison ?

Elle avait déjà réfléchi à la réponse.

– Je mène une enquête pour une chaîne de télévision française. Je suis journaliste. Enfin, assistante. Je prépare un reportage sur la chirurgie aux États-Unis.

Avait-il déjà entendu parler d'elle par Nathan ? Elle n'allait pas tarder à le savoir.

– Vous êtes venue seule ?

– La chaîne n'en est qu'aux repérages. Je suis bilingue, et je me débrouille, alors on m'a envoyée en premier. Comme je l'ai dit, je ne suis qu'une assistante. Mais mon employeur peut répondre de moi.

Elle avait donné sa démission la veille à Catherine Bormann. Avec un peu de chance, personne ne la validerait avant lundi. Les mots « journaliste » et « télévision » vous conféraient toujours un certain poids.

– D'accord, a répondu Pope. C'était juste pour entendre votre version. Nous avions déjà recueilli des informations professionnelles à votre sujet.

– Ah.

En d'autres termes, il venait juste de se renseigner. Donc, il ne savait rien sur elle auparavant. Elle avait bien fait de jouer la carte du journalisme.

Elle a senti qu'elle avait marqué un point.

– Cependant, il y a une autre question que j'aimerais vous poser, a dit Pope. Pourquoi le FBI campe-t-il devant ma grille en insistant pour vous voir ?

Marion s'est figée d'étonnement.

Le FBI ? Elle venait à peine d'arriver aux États-Unis. À part son père et Le Troyen, personne n'était au courant de sa présence sur le sol américain. Comment le FBI aurait-il pu réagir aussi vite ?

– Je ne sais pas pourquoi ils sont ici. Je n'en ai pas la moindre idée.

Pope a ri. Cette réponse a semblé le satisfaire.

– Ce n'est pas grave. Leurs agents sont d'éternels casse-pieds, nous n'avons jamais été très amis de toute façon. Je leur ai dit que vous étiez mon invitée et qu'ils ne pouvaient pas entrer sans mandat. Oh, ils vont revenir avec, bien sûr. Vous verrez cela avec eux le moment venu. Pour l'instant, vous avez raconté à Chloé que vous étiez à la recherche de son père, et je crois qu'elle a des questions à vous poser, elle aussi.

La conversation s'est terminée aussi brusquement qu'elle avait commencé. Les deux filles sont passées dans le jardin.

Chloé avait enfilé un Perfecto manifestement trop grand pour elle, dont elle tortillait les manches.

– Hier soir, vous avez appelé mon père « Nathan ». Pourquoi ?

Marion a opté pour une certaine franchise. Elle devait au moins ça à cette gamine.

– En fait, je ne m'intéresse pas seulement à ton père parce qu'il est chirurgien. Il y a très longtemps, bien avant qu'il rencontre ta maman, j'ai travaillé pour lui. C'était mon chef à l'hôpital. Nous sommes, heu…, il est devenu mon petit copain. À l'époque, je ne sais pas pourquoi, il se faisait appeler Nathan Chess. J'ai retrouvé sa trace sur Internet. Et voilà.

– C'est plutôt bizarre. Et même franchement. Je me demande si je dois vous croire sur parole…

– Je te comprends. Mais je n'ai aucune raison de te mentir. En outre, si ce vieux Perfecto que tu portes est bien celui auquel je pense, c'est moi qui l'ai offert à ton père, a dit Marion avec une pointe de fierté.

– Vous blaguez ?

– Pas du tout. Regarde dans la poche. S'il y a une étiquette brodée « De la part de tout le service des urgences, signé M. », c'est le mien.

Chloé a regardé : Marion avait raison.

– C'est incroyable.

– Oui. Et pardon de te poser cette question, mais où est ta mère ? Je ne l'ai pas encore vue depuis qu'on est là.

– Elle est morte l'an dernier, a dit Chloé en baissant les yeux. Dans un accident de voiture.

– Mon Dieu… Je… je suis désolée.

– Je sais. Ça fait ça à tout le monde.

Marion a repensé à la terrible vidéo du Troyen dans laquelle Nathan était menotté sur un lit d'hôpital.

– Et Nath… je veux dire, Adrian ?

– Il a disparu depuis un mois. Une enquête est en cours.

Marion a noté la froideur dans le ton.

– Tu ne le vois pas beaucoup, c'est ça ?

– Plutôt jamais.

– Où est-ce qu'il travaille ?

– Il voyage tout le temps. Et quand il est là, il s'enferme à la Fondation Fog. C'est le bâtiment blanc qu'on voit là-bas.

Elle a désigné une construction à l'architecture massive, en contrebas de la résidence. Marion l'a regardée, avant de revenir à la jeune fille.

Depuis qu'elle était ici, une question la titillait.

– Dis-moi, Chloé, sur quoi travaille ton père, exactement ?

19

Avant

– C'est vrai ça, qu'est-ce qu'il fait, Chess ? a dit Marion.

– Tout le monde l'attend aux urgences ! a renchéri Aziz, son collègue.

Ils avaient organisé une petite fête en son honneur dans la salle de repos du service. C'était son anniversaire. Marion avait fait une quête et s'était même fendue d'un gâteau. Après moult tergiversations – et allusions d'Aziz sur le type de cadeau qu'elle aurait mieux fait d'offrir à son patron – elle s'était finalement décidée pour un blouson Perfecto en cuir. Elle avait dans l'idée que ça lui donnerait un petit air rock and roll, et contribuerait à le dérider un peu.

– Ça a dû te coûter les yeux de la tête, a fait remarquer Aziz.

– Pas du tout !

En vérité, la quête ayant été insuffisante, elle avait dû rajouter beaucoup de son argent propre. Mais plutôt mourir que de le reconnaître.

– Il paraît qu'il est en entretien avec des membres du comité d'éthique, a dit une infirmière. Je l'ai vu en salle de staff avec deux patrons de l'Assistance publique.

– Qui ?

– Un spécialiste des greffes et un chef de service d'embryologie. Il paraît que Chess va déposer une demande pour effectuer des recherches. Il compte sur eux pour l'appuyer.

– Un chirurgien de la main, un spécialiste des greffes et un embryologiste ? a noté Aziz. Qu'est-ce que ces trois-là font ensemble ?

– Aucune idée, a répondu Marion. Mais ça leur prend du temps.

Une porte s'est ouverte.

Chess est entré.

Il était d'une humeur noire.

– Qu'est-ce que vous fichez tous ? a-t-il hurlé en trouvant son personnel assis.

Silence, tout d'un coup.

Marion s'est levée.

– On voulait juste…

– Vous, taisez-vous ! Il y a au moins dix patients dans la salle d'attente !

– Pas de problème, a dit Aziz en s'interposant. Les gens, je m'en occupe. Ce que la petite voulait vous dire…

– La petite, j'en ai rien à foutre !

Chess a arraché les guirlandes scotchées aux fenêtres et soufflé les bougies.

– Remettez-vous au boulot ! On n'est pas là pour se tourner les pouces !

Marion est sortie, le visage entre les mains.

Aziz a foudroyé son chef du regard.

– Alors là bravo. J'espère que vous êtes fier de vous. Avant, vous aviez la réputation d'être un sale con. Maintenant, vous l'êtes.

*

Une heure plus tard, Marion se tenait adossée contre un pilier à l'intérieur de la nef de la cathédrale Notre-Dame. Un chœur d'enfants répétait déjà les chants de Noël, et de nombreuses personnes venaient assister aux préparatifs entre deux services.

Quelqu'un s'est avancé près d'elle.

– Je pensais que vous n'étiez pas croyante.

Elle a jeté un coup d'œil, puis s'est détournée.

– Je ne le suis pas. Je suis venue pour qu'on me fiche la paix.

– Je vous ai cherchée dans tout l'hôpital, a dit Chess.

Une vieille dame a froncé les sourcils pour leur intimer de se taire.

Il s'est penché vers Marion. Il tenait son blouson à la main.

– Vous ne voulez pas qu'on sorte discuter ?

Marion a fini par accepter d'aller faire quelques pas sur le parvis. Mais son regard restait obstinément fixé au sol.

– Aujourd'hui, j'ai reçu une mauvaise nouvelle, a commencé Chess. Je ne sais pas trop comment vous expliquer ça, mais bon, j'avais entrepris des démarches pour lancer un programme de recherches. J'ai déjà réparé toutes sortes de choses, et je sais que je suis un bon chirurgien. Mais je veux aller de l'avant.

Laisser une trace dans l'Histoire. Je voudrais tenter la première greffe de la main.

Il s'est tourné vers elle.

– Je ne parle pas de réparer un membre coupé. Je parle de greffer la main d'un donneur sur le moignon d'un receveur. Quelqu'un qui aurait perdu la sienne. On pourrait traiter ainsi les victimes de conflits. Les soldats qui sont revenus de la Guerre du Golfe. Les handicapés.

Il s'est redressé.

– C'est un programme ambitieux. Unique au monde. Beaucoup l'ont déjà tenté, mais personne n'a réussi. Et moi, j'ai des idées neuves sur la question. Une approche complètement nouvelle. Mais vous savez ce qu'on m'a répondu ? On m'a dit que c'était trop tôt. Qu'on y viendrait, bien sûr. Mais pas avant plusieurs années. Comme si j'avais tout ce temps-là devant moi !

Il a secoué la tête.

Marion était toujours silencieuse.

– Vous me trouvez impatient, hein ? Mais c'est comme ça que je suis. Je ne sais pas faire autrement. Il faut que les choses aillent vite. Que les gens percutent.

Il a claqué des doigts.

– Il faut foncer quand on le peut. On n'a pas toute la vie pour conquérir son rêve, bon sang. Ce n'est pas le temps qui reste, qui compte, c'est ce qu'on en fait !

Il s'est arrêté de marcher pour lui faire face.

– Alors peu importe si certains trouvent que j'ai un caractère impossible. Je ne suis pas là pour qu'on m'aime, mais pour qu'on travaille !

Il s'est rendu compte qu'il criait et s'est radouci un peu.

Marion n'avait toujours pas prononcé un mot.

– Alors voilà. Je voulais vous dire qu'il ne se passera rien entre nous. Je vous apprécie en tant qu'étudiante, certes. Et vous faites un travail remarquable, surtout que vous êtes ma seule externe, mais ça s'arrête là.

Un flocon est descendu du ciel et s'est posé entre eux. Il neigeait.

Chess a continué de s'énerver tout seul.

– Quant à cette histoire de fleur de tournesol, je suis désolé, je ne sais pas ce qui m'a pris. Je n'aurais jamais dû la mettre dans votre casier !

Sa voix est montée encore d'une octave.

– Comme je n'aurais jamais dû épier votre conversation avec vos copines ! En fait, je n'aurais jamais dû vous accepter dans ce stage ! Tout ça est une énorme erreur de ma part !

Il est parti. Revenu.

– Et merci pour le blouson, a-t-il ajouté sèchement.

Puis il l'a prise dans ses bras. Et l'a embrassée.

20

Maintenant

Le signal sonore a fait sursauter Marion.

– Excuse-moi, a-t-elle dit à Chloé.

Elle s'est détournée pour fouiller dans son sac. Son téléphone était éteint.

Le signal, encore.

– Qu'est-ce qui se passe ?

– Rien, a dit Chloé. C'est pour vous rappeler de le mettre en charge. Vous n'avez plus de batterie. J'ai la même option sur mon appareil.

Zut. Elle était tellement concentrée sur sa discussion avec Chloé qu'elle en avait presque oublié le reste.

Elle a rebranché son appareil. Plusieurs icônes se sont aussitôt mises à clignoter dans tous les sens telle une guirlande de Noël : messages, e-mails, SMS…

Vive les technologies modernes de communication.

– Tu m'excuses une minute ? a-t-elle dit à la jeune fille.

Bon, procédons par ordre. D'abord les messages audio. Elle en avait deux : son père, en rogne, comme d'habitude, lui reprochait de ne pas avoir discuté avec lui avant d'entreprendre son voyage, et lui annonçait dans le même temps une tournée de jazz qui allait lui prendre plusieurs jours, s'excusant par avance de ne pouvoir être joint.

Ah d'accord, a songé Marion. Vous croyez que votre père se fait du souci pour vous, mais il part en tournée. Finalement, je vois que rien ne change.

Le message suivant provenait de Cora. « Comment ça va ma chérie ? Je suis un peu inquiète, tu ne donnes pas de nouvelles. Pour moi, ça roule. Je suis toujours dans mon lit, mais on me chouchoute. Appelle-moi ! »

Sourire de Marion.

Les SMS, maintenant. Elle en avait dix-sept. Expéditeur inconnu, texte identique : « Sauvons des vies. »

Son sourire est retombé.

– Qu'est-ce qu'il y a ? a demandé Chloé.

– J'ai oublié de contacter quelqu'un avec qui j'avais rendez-vous. Je crois qu'il s'impatiente.

Elle s'est connectée à Facebook.

Le Troyen était en ligne. La fenêtre de dialogue s'est ouverte.

– Qu'est-ce que vous foutiez ?!?

– Contretemps.

– Vous avez eu l'enveloppe chez Alamo ?

– Oui. Je suis avec Chloé.

– Prenez la fille avec vous. Allez à la Fondation Fog. Tout de suite.

– Tout de suite ?

– Dépêchez-vous. Le FBI arrive. Pas besoin de vous dire ce que je ferai à Nathan si vous n'obéissez pas.

Une bouffée d'angoisse est montée dans la poitrine de Marion.

Qu'est-ce qu'il allait lui demander, cette fois-ci ?

Elle s'est tournée vers Chloé, embarrassée.

– Heu, tu pourrais me montrer cette fameuse Fondation ? Puisque c'est juste en bas de chez toi, j'aimerais voir où travaille ton père…

– Pourquoi pas ? a répondu Chloé, légèrement méfiante. Je suppose que je peux faire ça.

Elles ont descendu un long escalier à flanc de colline. Plus bas, au niveau de la mer, un banc de brume s'était levé.

Marion a consulté sa montre, surprise de constater qu'il n'était pas loin de vingt heures.

– Pourquoi cette précipitation ? a demandé Chloé.

– Pour rien. Je suis simplement curieuse de voir si Adrian a réalisé ses rêves de l'époque.

Chloé a tapé un code sur une porte et elles sont entrées dans le bâtiment. Il s'agissait d'une petite clinique. Une sorte de version miniature de celle dans laquelle Marion avait été hospitalisée, mais avec des équipements beaucoup plus futuristes.

– Depuis que mon père a disparu, tout est fermé. Mais c'est temporaire. Dès qu'il sera de retour, le travail reprendra.

Marion a senti la détresse dans les mots.

Elles sont entrées dans une grande pièce avec une table d'opération. De grandes baies vitrées donnaient directement sur la mer, d'où montait à présent une brume aux reflets bleus.

– Mon père appelle cet endroit le Petit Bloc.

– Le Petit Bloc ?

Marion a esquissé un sourire en repensant à l'Hôtel-Dieu.

– Je vais vous montrer son ordinateur, regardez.

Chloé a appuyé sur un bouton. Trois écrans plats sont descendus du plafond.

– C'est pour faire de l'endoscopie et de la microchirurgie. Tout ce que filme la caméra est retransmis sur ces écrans.

Elle a appuyé sur un autre bouton.

« Bonjour, docteur Fog, a énoncé une voix robotisée féminine. Vous êtes le meilleur chirurgien du monde. C'est un plaisir de travailler avec vous. »

– C'est un gadget pour rigoler. Il y a plein de phrases programmées du même genre. Pendant une intervention, l'ordinateur les ressort de façon aléatoire.

– Il n'opère qu'ici ?

– Non. Également dans plusieurs hôpitaux. Et il enseigne à USC, University of Southern California. Ici, il opère seulement des patients qui n'ont pas de couverture sociale. Il fait ça *pro bono*, c'est-à-dire gratuitement. Je ne sais pas comment ça se passe en France, mais dans notre pays, le coût moyen de ses interventions chirurgicales dépasse les vingt mille dollars. Il répare les tendons de la main, les épaules, il pose des prothèses. C'est l'un des meilleurs chirurgiens du pays.

Marion a consulté son téléphone.

« Allez au sous-sol. »

– Et en bas ?

– Il n'y a rien. Juste sa voiture.

Elles sont descendues.

Chloé a retiré un drap, révélant un incroyable bolide.

– C'est une Tesla. La même que celle d'Arnold Schwarzenegger. Elle est entièrement électrique, aucune pollution. Mon père est soucieux de l'écologie.

Le téléphone de Chloé a sonné.

– Désolée, a-t-elle dit en raccrochant. Mikado et Brownie viennent de me prévenir que le FBI vous attend en haut. Ils ont obtenu leur mandat. Il faut qu'on remonte.

– Si vous parlez au FBI, a écrit Le Troyen, soyez assurée que Cora et Nathan mourront tous les deux. Je vous enverrai les films.

– Pourquoi vous consultez tout le temps ce truc ? a demandé Chloé.

Marion lui a fait signe d'attendre une minute, tandis qu'elle lisait la suite du texte.

– Chloé est toujours avec vous ?
– Oui.
– Parfait. Maintenant, vous allez l'enlever.

21

Marion a relu le texte, paralysée par la peur.

Une terreur absolue.

Enlever Chloé ? Mais pourquoi ?

Des voix ont résonné dans l'escalier qui descendait de la colline.

– Chloé ? Mademoiselle Fog ?

Le FBI.

Elle a cherché des yeux l'ouverture du garage. Appuyé dessus. Le portail électrique s'est relevé en silence. Elle a ouvert la portière de la voiture.

– Qu'est-ce que vous faites ? a demandé Chloé.

– Écoute, je t'ai menti pour ton père. Il est en vie. Prisonnier quelque part. Celui qui le retient m'a forcée à venir jusqu'ici. Si tu veux le sauver, tu dois venir avec moi.

– Quoi ? Vous êtes folle !

Marion a pénétré dans la voiture, cherchant la clé de contact.

Chloé est entrée par l'autre côté.

– Comment on démarre ? a demandé Marion.

– Vous ne pouvez pas. C'est une serrure à empreinte digitale. Mon père est le seul à pouvoir faire démarrer cette voiture.

À l'étage supérieur quelqu'un a forcé une porte.

– Mademoiselle Marsh, où êtes-vous ? a crié Aaron Altman. Je suis agent du FBI ! Vous devez vous rendre immédiatement !

Plus loin, les voix de Mikado et Brownie appelaient Chloé.

Marion s'est mise à trembler.

– Bon sang… Mon Dieu…

Un bip, sur son téléphone.

« Il y a un port USB dans la voiture. Connectez votre iPhone »

Marion a lu frénétiquement les instructions du Troyen. Elle a sorti un fil de son sac et a raccordé son portable au tableau de bord.

« Téléchargement... »

« 39 %... 82 %... 100 %. »

« Programme de reconnaissance digitale activé. »

Un fichier d'empreintes a défilé à l'écran, avec des noms inscrits sous chacune d'elles.

Marion a reconnu le sien.

Le défilement s'est arrêté plus loin, sur le nom « Adrian Fog ».

Contact. Un clignotement. Le tableau de bord s'est illuminé d'un bleu néon.

– Ferme ta portière, a dit Marion.

– Quoi ?

Elle s'est tournée vers Chloé.

– J'aime ton père autant que toi. Alors ferme cette portière. Et attache ta ceinture.

Une issue s'est ouverte à la volée, laissant apparaître Aaron Altman, un revolver à la main.

– Restez où vous êtes !

Marion a appuyé au hasard sur l'un des boutons de la boîte de transmission électronique en maintenant la pédale au plancher.

Les pneus ont fait un dérapage et la voiture est partie en marche arrière, obligeant Altman à se jeter contre des cartons de fournitures médicales. Une pile s'est fracassée sur le sol.

Marion a changé de bouton et la voiture a foncé en avant. Les gardes du corps de Chloé ont dû s'écarter pour ne pas être réduits en bouillie.

Aaron Altman a regardé la voiture disparaître au bout du chemin, les yeux exorbités.

– Mais où mène cette route ?! Bon Dieu, je croyais qu'il n'y avait qu'un seul accès à cette baraque !

Il a hurlé dans son téléphone.

– Marion Marsh et la fille Fog viennent de s'enfuir à bord d'une Tesla de couleur grise ! Alertez les flics locaux, qu'ils les prennent en chasse !

Il a réfléchi une seconde.

– Attendez, non. Laguna Beach est construite le long d'une falaise, il n'y a qu'une seule entrée et qu'une seule sortie, à chaque bout de la Pacific Coast Highway. Faites établir des barrages aux deux endroits. Je me charge de les poursuivre.

Il a regardé autour de lui. Les deux gardes du corps de la petite Fog avaient disparu.

Altman s'est mis à courir.

*

Marion fonçait sur la route sinueuse. Étrangement, le vent produisait plus de bruit que le puissant moteur électrique de la voiture. Dans ses artères, l'adrénaline pulsait à deux mille pour cent.

– Comment avez-vous fait ? a dit Chloé en regardant l'iPhone, incrédule.

– Je n'en sais rien. Il a dû entrer l'empreinte de ton père.

– Le type qui l'a enlevé ? C'est avec ça qu'il vous contacte ?

– Oui.

Chloé fixait l'appareil comme si elle voulait le réduire en miettes.

– Ce n'est pas la peine de te défouler en le jetant par la fenêtre, a dit Marion. Crois-moi, j'ai déjà essayé, ça ne sert à rien.

Elle a manqué un virage. Dérapé et heurté un pick-up. Des surfs empilés à l'arrière de l'autre véhicule se sont effondrés dans la rue. Elle est repartie.

– Comment on sort de ce labyrinthe ?

– Prenez à droite, a dit Chloé.

La brume s'épaississait au fur et à mesure qu'elles descendaient dans la ville. Un groupe de cyclistes a émergé du brouillard au niveau d'un passage piéton. La Tesla les a rasés tel un requin silencieux. Ils sont tombés les uns sur les autres en poussant des cris.

– Faites attention, a conseillé Chloé. Cette voiture ne fait presque aucun bruit, les gens ne vous entendent pas arriver.

Marion a hoché la tête.

– C'est bon à savoir.

*

– Bordel, a grogné Altman au volant. On a déjà perdu le père. La fille ne va quand même pas se faire embarquer sous nos yeux !

Sa voiture fonçait, lancée comme une bombe, sirène à fond, gyrophare en marche.

– Elles sont là ! a crié son coéquipier sur l'autre siège.

Ils ont rattrapé les fuyardes par une rue latérale et se sont retrouvés d'un seul coup derrière elles. Ils ont tapé dans la Tesla. À l'intérieur, les filles ont fait un bond en avant.

– Garez-vous ! a hurlé Altman par la fenêtre. Garez-vous tout de suite !

Une autre voiture les a rejoints. Une sorte de limousine noire qui ressemblait à un corbillard. Le géant maigre était au volant. Son acolyte a sorti un fusil par la fenêtre et tiré sur la Tesla en visant les pneus.

– Ils sont dingues ! Mais qu'est-ce qu'ils font ! a crié Altman.

Le corbillard a continué de foncer, forçant la voiture de police à dégager. Il s'est rapproché de la Tesla et l'homme a tiré encore. Cette fois, la vitre arrière du bolide a explosé en un million d'éclats de verre.

Marion s'est baissée instinctivement, tandis que Chloé hurlait.

– Cessez de tirer ! a ordonné Altman en vain.

– Je croyais qu'ils étaient avec toi, a gémi Marion.

– Je ne sais pas ce qui leur prend ! a répondu Chloé.

La jeune fille a regardé en arrière. La calandre de l'énorme voiture noire se rapprochait telle une mâchoire étincelante.

– Braquez à gauche !

Marion a changé brusquement de cap tandis qu'Altman et les autres continuaient tout droit. La rue décrivait un entonnoir. Les deux véhicules sont entrés en collision. Le corbillard est parvenu à forcer le passage en faisant rugir son moteur, tandis qu'Altman demeurait bloqué contre un amas de voitures. Des gens sont sortis des maisons.

Il a agité frénétiquement les bras.

– FBI ! À qui sont ces véhicules ? Dégagez le passage, vite fait !

Il a décroché sa radio.

– Envoyez des renforts ! Nom de Dieu, magnez-vous ! Je veux un hélicoptère de patrouille ! Coincez-les-moi !

*

Marion a ralenti dans une ruelle, le cœur battant à tout rompre.

– Cette ville est toute petite, a-t-elle lâché d'une voix faible. Il n'y a qu'une seule route qui la traverse, je l'ai vue sur le plan. On ne va jamais s'en sortir…

– Et qu'est-ce qui arrivera à mon père, si on ne s'en sort pas ?

Marion s'est tournée vers Chloé : la jeune fille était livide, la mâchoire crispée, le regard fixe.

– Je ne sais pas.

Chloé a réfléchi, puis elle a pris sa décision.

– D'accord. Tournez à droite, au fond de la rue.

*

Dix minutes plus tard, le brouillard venu de la mer avait englouti la localité. Les habitations s'étaient muées en taches bleues indistinctes comme si la ville reposait au fond d'un lac. Tournant le dos à un carrefour, deux policiers inspectaient une avenue. Derrière eux, une Tesla a émergé des brumes dans le plus grand silence tel un vaisseau fantôme léché par des volutes de vapeur.

Les policiers n'ont rien entendu.

Le véhicule les a longés lentement avant de replonger dans le néant d'une ruelle.

Ils n'ont jamais remarqué sa présence.

*

Marion est arrivée dans un endroit étrange. Des remorques de camions abandonnés s'ouvraient telles des gueules béantes sur un ancien parking. Des ombres se mouvaient à l'intérieur. Un feu brûlait dans une poubelle. Des gens, tassés les uns contre les autres, étaient enveloppés dans des couvertures. D'autres installés à l'abri des carcasses. Marion a songé à des spectres hantant un cimetière de navires. Une population vivait là.

– Où sommes-nous ?

– Laguna Canyon. De nombreux clandestins squattent le secteur. Chaque matin, des contremaîtres venus de la ville viennent leur proposer de travailler sur un chantier pour une journée ou deux. Il y en avait lors de la construction de la Fondation Fog. J'ai déjà parlé à certains d'entre eux.

– C'est légal ?

– Pas vraiment. Mais cette main-d'œuvre pas chère est pratique. Tout le monde ferme les yeux.

– Pourquoi on est là ?

Chloé n'a pas répondu.

*

« Ici le barrage de Laguna Sud. On vient d'arrêter une Tesla grise », a grésillé la radio.

Altman a souri.

– On les tient !

Quelques instants après, il se garait sur place dans un dérapage. Il s'est éjecté du véhicule et a couru examiner la Tesla : deux Mexicains ivres chantaient à l'intérieur.

– Qu'est-ce que c'est ? Qui sont ces types ?

L'officier de police municipale responsable du barrage les a interrogés en espagnol. Ils ont répondu en rigolant.

– Ils disent que deux filles leur ont fait cadeau de cette voiture. Ils ne se sont jamais autant amusés de leur vie.

Altman a écrasé son poing sur le capot.

*

Marion et Chloé roulaient dans une vieille camionnette assurant le covoiturage des immigrés. Elles ont voyagé un moment en compagnie de femmes âgées et d'hommes silencieux, puis le conducteur les a déposées dans une station-service.

– Les clandestins sont les seuls à traverser les collines, a expliqué Chloé. Ils empruntent des petites routes qui ne figurent pas sur la carte. Quoi qu'il arrive, Laguna Beach est maintenant loin derrière. Nous sommes à l'intérieur des terres.

Marion a recherché les coordonnées géographiques de la station-service et consulté son portable. Nouvel échange avec Le Troyen. Quelques minutes plus tard, un bus de ligne s'arrêtait près d'elles.

Marion a pris la main de la jeune fille et l'a entraînée vers le véhicule.

– Viens.

22

Dans le bureau de police de Laguna Beach transformé en poste de commandement, Aaron Altman faisait les cent pas.

Il était énervé. Furax, même.

Cette antenne locale avait été réquisitionnée par ses soins. S'il s'était trouvé n'importe où à Los Angeles, ou au QG du FBI sur Wilshire Boulevard, l'opération aurait demandé cinq minutes. Ici, le seul fait de réveiller un responsable pour obtenir les clés de la salle de réunion avait pris une heure.

Il s'est arrêté de marcher, a posé ses deux poings sur la table et contemplé son équipe.

S'il y avait eu la moindre mouche quelque part, elle aurait cessé de voler sur-le-champ.

– Vous voulez que je vous dise ? a-t-il commencé d'une voix mielleuse. Vous êtes des incompétents. Des branleurs de première. Quand cette histoire sera terminée, il y aura des mutations dans le Dakota du Sud et des têtes tomberont. Est-ce que je me suis bien fait comprendre ?

Silence de plomb autour de la table.

Il a désigné derrière lui un tableau Veleda. Au centre trônait la photo agrandie du Dr Adrian Fog. De nombreuses flèches rayonnaient autour, conduisant à divers papiers et notes maintenus par des aimants.

– Donc, je récapitule, pour ceux qui disposent d'un cerveau. Ça fait un mois que le Dr Fog s'est évanoui dans la nature. Au moment de sa disparition, il était blessé. Peut-être grièvement. Depuis, nous sommes sans nouvelle. Ce qui nous laisse trois possibilités.

Il a déplié successivement le petit doigt, l'annulaire et le majeur de la main droite.

– Un, il est mort. Deux, il se cache. Trois, quelqu'un le retient quelque part.

Il a allumé un projecteur. Un agrandissement est apparu.

– Notre seule piste, c'est cette lettre manuscrite mentionnant son adresse, ainsi que les mots « Demandez Chloé ». Jusque-là, tout le monde suit ? a-t-il demandé sèchement.

Les autres ont opiné en silence. Altman a poursuivi.

– On connaissait le texte de la lettre. On n'était pas certain que quelqu'un viendrait la récupérer, mais c'était une possibilité. Et hier, tout d'un coup, alors que l'on pensait la piste complètement refroidie, miracle, quelqu'un se pointe. Je vous donne son nom : Marion Marsh. C'est une Française. Vous m'assurez qu'elle n'est pas fichée. Ni terroriste, ni délinquante. Elle n'a jamais été condamnée pour quoi que ce soit. Elle n'apparaît dans aucune base de données chez nous. En clair, c'est Miss Tout-le-Monde.

Il s'est remis à marcher, passant lentement derrière les chaises de chacun.

– À partir de là, vous me certifiez qu'on peut la pister sans problème. Qu'il suffit de la cueillir chez

Fog. Je m'y rends donc en personne. Le vieux Pope fait le malin avec cette histoire de mandat, mais j'en obtiens un aussi sec. Vous m'assurez, encore une fois, que cette femme *très ordinaire* n'a aucun moyen de quitter la résidence sans qu'on l'arrête – résidence qui, soit dit en passant, a été inspectée par vos soins à de nombreuses reprises. Et là : BAM !

Il a claqué les mains, faisant sursauter l'assemblée.

– Miss Tout-le-Monde fait démarrer une Tesla à reconnaissance d'empreinte, alors que c'est impossible, et nous file sous le nez en kidnappant la fille du docteur.

Il a croisé les bras.

– Comment expliquez-vous ça, putain de bordel !

Après un instant de flottement, un jeune homme a levé un crayon pour demander la parole.

– Peut-être que le vieux Pope l'a aidée ? Il aurait pu trafiquer la voiture…

– Non, a répliqué Altman. Ses sbires, les deux abrutis, ont tout fait pour rattraper la femme et la fille. Quitte à tirer dans le tas. Ils n'avaient pas plus envie que nous de les voir disparaître. Et depuis, bien entendu, ces deux crétins sont introuvables.

Il a fait signe à un subalterne d'apporter un second tableau Veleda.

Altman y a écrit « Marion Marsh » au stylo-feutre.

Puis il a placé sa photo au centre et collé un magnet dessus.

– Je vous écoute. Allons-y.

Le jeune homme au crayon a ouvert un cahier.

– Marion Marsh, célibataire, trente-cinq ans. Nationalité française. Travaille pour la télévision, mais pas de carte de presse. Passeport en règle. Arrivée vendredi, visa touristique, pas de date de retour. Trois séjours aux États-Unis, tous à New York, aucune arrestation. Mère française, décédée. Père américain, expatrié en France depuis 1970, il fait de la musique, pas d'histoire, aucun antécédent chez nous.

– Vous avez contacté le Quai d'Orsay ?

– Trois fois. Mais c'est le week-end. Pas facile d'obtenir des infos.

– Recommencez.

Altman s'est tourné vers une Latino-Américaine, la trentaine, tailleur strict et chemisier blanc, qui manipulait un Blackberry.

– À vous.

– Le loueur de voitures nous a fourni le numéro de téléphone de Marsh. Il est authentique. J'ai contacté l'opérateur et demandé un relevé de ses communications depuis son atterrissage à Los Angeles. Question localisation, on a réussi à trianguler sa position sans problème jusqu'au domicile de Fog. Mais depuis sa fuite, plus rien. Soit elle est hors zone, soit elle a éteint son appareil.

– Et Chloé ? Elle n'a pas son propre portable ?

– Si. Mais il doit être également débranché.

Altman a secoué la tête.

– L'une d'elles finira bien par en rallumer un. On les repérera à ce moment-là. En attendant, faites ce qu'il faut pour mettre leurs lignes sur écoute. Et renseignez-vous pour savoir si leurs téléphones comportent des puces GPS. Les repérer sera plus facile.

Il a pointé son menton vers un imposant moustachu dont les pouces étaient coincés dans le haut du pantalon, veste de costume déboutonnée, auréoles sous les bras.

– De votre côté, les Mexicains dans la Tesla, qu'est-ce que ça donne ?

– On est en train de les interroger. Ils vivent dans un squat du secteur de Laguna Canyon. On a envoyé du monde sur place. Apparemment, les filles auraient embarqué à bord d'une fourgonnette. Mais comme les gens là-bas sont tous des clandestins, ils rechignent à nous donner des informations. Sans compter que les trois quarts ne parlent pas notre langue. On a contacté la police de la route et les shérifs des comtés voisins pour effectuer des contrôles systématiques dans un rayon de vingt kilomètres.

– C'est absolument insuffisant. Doublez ce périmètre et faites établir des barrages, on ne perturbera guère la circulation à cette heure-ci. En outre, cette Marsh a enlevé une mineure : je veux une alerte Amber pour toute la Californie, l'Arizona et le Nevada. Et prévenez aussi la frontière mexicaine.

Les participants à la réunion se sont regardés.

– Vous êtes sûr ? a demandé la Latino en tailleur. D'après ce qu'on a dit, la petite ne s'est même pas défendue. Elle agissait de son propre gré.

– C'est un enlèvement. Et je veux cette alerte Amber. Compris ? Dans moins d'une heure, je veux voir les photos de ces deux filles sur toutes les chaînes de télévision, dans chaque journal, leurs descriptions sur les panneaux d'autoroute, dans les gares routières, les stations-service et les aéroports. Contactez aussi les hôpitaux et les services d'urgence. Et mettez la presse dans le coup. Je veux que le *Times* et le *Post* placent immédiatement des alertes sur leurs blogs respectifs.

– Qu'est-ce qu'on fait pour Internet ? a demandé un homme aux fines lunettes rectangulaires qui pianotait sur un ordinateur portable.

– Demandez l'aide du département de cybercriminalité. Cette Marion Marsh travaille dans les médias, elle est sûrement inscrite sur des réseaux sociaux. Qu'ils recherchent si elle a un compte Facebook, Myspace, Twitter, passez tout au crible. Sortez-moi les noms de ses amis, ses photos, ses contacts, ses communications récentes, les fichiers qu'elle a pu échanger, je veux en apprendre le plus possible.

Altman s'est redressé pour toiser son équipe.

– Surtout, attention aux informations que vous balancez aux médias. Concentrez-vous pour l'instant sur la gamine. L'axe, c'est une jolie petite Américaine de race blanche qui s'est fait kidnapper en Californie. Ne mentionnez pas le nom de Marion Marsh. Juste sa photo et sa description physique. Dès qu'on saura qu'elle est française, et a fortiori journaliste, l'événement va prendre des proportions incontrôlables. On aura Paris, la presse internationale et toutes les télés sur le dos. Ce sera le grand cirque.

Il a tapoté sa montre.

– On est samedi soir. Les médias vont relayer l'alerte, mais ils sont encore dans les vapes du week-end. Ça nous laisse vingt-quatre heures pour désamorcer cette bombe diplomatique. Rappelez-vous que Chloé Fog n'est que votre premier objectif. Concentrez toute votre énergie sur Marion. Elle est notre seule piste pour remonter jusqu'à Fog lui-même. Alors commandez du café, contactez vos familles et prévenez que vous ne rentrerez pas. Et maintenant au boulot.

Les autres se sont levés et ont quitté la pièce, laissant Altman seul. Durant plusieurs minutes, il a considéré pensivement les deux tableaux Veleda.

Fog avait toujours maintenu une façade de chirurgien respectable, et cette Marion Marsh ressemblait à une fille très ordinaire. Il ne les voyait pas se mettre à accomplir, tout d'un coup, des choses parfaitement invraisemblables. Conclusion : quelque chose ne collait pas.

Il manquait un élément moteur pour expliquer leurs actions. Un facteur déclenchant, ou bien peut-être quelqu'un.

Au bout d'un moment, Altman a tiré un troisième tableau Veleda.

Il a dessiné une silhouette humaine.

Et tracé un point d'interrogation dessus.

23

À l'intérieur du bus de ligne qui avait recueilli Marion et Chloé, la plupart des gens somnolaient en silence.

En dehors de quelques veilleuses allumées, il faisait sombre. Un type avec un chapeau de cow-boy dormait, une petite radio diffusant de la musique country coincée près de sa tête. Marion a regardé autour d'elle : ouvriers de chantiers, femmes aux orbites cernées par la fatigue, employés d'hôtels encore en costume. Quel que soit le pays, ceux qui regagnaient tardivement leurs banlieues n'étaient jamais riches.

Chloé s'est gratté l'avant-bras.

Du sang a taché sa main.

– Mince, a dit Marion. Fais voir.

La jeune fille s'était coupée pendant la poursuite en voiture. Rien de méchant.

Marion est allée réveiller le cow-boy.

– Vous auriez de l'after-shave ?

Il a opiné, le regard vitreux.

Elle a désigné le foulard qu'il portait autour de son cou.

– Je peux vous emprunter ça aussi ?

Elle est revenue avec le matériel à la main.

– Ça va piquer.

Elle a pulvérisé l'après-rasage sur la blessure de Chloé pour la désinfecter, puis elle a appliqué un mouchoir propre, avant d'entourer le tout avec le foulard.

– Voilà.

La jeune fille n'avait pas bronché.

Marion l'a examinée : elle ne semblait pas en état de choc, mais elle n'avait pas prononcé un mot depuis qu'elles étaient montées à bord.

Elle a décidé qu'il était temps de tout lui dire. Elle a entrepris de lui raconter son histoire, lentement et sans rien omettre, depuis sa rencontre avec Le Troyen jusqu'à son arrivée à Laguna Beach.

Chloé l'a écoutée sans l'interrompre. À la fin, elle lui a demandé :

– Donc, vous avez tout quitté pour retrouver un homme qui vous a abandonnée il y a quinze ans ?

– Le Troyen ne m'a guère laissé le choix. Mais pour dire la vérité, je n'avais pas grand-chose à perdre.

– Et cette vidéo. Celle où vous dites qu'on voit mon père menotté sur un lit d'hôpital. Vous l'avez sur vous ?

– Oui. Mais je ne suis pas sûre que tu devrais la voir.

– Vous avez probablement raison, a reconnu Chloé d'une voix morne.

Un silence.

Marion a touché doucement son épaule.

– Tu as peur ?

– Non.

La jeune fille a levé la tête. Leurs regards se sont rencontrés.

– J'ai perdu ma mère l'année dernière. Elle avait pris sa voiture pour aller faire des courses. Je voulais absolument un nouveau blouson. Elle était crevée, elle ne voulait pas y aller, mais je lui en ai fait baver jusqu'à ce qu'elle cède. Elle est partie en ville sans moi. Il pleuvait. Elle a glissé dans un virage. Elle est morte sur le coup. Quand les policiers sont venus à la maison, je n'ai pas pleuré. Depuis ce jour, je n'ai jamais plus versé une larme.

Elle a baissé les yeux.

– De quoi voulez-vous que j'aie peur ?

Marion comprenait.

Vous êtes jeune, vous êtes invincible. Quand la tragédie vous frappe, quelque chose se passe à l'intérieur de vous. Soit vous êtes totalement détruit, soit vous vous murez dans un autre monde. Un endroit où personne ne vous fera souffrir. Et vous refusez d'être faible.

– Moi aussi, j'ai perdu ma mère. Elle est morte d'un cancer. J'avais cinq ans. On te raconte toujours qu'à cinq ans tu ne te souviens de rien, mais c'est faux. Je me souviens parfaitement d'elle. Elle a mis trois mois à mourir. J'ai trouvé ça très long.

Chloé lui a pris la main.

– Vous voulez que je vous raconte ce qui s'est passé le jour où mon père a disparu ?

Marion a opiné.

– On était tous les deux à Los Angeles. Il m'avait invitée à l'accompagner au Congrès International de Chirurgie Orthopédique. Dans sa spécialité, il n'y a pas d'évènement plus important. Il devait y faire une annonce, communiquer les résultats de ses recherches au grand public. Il était très enthousiaste, et moi heureuse d'aller avec lui. Le congrès se déroulait à l'hôtel Bonaventure. J'avais très envie de voir ça, parce que les ascenseurs en verre sont incroyables, et que plein de films sont tournés dans cet hôtel, comme le fameux show *L'Œil de Caine*. On s'est garés dans le parking souterrain. Un homme masqué nous est tombé dessus. Il nous a menacés avec un revolver, mais il n'a pas réclamé d'argent. Au lieu de ça, il a tiré tout de suite. Mon père s'est jeté sur moi pour me protéger. Il a été touché. On a couru. Il m'a dit de me cacher sous une voiture et de ne plus bouger. Il perdait du sang. Il est parti. J'ai entendu tirer encore. Quand la police est arrivée, l'homme avait disparu et mon père était introuvable.

Elle avait débité ça d'une traite, le regard vide, comme tournée vers son propre film intérieur.

– Personne ne l'a revu ensuite ?

– Pas moi. Mais le FBI, si. Quelques jours après, mon père s'est présenté chez un loueur de voitures à l'aéroport de Los Angeles. Il a juste déposé une enveloppe et il est parti. Un responsable a remarqué qu'il perdait du sang sous sa chemise et ils ont contacté la police. Le FBI a consulté les caméras de surveillance. Ils ont dit que mon père regardait sans cesse en arrière, comme s'il agissait sous la menace de quelqu'un, mais ils n'ont vu personne. D'après eux, on l'aurait forcé à écrire la lettre et à la déposer. Ensuite, plus rien.

Marion a hoché la tête.

Donc, la lettre récupérée chez Alamo avait été écrite par Nathan. Le FBI était au courant depuis le départ. Ils devaient surveiller l'endroit. Voilà pourquoi ils étaient arrivés aussi vite chez Pope, le grand-père de Chloé.

– Et les gardes du corps de ton grand-père, pourquoi nous ont-ils tiré dessus ?

– Je suppose qu'ils ont paniqué. Pope les a envoyés pour me protéger juste après l'attaque du parking. Il en voulait terriblement au FBI de ne pas parvenir à retrouver Papa, ni l'homme qui nous a agressés. Il a piqué une colère noire. Il a dit qu'il assurerait ma sécurité lui-même. Depuis, Mikado et Brownie ont veillé sur moi en permanence. Ils font un peu peur, mais jusqu'à présent ils n'avaient jamais été violents. Ils vont sûrement essayer de me retrouver.

Le bus a fait halte sur un parking de routiers afin de laisser descendre une partie des voyageurs.

– C'est ici, a dit Marion.

Elles ont franchi les portes. En moins d'une minute, les gens ont rejoint leurs voitures, le bus a redémarré dans un chuintement et les véhicules ont quitté l'esplanade, s'éloignant dans des directions différentes. Les filles se sont retrouvées seules dans le halo d'un lampadaire, sur un terre-plein balayé par la brise nocturne.

Une dizaine de semi-remorques étaient garés les uns à côté des autres, formant des allées sombres. Sur la gauche, la porte de toilettes immondes battait dans le vent. Plus loin, un restaurant glauque aux fenêtres masquées par des rideaux diffusait de la musique.

Chloé a été parcourue d'un frisson.

– Pourquoi on est descendues ici ?

– Je ne sais pas si j'ai bien fait… Je n'aurais sûrement pas dû…

– Pas dû quoi ?

Marion a serré son sac contre elle.

– Après notre poursuite en voiture, j'ai dialogué une dernière fois avec Le Troyen. Il m'a demandé où nous étions. C'est lui qui m'a expliqué quel bus prendre à la station-service. Je devais couper mon téléphone, et aussi le tien, pour que personne ne nous repère. Il fallait descendre à cet endroit. Je croyais qu'il s'agissait d'un lieu public.

Elle a contemplé le parking cerné par les ombres épaisses.

– Il arrive. On a rendez-vous. Le Troyen vient ici.

24

Avant

– On a rendez-vous ce soir, a dit Marion. Nathan m'emmène dîner dans une crêperie de la rue Saint-André-des-Arts, près de la place Saint-Michel. Je dois le retrouver quand il aura terminé ses interventions de l'après-midi.

Isa et Vero lui couraient après dans la grande galerie voûtée de l'Hôtel-Dieu, au deuxième étage, tout en la harcelant de questions.

– C'est dingue, raconte !

– Après qu'il t'a embrassée, vous êtes passés à l'étape suivante ?

– Vous l'avez fait ?

– Mais non, a répondu Marion avec le sourire.

– Menteuse.

– Je vous assure qu'on n'a rien fait du tout.

Les épaules des deux filles sont retombées.

– Ils l'ont pas fait.

Depuis son baiser passionné sur le parvis de Notre-Dame, Marion vivait sur un nuage.

L'existence est parfois surprenante. Vous ne croyez pas à tous ces clichés de midinette. Le coup de foudre, le cœur qui bat, les papillons dans le ventre, très peu pour vous. Et tout d'un coup, d'étranges phénomènes se produisent. Vous oubliez votre stéthoscope, vous perdez sans arrêt vos affaires, vous riez à la moindre blague, vous dormez mal la nuit, vous achetez des cadeaux idiots, votre compte bancaire vire au rouge, votre père vous engueule, mais tout cela n'a aucune importance, parce que Paris est soudain devenue la ville la plus romantique au monde.

– Tu es amoureuse ?

– Dis-le-nous !

– Il te fait craquer ? T'es accro ? Raide dingue ?

– Mmmh, a fini par avouer Marion.

Ses amies ont hurlé de joie en agitant les poings.

Elles ont descendu toutes les trois un grand escalier en marbre, traversé la cour centrale sous les colonnes d'un portique majestueux, puis sont allées rejoindre le flot des blouses blanches qui se pressaient pour aller déjeuner en salle de garde.

– Cessez un peu de vous trémousser, a chuchoté Marion dans la file d'attente, vous allez me flanquer la honte. Nathan nous fait l'honneur de nous inviter ce midi à l'internat.

– Il faudra qu'on se tienne à carreau ?

– Oui. Et vous devez respecter les traditions. Ce sont les règles de la salle de garde, certaines ont plusieurs siècles d'existence. On s'assied les uns à la suite des autres, dans l'ordre d'arrivée, sans laisser de siège vide. Avant d'atteindre notre chaise, on doit toucher le dos de chaque personne déjà assise en signe de respect. Il n'y a ni serviette, ni tire-bouchon, les bouteilles sont sabrées avec un couteau, et on est obligées de s'essuyer la bouche avec la nappe. Enfin, il est formellement interdit de parler de médecine.

Elles ont pris place autour des tables disposées en U comme pour un banquet. Un garçon trônait à la table centrale, sous une sorte de grand disque accroché au mur qui ressemblait à une version de la roue de la fortune.

– Lui, c'est qui ?

– L'économe. Ce semestre, c'est un interne de chirurgie viscérale. Il récolte des cotisations pour organiser des améliorés, c'est-à-dire des repas de meilleure qualité que la nourriture infecte de l'hôpital.

– Et la roue accrochée au mur, derrière ?

– C'est la Roue de la Torture, a répondu Marion un peu nerveusement. Si tu enfreins les traditions, tu es taxée. L'économe fait tourner la roue et tu dois accomplir ce qui est écrit dessus. Tu peux être condamnée à payer à boire, chanter les seins nus, ou te déshabiller devant toute la salle.

– Tu es sérieuse ?

L'économe a levé son verre et il y a eu un instant de silence. Il a souhaité bon appétit et déclaré que l'on pouvait manger. Les bruits des couverts et des conversations ont empli la pièce tandis que l'on se passait les plats solennellement, du voisin, puis en face, puis au voisin, et ainsi de suite, sans jamais sauter le tour de personne.

Nathan était assis à l'autre bout de la table. Il a adressé un sourire à Marion.

– Il paraît qu'il fait des sutures sous microscope, a chuchoté Isa.

– Il utilise du fil Ethilon 10/0, a ajouté Véro, c'est tellement fin qu'on ne le voit même pas à l'œil nu.

– C'est vrai, a répondu Marion. Et pour apprendre à suturer les minuscules artères des doigts, les chirurgiens s'entraînent d'abord sur des carotides de rats vivants. Les bestioles sont anesthésiées, mais au moindre tremblement, l'opération échoue…

Quelqu'un a abattu ses deux mains sur la table.

– Économe ! J'entends des gros mots ! On parle de médecine, par ici ! C'est intolérable !

– Qui ? a questionné l'économe d'une voix caverneuse.

Plusieurs personnes ont désigné Marion.

– P… pardon, je m'excuse…

– Que l'on fasse tourner la roue !

– À poil ! Qu'elle nous montre ses seins !

Claclaclaclaclaclaclaclaclaclaclac…

Le silence est tombé sur la salle tandis que la roue s'immobilisait.

– Tu t'en sors bien, Externe. Tu dois simplement choisir quelqu'un et l'embrasser.

L'économe a souri.

– Une minute entière. Devant tout le monde. Avec la langue.

Marion est devenue cramoisie.

Nathan a détourné la tête.

Elle a regardé autour d'elle, puis s'est finalement résolue à attraper maladroitement l'homme le plus proche, tandis que la salle entière hurlait de rire devant leurs contorsions.

À la fin, Marion s'est essuyé la bouche, morte de honte, tandis que les conversations reprenaient. Elle a cherché Nathan des yeux mais sa place était vide. Elle a rejoint son service sans avoir de ses nouvelles et ne l'a pas revu de l'après-midi. Avait-il été vexé ? Probablement pas, puisqu'il avait, semble-t-il, volontairement évité qu'ils ne se retrouvent tous les deux dans une situation embarrassante. Alors quoi ?

Le soir, un mot impersonnel attendait dans le casier de Marion, rédigé par une simple secrétaire. Le Dr Nathan Chess y annonçait qu'il annulait ses rendez-vous et qu'il ne serait pas disponible.

Ni ce jour-ci. Ni les suivants.

25

Maintenant

Le Troyen arrive, on a rendez-vous ici…

Les paroles de Marion résonnaient encore sur le parking solitaire, lorsqu'un rire a jailli des ténèbres.

Il provenait d'une travée obscure située entre les camions, montant et descendant en cascades râpeuses tel le caquètement d'une vieille femme. Puis il a cessé d'un coup.

– Deux filles seules, la nuit, ce n'est pas raisonnable…

Marion et Chloé en sont restées pétrifiées.

Une forme a bougé. Deux yeux luisants. Une silhouette titubante surmontée de cheveux filasse s'est avancée entre deux semi-remorques. L'être est sorti de l'ombre et s'est planté devant elles.

– Vous comprenez ce que je vous dis, la Française ?

Un Indien. Affreux. Édenté. Vêtu d'un simple jean et d'une chemise informe. Au milieu de son visage vérolé, son sourire rempli de chicots faisait penser à une grille d'égout.

Surtout, il tenait un revolver à la main.

– Venez par ici, ma belle.

Malgré la peur, Marion s'est interposée.

– Ne touchez pas à la petite.

Elle a tourné la tête en direction du restaurant pour routiers. L'Indien a suivi son regard.

– Oh, vous pouvez crier tout ce que vous voulez, ces types ne risquent pas de vous entendre. La musique est à fond et Sally vient d'attaquer son numéro de scène. Leur propre mère pourrait prendre feu sur le parking, qu'il n'y en aurait pas un pour sortir lui pisser dessus pour l'éteindre.

Il a ri à sa propre blague, puis s'est penché vers Marion, lui soufflant son haleine alcoolisée au visage. Elle s'est rendu compte qu'il était soûl.

– Et puis, ce n'est pas à la petite que je m'adresse. C'est à vous.

– Moi ?

– La gamine ne m'intéresse pas. Elle peut s'en aller.

Marion ne comprenait pas. Elle ne parvenait pas à détacher son regard de la gueule noire du canon. L'homme tenait son arme en tremblant. Elle avait déjà vu des plaies par balle. Ce genre de blessure produisait des trous énormes. Même si vous y surviviez, il y avait de quoi vous défigurer pour le restant de votre vie.

– Va dans le restaurant, a-t-elle dit à Chloé.

– Mais…

– Fais ce que demande la dame, a ordonné l'Indien.

Chloé s'est éloignée à contrecœur, le regard perdu.

L'homme a conduit Marion jusqu'à un camion de couleur vert sombre qui ressemblait à un ancien véhicule militaire. Il a ouvert la porte du côté passager, elle a escaladé le marchepied et il a refermé derrière elle, avant de grimper à son tour.

Il a rangé l'arme et sorti une bouteille de whisky.

– Je vous ai fichu la trouille, pas vrai ?

– Hein ?

– Il le fallait. Vous auriez fait des histoires. La petite doit rester là. C'est ce qui était prévu.

Il a avalé une rasade, démarré et mis le clignotant.

– Vous… vous n'êtes pas Le Troyen ?

Le camion militaire s'est engagé sur la route. Marion, une main crispée sur l'accoudoir, a regardé Chloé s'éloigner dans le rétroviseur. La silhouette de la jeune fille s'est amenuisée peu à peu, tandis que, dans la poitrine de Marion, quelque chose se racornissait telle une feuille de papier jetée dans les flammes.

– Ne vous inquiétez pas, a fait l'Indien. Quelqu'un d'autre va venir la récupérer. Moi, je dois simplement vous conduire en lieu sûr. Si vous avez un portable, éteignez-le. Sinon les *Feds* vont nous trouver.

La peur étreignait toujours Marion, mais l'incompréhension et la colère prenaient lentement le dessus. Quelque part, elle se sentait frustrée de ne pas être confrontée à son adversaire.

Ils ont roulé un moment. La conduite de l'homme ne semblait guère affectée par son degré d'alcoolisme. Marion a supposé qu'il devait avoir l'habitude. C'est alors qu'elle a remarqué ses doigts sur le volant. Elle a écarquillé les yeux : sa main droite portait les stigmates d'une intervention récente.

– Vous avez été opéré ?

Il a fait mine de ne pas avoir entendu.

Elle l'a examiné encore. Ça remontait à loin, mais elle se rappelait parfaitement de quoi il s'agissait. Surveiller l'évolution de ces cicatrices était l'une de ses principales activités à l'Hôtel-Dieu.

– Vous connaissez un homme qui s'appelle Chess ? Ou bien Fog ? Le Dr Adrian Fog ?

Il lui a jeté un regard oblique.

– Répondez, bon sang !

– Écoutez, a-t-il soupiré, je m'appelle Wojak. Mon nom complet, c'est Wojak Vovo'Kenoohe. C'est du cheyenne. Imprononçable pour la plupart des personnes. Ça veut dire Marmotte Exhibitionniste, et ça peut vous paraître ridicule, mais c'est un nom respectable.

Il a montré un tatouage sur son avant-bras.

– Je sors de prison, d'accord ? Je suis en conditionnelle, alors je suis pas censé vous aider à échapper aux flics.

Il a avalé une nouvelle rasade, comme pour y puiser la force de se délier la langue.

– J'ai une dette envers quelqu'un. J'étais en prison à Pelican Bay. Là-bas, ma main a été broyée dans une presse. Une personne m'a aidé. Elle m'a trouvé un traitement. J'avais droit à un aménagement de peine, parce que c'était expérimental et qu'il fallait prendre des cachetons. On m'a opéré dans un petit hôpital, à Laguna, où l'on soigne les gens qui n'ont pas d'argent. Quand je suis sorti, la personne qui m'a aidé m'a rappelé ma dette. Je devais vous récupérer, vous et la gamine. On m'a précisé où et quand au dernier moment. C'est tout.

Marion a pris le temps de digérer ce qu'elle venait d'apprendre.

Donc, cet Indien, ce Wojak, n'était qu'un ex-détenu. Un alcoolique. Il l'avait appelée « la Française », il savait où les trouver, on lui avait donné des instructions. La lettre à l'aéroport, l'enlèvement de Chloé, tout cela était prévu depuis des semaines. Peut-être plus.

Les implications lui ont donné mal au ventre.

– Qui est cette personne ? a-t-elle demandé. Qui vous a demandé de me récupérer ?

– Désolé. Je ne peux pas vous répondre.

Marion a poussé un soupir de frustration et d'angoisse. Elle ne comprenait pas son rôle, mais une chose était claire : Le Troyen ne cherchait pas seulement à tourmenter ses victimes. « Sauvons des vies » n'était pas un jeu.

Personne n'aurait pu la faire venir d'aussi loin, ni établir de tels préparatifs, s'il n'agissait pas dans un but précis.

Le psychopathe avait un plan.

26

Debout devant le poste de police de Laguna Beach, Aaron Altman respirait l'air de la nuit dans la rue déserte.

Il aurait bien allumé une cigarette, mais depuis qu'il s'occupait de son fils handicapé, il avait complètement arrêté. Ça faisait partie de ses bonnes résolutions.

Il a observé les bâtiments environnants. Jolie clinique vétérinaire, petit poste de pompiers, doubles lampadaires en fer forgé, cyprès tordus, jardins en fleurs. Quelque part, le bruit d'un arrosage automatique. On se serait cru à Disneyland. Le poste de police, avec son entrée à colonnes, son arche pentagonale et son toit surmonté d'un pignon, faisait au mieux penser à une église, au pire à une colonie de vacances. Derrière, tout en haut de la colline, de formidables bâtisses à plusieurs dizaines de millions de dollars semblaient toiser tout cela avec dédain.

Il a trouvé qu'il s'agissait là d'une intéressante métaphore sur le pouvoir. Quel que soit l'âge, les hommes jouaient au Roi sur la Montagne. Et la demeure du Dr Adrian Fog faisait partie de ce genre de résidence.

Altman s'est demandé si le Dr Fog avait ce genre de perception à propos de lui-même. S'il se voyait en chirurgien puissant et riche. Un roi au-dessus des hommes, insoumis à leurs lois. Altman haïssait cette idée, sans pouvoir s'empêcher d'éprouver une certaine fascination pour le concept.

La porte du poste de police s'est brusquement ouverte et la plus séduisante de ses collaboratrices, la jeune Latino en tailleur, est sortie en courant.

– Chef ! Vous aviez vu juste !

Elle lui a remis une feuille de papier.

– Marion Marsh opère bien avec quelqu'un.

– Comment en êtes-vous sûre ?

– Elle possède un compte Facebook dont il se sert pour communiquer avec elle. Il se fait appeler Le Troyen.

Altman a fait la grimace.

Un type assez bizarre pour prendre un tel surnom, ce n'était pas de bon augure. Au minimum, cela signifiait qu'il avait envie d'être remarqué.

– Drôle de pseudo.

– Oui. Comme le Cheval de Troie. (Elle a souri.) Je parle du programme informatique.

– Celui qui permet de s'introduire dans un ordinateur pour le piloter à distance, je connais, merci. Vous pensez que le nom du gars a un rapport ?

– Possible. Les choses ne sont pas claires. Il écrit en français et l'un de nos traducteurs travaille dessus. Mais d'après ce qu'on a, il semble effectivement « piloter » Marion. Du moins, il la force à agir.

– De quelle façon ?

– On ne sait pas. Il ne poste pas grand-chose dans sa boîte aux lettres. L'essentiel des dialogues a dû se dérouler par message instantané.

Altman s'est pincé la lèvre inférieure en examinant le rapport.

– C'est assez malin. Ce type de communication est beaucoup plus difficile à localiser qu'un téléphone portable, voire impossible si la personne utilise les bons programmes. Il y a quelque temps, un malfrat anglais s'est fichu de Scotland Yard et de la police britannique pendant des semaines en utilisant le même moyen. Il postait même des commentaires sur des sites de fans.

Il lui a rendu son papier.

– C'est du très bon travail.

Le sourire de la jeune femme s'est élargi.

– J'ai beaucoup mieux. Le Troyen a commis une erreur. Son dernier message est très important, mais il l'a quand même envoyé dans sa boîte aux lettres.

– Ah ? Il n'est pas si malin que ça, en fin de compte...

– Marion et Chloé ont réussi à franchir notre périmètre de sécurité. Il leur a donné rendez-vous à plus de quarante kilomètres, à un arrêt de bus au nord-est de Santa-Anna. Le message remonte à une heure.

– Nom de Dieu ! Vous avez...

– ...prévenu les autorités locales, oui. Un Aerostar arrive pour venir vous prendre.

Une bouffée d'excitation s'est emparée d'Altman.

– En route !

*

Wojak s'est arrêté dans une petite station-service pour acheter de l'essence.

– Restez ici. Il y a une alerte Amber à la radio.

– Une quoi ?

– Un signalement pour disparition d'enfant. Le nom Amber vient d'une petite fille enlevée et assassinée au Texas dans les années 90. La radio a donné la description de Chloé Fog, et la vôtre. Vous êtes officiellement sa ravisseuse, alors vous feriez mieux de rester planquée.

Marion eut l'impression qu'on déposait un bloc de glace sur son estomac.

– Vous voulez que je vous ramène des gâteaux ? a demandé l'Indien. Un truc à manger ou à boire ?

Elle a secoué la tête.

Il s'est éloigné.

Elle a cru qu'elle allait vomir.

Une alerte à la radio. Un kidnapping pur et simple. Et c'est elle qui en était responsable.

La panique, tapie en elle depuis des heures, est montée cette fois comme une fusée. Les pensées ont défilé dans sa tête.

Son signalement avait été communiqué aux forces de police. Son nom devait déjà se trouver sur toutes les lèvres. Des centaines, des milliers de gens devaient désormais la haïr sans même la connaître, exactement comme elle-même haïssait les auteurs d'enlèvements. Une fois, elle avait vu un reportage à la télévision sur Francis Heaulme, le tueur en série. Elle avait été obligée d'éteindre. Et maintenant, elle se retrouvait dans sa peau ! Les gens devaient la prendre pour un monstre ! Comment avait-elle pu en arriver là ? À qui demander de l'aide ? Elle était dans un pays étranger, elle ne connaissait personne, et surtout elle était vraiment coupable ! Elle a jeté un regard éperdu audehors. Elle aurait voulu s'enfuir, mais pour aller où ? Ils se trouvaient sur une route au milieu de nulle part, en pleine nuit. Entre le camion d'un horrible Indien et les ténèbres, que devait-elle choisir ?

Se sentant devenir folle, elle a ouvert son sac pour saisir sa boîte de pilules anxiolytiques.

Son téléphone lui est tombé sur les genoux.

Elle l'a regardé fixement, tel un diable jailli de sa boîte.

– D'accord.

Elle a appuyé sur *on*. Il y avait un réseau.

La connexion Internet. Vite.

Facebook s'est affiché.

Des nouvelles de ses amis sont apparues sur sa page d'accueil.

« Nico T. est en vacances. », « Catherine D.C. souhaite bonne nuit aux gens ! »

Mon Dieu, comme tout cela était loin.

Un *poke*.

Elle a regardé par la portière. L'Indien était en train de ressortir de la station-service.

– Réponds, salopard…

Un autre *poke*.

Le Troyen est apparu.

– Oui ?
– Aidez-moi ! a tapé Marion.
– À une condition.
– D'accord !
– Cet homme qui vous accompagne, ce Wojak...

L'Indien était en train de faire le tour du camion.

– ... Il n'est pas votre guide. Il est votre prochaine cible.
– Quoi ?

Wojak a ouvert la portière.

– C'est lui votre prochaine victime, a écrit Le Troyen. Vous devez lui couper les doigts.

27

Marion a regardé les mots s'afficher, le visage agrandi par la terreur.

– J'attendais à votre arrêt de bus, a tapé Le Troyen. Je détiens Chloé. Coupez les doigts de Wojak. Ou je la supprime.

Puis il s'est déconnecté.

– Non !

Marion a lâché le téléphone comme si l'appareil l'avait mordue.

Elle a plaqué une main devant sa bouche.

La cabine du camion s'est mise à tourner autour d'elle.

– Non…, a-t-elle répété faiblement.

– Qu'est-ce que vous faites ? a dit l'Indien.

Il a repéré le téléphone.

– Bon sang, vous êtes folle ou quoi ? Je vous avais dit de ne pas allumer ce truc !

Il l'a récupéré, éteint et jeté sur la banquette. Puis il a tendu à Marion la bouteille de whisky.

– Buvez un coup, vous êtes toute pâle.

Elle s'est agrippée au tableau de bord.

– Buvez, je vous dis.

Il a poussé le goulot entre ses lèvres. Elle a pris une rasade. Le goût âcre de l'alcool est descendu dans sa gorge, lui brûlant l'œsophage. Elle a continué d'avaler, puis elle a laissé aller sa tête en arrière.

– Assez…

– Ça ira ?

Assez... assez...

Elle n'arrivait pas à formuler d'autre pensée que celle-là.

– Il faut qu'on dégage, a dit Wojak. Votre photo passe à la télévision. Je l'ai vue dans la station-service.

Il a grommelé une injure.

– Si j'avais su comment tout ça allait tourner, j'aurais jamais accepté de vous prendre.

Ils ont roulé un certain temps. Au bout d'un moment, l'Indien a quitté la route pour emprunter un chemin cahoteux.

Marion se trouvait dans un état horrible. L'alcool et la fatigue aidant, elle avait l'impression d'être coincée dans un cauchemar. La situation était trop folle pour être réelle, elle avait envie de s'endormir, son cerveau refusait tout simplement d'être là.

– Qu'est-ce que vous fabriquiez avec ce téléphone ?

Wojak s'était remis à boire et semblait de mauvaise humeur.

– Vous avez appelé quelqu'un ?

– Facebook, a articulé Marion.

Il a ricané.

– Quelle connerie, ce truc. Le gouvernement vous espionne, avec ça. Ils vous traquent, vous surveillent. Vos employeurs, les impôts, les flics, tous. Et malgré ça, un max de gars continuent de l'utiliser en prison.

Il s'est tourné vers elle.

– Vous saviez que certains de vos amis étaient probablement des condamnés ? Ils vous racontent des craques, mais en vrai, ils sont derrière les barreaux.

Elle n'avait jamais pensé à ça.

– Et quand vous êtes mort, a poursuivi Wojak, personne ne peut plus effacer votre pseudonyme si on n'a pas votre code d'accès. J'ai connu un type, des mois après son exécution, son pseudo recevait toujours des dizaines de messages.

Il a englouti une nouvelle rasade.

– C'est drôle d'imaginer toutes ces âmes mortes qui flottent dans ce monde invisible, ce foutu web, et qui continuent à recevoir des mots des vivants. On dirait des spectres. Des sortes de fantômes qui dansent tout autour de nous.

Il a lâché un rire, une fois de plus, puis il s'est mis à fredonner une sorte de chant ancestral qui ressemblait à une plainte.

– Où on va ? a demandé Marion.

– Chez moi. Où voulez-vous qu'on aille ?

– Qu'est-ce qu'on va y faire ?

Il l'a regardée encore, cette fois en s'attardant sur ses seins et ses jambes. Ses yeux rouges étaient complètement explosés.

– On va attendre. La personne qui m'a demandé ce service va me rappeler. Alors on attend, c'est tout.

Il s'est arrêté devant une maison au milieu des arbres. Un taudis, plutôt. Une ruine abandonnée, colmatée à la va-vite. Plusieurs épaves de véhicules étaient entassées devant. Sur le côté, une éolienne tournait en haut d'un pylône.

Wojak a repoussé le morceau de tôle qui servait de porte.

– C'est pour les coyotes. Ces saloperies entrent et saccagent tout pendant mon absence.

Il s'est dirigé vers une table et a allumé une petite lampe à pétrole.

– J'ai un groupe électrogène, avec l'éolienne, là-dehors, mais je préfère l'économiser.

Il a désigné un cadre en bois recouvert d'un matelas gonflable.

– Vous pouvez vous allonger là. C'est confortable. Si vous avez froid, il y a une couverture.

Il s'est assis à la table et a continué de boire.

Marion s'est laissée choir sur le matelas.

Un calendrier avec des femmes dénudées était accroché près de sa tête. Plus loin, une bassine contenait de l'eau de vaisselle avec des couverts et quelques assiettes sales. Un établi. Une carcasse de moteur. Des outils en vrac. Des plaques minéralogiques dans un seau.

L'Indien a soulevé le couvercle d'une glacière.

– Vous voulez une bière ?

Elle a fait non de la tête.

– Bon. Faut que j'aille pisser.

Il est sorti de la maison.

Marion s'est relevée. Elle a fouillé dans la bassine à la recherche d'un couteau pointu. Il n'y en avait pas. Elle est allée à l'établi et s'est emparée d'une grosse pince.

Wojak est revenu.

– Hhhhéééééé, vous êtes debout, finalement…

Il était encore débraillé. Son regard s'est attardé ouvertement sur elle.

– Ce type, a dit Marion d'une voix qu'elle avait du mal à reconnaître. Celui qui vous a appelé pour vous demander de me récupérer. Cette personne qui est intervenue pour vous faire entrer dans un protocole de soins…

– Un protocole ?

– C'est comme ça qu'on appelle les programmes de traitement expérimentaux. Ce type, qui est-ce ?

Il s'est rengorgé.

– Et qu'est-ce que ça peut vous foutre ?

La main de Marion s'est resserrée sur la pince dissimulée dans son dos. Ses yeux papillotaient.

– Je dois savoir. Répondez-moi.

Le visage de l'Indien s'est fendu d'un sourire sinistre.

– Et je gagne quoi en échange ?

Elle n'a pas répondu.

– Ça fait un bout de temps que j'ai pas été avec une femme… On pourrait peut-être faire un petit arrangement, tous les deux ?

Il a fait un pas vers elle.

Tenant la pince à deux mains, Marion l'a frappé au visage.

Il a hurlé, Marion lui a sauté dessus et il est tombé à la renverse.

Elle l'a plaqué au sol.

– Espèce de salaud ! Qu'est-ce que tu croyais !

Des images sont passées devant ses yeux, tels des flashes.

Cora attachée à l'envers sur son siège de voiture, inconsciente après l'accident.

Son père, maigre et fatigué, dans la lueur d'un réverbère.

Chloé la regardant s'éloigner sur le parking du bus.

Le Troyen menaçant chacun de ses proches, détruisant sa vie, étape après étape.

Marion ne s'appartenait plus.

Une chose immense et rouge était en train de s'emparer de son cerveau et de la dévorer tout entière. Une force primale, comme elle n'en avait jamais ressenti.

Elle a coincé la pince contre la gorge de l'Indien.

– TU SAIS CE QU'IL VEUT QUE JE FASSE, TON SALOPARD DE COPAIN ? IL VEUT QUE JE TE COUPE LES DOIGTS ! ET JE VAIS LE FAIRE !

Elle a attrapé la main de Wojak.

– JE VAIS LE FAIRE… SEIGNEUR, JE JURE DEVANT DIEU QUE JE VAIS LE FAIRE SI TU ME DIS PAS QUI C'EST !

La peur est passée dans les yeux de l'Indien.

Marion pleurait en même temps qu'elle écrasait sa gorge.

– Je… je vous en prie, a articulé Wojak.

– Quoi ?

– Je vous en prie… Je ne sais pas. Je ne sais pas qui c'est… Juste une voix au téléphone… Ne… Ne me faites pas de mal…

Elle a regardé sa pince. Son genou coincé dans le thorax de l'homme.

La vague rouge a brusquement reflué de sa tête.

Elle s'est relevée. Titubante. A lâché l'instrument. Elle est sortie de la cabane, ses mains plaquées contre ses joues. Elle n'arrivait plus à reprendre sa respiration.

Au-dehors, une bourrasque de vent a soulevé les herbes.

Ses cheveux ont dansé autour d'elle.

Ses vêtements ont claqué contre son corps.

Une lumière aveuglante est tombée d'en haut.

– Marion Marsh ! a hurlé une voix dans un haut-parleur, mettez-vous immédiatement à genoux, les mains sur la tête ! Ici l'hélicoptère du FBI, vous êtes en état d'arrestation !

28

Avant

Cela faisait cinq jours que Marion travaillait comme une dingue à l'Hôtel-Dieu sans aucune nouvelle de Nathan. Il ne s'était pas présenté aux urgences et il avait annulé tous ses programmes de bloc. Son absence avait certainement une raison précise.

Il n'empêche, l'agréable sensation de papillons dans le ventre avait disparu, remplacée par une inquiétude de plus en plus forte. Elle avait beau être amoureuse, et suspecter une émotion semblable chez lui, le sens logique de Marion s'était peu à peu émoussé pour être remplacé par l'incertitude, et l'incertitude commençait à virer franchement au désespoir.

Bien sûr, elle avait interrogé le chef de chirurgie viscérale qui assurait l'intérim à la tête des urgences. Mais ce dernier n'était au courant de rien.

Bon sang, qu'est-ce que Chess attendait pour lui faire signe ?

Il avait annulé leur premier dîner officiel en amoureux. D'accord. Il devait être pris par différentes tâches. Un congrès, une urgence, elle le concevait bien. Mais tout de même, un coup de fil, ce n'était pas la mer à boire !

Les hommes ne vous rappelaient jamais quoi qu'il arrive, c'est ça ? Il s'agissait d'une question d'ego ? Ou alors – hypothèse la plus sombre, et qu'elle se refusait à envisager – Nathan ne se donnait pas la peine de la tenir au courant parce que, tout simplement, leur histoire naissante n'était pas si importante que ça.

Ils s'étaient embrassés à plusieurs reprises, certes. Maladroitement d'abord, et avec plus de fougue ensuite, en cachette et dans divers endroits de l'hôpital – dans de très nombreux endroits, en fait – mais ils n'avaient pas franchi l'étape suivante. Ils n'avaient pas couché ensemble.

Est-ce qu'elle aurait dû le faire ?

Elle n'avait que vingt ans, et elle ne s'était guère montrée entreprenante, mais par timidité plus que par manque d'envie. Est-ce qu'il en avait déduit qu'elle n'était qu'une gamine ?

Ou alors c'était complètement l'inverse : il l'avait vue embrasser un autre homme en salle de garde, et il l'avait mal pris ?

Elle n'osait imaginer une telle réaction de sa part. Chess était un tyran insupportable et cynique avec la plupart des gens, elle le voyait mal manquer de maturité.

À bout de nerfs, elle a fini par traverser les couloirs pour se rendre à l'autre extrémité de l'hôpital jusqu'au secrétariat de chirurgie orthopédique.

Elle a pénétré dans une pièce basse de plafond, aménagée entre le rez-de-chaussée et le premier étage du bâtiment. La lumière du jour était pauvre, parvenant à l'intérieur uniquement par de petites fenêtres en arcade qui rasaient le sol et donnaient directement sur la tête des passants dans la rue.

Derrière un bureau assez simple, éclairé par une lampe, une femme tapait du courrier. Elle était entre deux âges, un peu trop maquillée, et portait des vêtements civils.

Marion a planté sa blouse blanche devant elle.

L'autre a levé les yeux et l'a considérée froidement.

– Qu'est-ce que vous désirez ?

– Je voudrais parler au Dr Chess.

– Il est absent.

– Il ne s'occupe plus des urgences ?

– Bien sûr que si.

Marion lui a déposé un papier sur le bureau.

– Vous avez placé ce mot dans mon casier. C'est tapé à la machine, je suppose qu'il est de vous. Ça dit qu'il annule ses rendez-vous et qu'il n'est pas disponible. Vous pourriez me donner des explications ?

La secrétaire a reculé dans son fauteuil comme pour parer une attaque personnelle.

– On me demande de poster des mots, je m'exécute. Je travaille pour le Dr Chess, je n'ai pas de comptes à vous rendre. Je ne suis pas la secrétaire d'une externe, ou de n'importe qui.

Marion l'a considérée, énervée, les poings sur les hanches.

Parfois, certaines femmes s'adressent à vous sur un ton d'autant plus dédaigneux que leur patron, voire leur mari, sont importants. Vous les trouvez hautaines, insupportables, frustrées. Elles n'accomplissent aucun effort apparent pour résoudre votre problème. Vous auriez envie de leur donner des baffes. Mais c'est oublier que, lorsque le grand homme est parti, quand il a terminé son show, c'est cette même personne qui range la scène. Qui nettoie ses costumes. Qui s'assure, avec un sens du devoir sans faille, que tout sera parfait pour sa prochaine représentation. C'est la personne qui gère les millions de détails invisibles sans lesquels tout le spectacle se casserait la figure. « Je ne suis pas la secrétaire de n'importe qui » voulait simplement dire « Je ne suis pas n'importe qui, regardez-moi, j'existe, je vis dans la pénombre, mais s'il vous plaît, ne faites pas comme si je ne valais rien. »

Marion a totalement changé d'attitude.

– Je suis désolée. Je n'aurais pas dû débouler ainsi dans votre bureau, ni vous parler sur ce ton. J'ai un travail de dingue aux urgences et je n'arrive plus à m'en sortir. Je suis tellement fatiguée que j'ai envie de pleurer chaque fois que je rentre chez moi. Je venais simplement chercher de l'aide.

La secrétaire s'est radoucie.

– Je comprends. Moi aussi, parfois, je me sens épuisée. Ces chirurgiens nous demandent à toutes d'avoir six bras, sans se rendre compte qu'on travaille déjà comme si on en possédait huit. Depuis qu'il est parti, je suis noyée sous la paperasse et le téléphone sonne toutes les cinq minutes.

Elle a ouvert un tiroir et sorti une poignée de papiers identiques à celui de Marion.

– Cette note ne vous était pas spécifiquement destinée. Le Dr Chess a reçu une mauvaise nouvelle, l'autre jour. Il était en train de déjeuner en salle de garde lorsqu'on a téléphoné de l'étranger. Apparemment, son père a été victime d'un infarctus. Je l'ai fait appeler tout de suite pour lui passer la communication.

Il a dû partir précipitamment. Il m'a demandé de rédiger ce mot à l'intention de ses correspondants, et d'en déposer un dans votre casier. Il sera très vite de retour, ne vous inquiétez pas.

Marion l'a remerciée chaleureusement puis elle est partie.

*

Elle faisait une pause en compagnie d'Isa et Véro chez Berthillon, le fameux glacier de l'île Saint-Louis chez qui nombre de praticiens de l'hôpital venaient régulièrement se ravitailler.

– Bon, t'es rassurée ? a demandé Isa en attaquant une gaufre au chocolat.

– Il va te rappeler, c'est sûr, a dit Véro, un cornet vanille et marron glacé à la main.

Marion les a regardées dévorer, morose.

– Il aurait pu m'en parler. Ça m'aurait intéressée de savoir que son père n'allait pas bien. Si ça se trouve, il va être retenu pendant des semaines. Et d'ici là, mon stage sera fini…

– Ne t'inquiète pas, a dit Véro en essuyant une tache de chocolat sur sa blouse. Puisque sa secrétaire t'a dit qu'il allait revenir !

Un serveur a surgi à leur table.

– L'une d'entre vous s'appelle Marion Marsh ?

– C'est moi.

– Vous devez retourner immédiatement aux urgences. Il y a une affluence subite. Ils sont en manque d'effectif, dépêchez-vous !

– D'accord, j'y retourne tout de suite…

Elle a couru jusqu'à l'hôpital et s'est précipitée dans son service, hors d'haleine. Elle a poussé la porte battante des urgences : personne, l'endroit était parfaitement calme.

Aziz et deux infirmières étaient là, à discuter dans un coin. Ils se sont interrompus pour la dévisager d'une drôle de manière. Était-ce un sourire malicieux qu'elle décelait sur leurs visages ? Aziz lui a fait signe du pouce d'aller en salle de repos.

Elle s'y est rendue, énervée. A posé une main sur la poignée.

– Si c'est encore une blague débile, je vous préviens que…

Elle a ouvert.

Elle est restée sur le pas de la porte, stupéfaite.

La pièce était remplie de fleurs. Des dizaines, des centaines de tournesols, en pots, en bouquets, en énormes gerbes, les plus beaux qu'elle ait jamais vus, déclinant leurs jaunes et leurs orangés sublimes du sol au plafond. Il devait y en avoir pour une véritable fortune.

Deux mains se sont posées sur ses hanches.

– Je t'ai manqué ? a dit Nathan dans son cou.

Elle s'est retournée.

– Mon père était malade, a-t-il soufflé. Il a eu un infarctus. Il survivra. Mais ça m'a fait un choc. Et aussi un déclic. Quand j'étais là-bas, j'ai réalisé que j'avais besoin d'en parler à quelqu'un. Sauf que je n'ai pas d'ami intime, parce que j'ai beaucoup trop de travail. Alors personne ne m'est venu à l'esprit. Personne… sauf toi.

Il a fait une sorte de grimace, comme pour s'excuser d'avoir dévoilé un peu maladroitement ses sentiments envers elle, et devant tout le service par la même occasion.

– Mon père est un type spécial. Les gens l'appellent Pope. Il faudra que je t'en parle. On ne s'adresse plus la parole depuis des années, mais je ne pouvais pas le laisser seul dans un moment pareil. J'ai pris plusieurs avions. J'ai essayé de t'appeler, mais les communications sont un véritable cauchemar, là où il habite, et…

Elle a placé un doigt sur sa bouche.

– Tais-toi.

Puis elle l'a embrassé.

29

Maintenant

Marion se tenait sur la banquette arrière de l'hélicoptère, un gros Aerostar de la division de soutien aérien de la police de Los Angeles.

Elle était déjà montée à bord d'un appareil semblable lors d'un vol de démonstration au salon du Bourget. Elle y avait eu droit l'année précédente, pour les besoins d'un reportage produit par Catherine Bormann. Elle savait que ces engins avaient été développés par les ingénieurs de la NASA après les missions Apollo, et qu'ils possédaient toute une batterie d'équipements ultra-sophistiqués. Un système de recherche LOJACK pour retrouver les voitures volées, un senseur infrarouge Fluor piloté par joystick, des caméras haute résolution capables d'identifier un visage à dix mille pieds d'altitude, et une lampe Nightsun assez puissante pour éclairer un stade – celle-là même qui l'avait surprise au milieu des bois.

À Paris, elle avait trouvé l'expérience excitante. Piquer au-dessus de Roissy-Charles-De-Gaulle à plus de deux cents kilomètres-heure produisait une sensation d'accélération phénoménale. À cette vitesse, la peau de votre visage se plaquait contre votre crâne.

Sans parler du vrombissement. Jamais elle n'aurait imaginé se retrouver à bord d'un tel appareil aux USA.

Surtout avec des mains menottées dans le dos.

Elle survolait la ville, casque anti-bruit sur les oreilles, les vibrations parcourant son corps. Absente. Anéantie. Au-dessous d'elle se déployait Los Angeles telle une plaine de néons.

Le quadrillage des rues était spectaculaire. Elle a reconnu les buildings de Downtown. Une structure qui devait être un stade. À gauche, les lumières de l'aéroport où elle avait atterri vendredi soir – autant dire une éternité plus tôt.

L'hélicoptère s'est approché d'un bâtiment. Deux vastes pans d'immeubles séparés par une tour au centre. On aurait cru une colombe aux ailes déployées dans la lumière. Ils ont atterri, on l'a forcée à baisser la tête sous le grondement des pales et on l'a conduite à l'intérieur.

Elle a traversé un hall. Portique de sécurité anti-métal. Rampe vers un souterrain jusqu'à un ascenseur surmonté d'un panneau : RÉSERVÉ AUX TRANSPORTS SÉCURISÉS. Un agent féminin a passé un détecteur autour d'elle, fouillé son sac, lui a confisqué son téléphone et palpé rapidement ses vêtements. L'agent a glissé ensuite une carte dans une fente et la porte de l'ascenseur s'est ouverte. Elles sont entrées ensemble. Un bouton. Ascension jusqu'au neuvième étage. Un couloir, une autre porte. Encore une, cette fois dotée d'une serrure à code.

Marion a pénétré dans un espace sans fenêtre, bordé d'une trentaine de cellules blindées, toutes ornées de petites ouvertures vitrées à hauteur du visage. L'agent féminin a ouvert l'une d'elles et poussé Marion à l'intérieur. La pièce contenait un matelas encastré dans le mur et un ensemble lavabo et toilettes, ces dernières sans abattant, parfaitement propres.

Marion s'était attendue à des clichés de films, une fouille brutale, des insultes, un pyjama orange, mais rien de tel ne s'était produit. Son téléphone mis à part, on lui avait laissé son sac et ses affaires personnelles.

L'agent a refermé la porte.

Apparemment ses geôliers savaient qu'il était inutile de lui retirer quoi que ce soit de plus. Dans cet endroit sans nom, toute forme de liberté était réduite à néant.

Quelques heures plus tard, un autre agent est venu la chercher. Aussi curieux que cela paraisse, elle avait dormi. Parfois, le sommeil est simplement votre dernier refuge.

On l'a emmenée dans une pièce. Deux chaises, une table, un dossier confidentiel posé dessus. Un homme regardait par la fenêtre. Marion a regardé aussi. Ils surplombaient un grand parking et une demi-douzaine de terrains de tennis. Dehors, c'était le matin, il faisait beau. Des gens jouaient dans la fraîcheur des premières heures. Marion aurait pu être là, avec Cora, à siroter une grenadine. Une touriste parmi d'autres.

L'homme s'est tourné vers elle. Il tenait un café à la main.

– Vous en voulez un ?

– Oui. S'il vous plaît.

Il a levé la main et fait tourner son index en l'air, face à une caméra au plafond. Quelques instants plus tard, un agent a apporté un café supplémentaire.

Il a invité Marion à s'asseoir. Il a fait de même de l'autre côté de la table et ouvert le dossier.

Il n'avait pas l'air méchant. Grand, mâchoire carrée, les yeux gris. Une alliance à la main gauche.

– Je suis l'agent spécial Aaron Altman. Vous savez comment s'appelle ce lieu ?

– Non.

– C'est le quartier général du FBI, dans Wilshire Boulevard.

Elle a hoché la tête.

– Vous êtes ici parce que vous avez kidnappé Chloé Fog, treize ans.

– Vous l'avez retrouvée ?

– Non.

Elle a lutté pour contrôler le tremblement de ses lèvres.

– Vous… vous voulez que je vous raconte ce qui s'est passé ?

Il a eu un sourire froid.

– J'y compte bien.

C'est ce qu'elle a fait. Cela lui a pris plus d'une heure. Parfois, il posait une question pour éclaircir un détail. À d'autres moments, il la faisait revenir en arrière. Souvent, il lui demandait des précisions à propos du Troyen. Il ne prenait jamais de note. Marion en a déduit que leur conversation était filmée.

– Je peux vous poser une question ? a demandé Marion lorsqu'ils ont eu terminé.

– Dites toujours.

– Comment m'avez-vous retrouvée dans les bois ?

– Nous avons intercepté le dernier message du Troyen dans votre boîte aux lettres électronique. Nous étions en route pour l'arrêt de bus auquel vous étiez descendues avec Chloé, quand un appel anonyme a prévenu la police locale.

– Un appel anonyme ?

– Quelqu'un vous a vue monter dans le camion militaire de ce Wojak. On nous a communiqué l'immatriculation. Ces modèles revendus dans le public, même lorsqu'ils sont en bout de course, possèdent toujours un kit de géo-localisation intégré, détectable par nos hélicoptères. Vous retrouver a été un jeu d'enfant.

Une pause, côté Marion.

– Un appel anonyme, a-t-elle dit. Et comme par hasard, un camion facile à pister. C'est tout de même étrange, non ? Vous n'avez pas pensé que Le Troyen pouvait avoir manigancé ça, juste pour vous lancer à mes trousses, le temps qu'il disparaisse avec la petite ?

Altman a croisé les bras, comme s'il était impressionné par son raisonnement.

– Nous y avons songé, en effet. Mais il y a une autre possibilité.

– Laquelle ?

– Vous auriez pu enfermer Chloé quelque part.

– Jamais je ne ferai de mal à un enfant ! Ni à qui ce soit d'autre, je…

– ÇA SUFFIT !

Altman s'était transformé subitement.

Marion s'est ratatinée sur sa chaise.

Il a posé un doigt sur le dossier confidentiel posé devant lui.

– Où est Chloé Fog ?

Elle l'a regardé sans comprendre. On aurait dit qu'il n'avait rien écouté durant l'heure précédente.

– Je… je vous l'ai déjà dit… je ne sais pas…

– Pourquoi l'avoir enlevée ?

– On m'a forcée. Le Troyen m'a…

– Vous voulez me faire croire que vous êtes venue de France, et que vous avez enlevé la fille du Dr Fog, simplement parce qu'on vous l'a *imposé* sur Internet ? Où est Adrian Fog ?

– Je l'ai vu sur un lit d'hôpital. Il portait des menottes et…

– Quelles sont vos relations avec lui ? Que savez-vous à son sujet ? Qu'est-ce que vous nous cachez ?

– Je vous ai tout dit…

– VOUS MENTEZ !

Il a passé une main sur son crâne.

– Bon, nous allons tout reprendre à zéro.

– Non ! a protesté Marion.

Les yeux d'Altman se sont écarquillés.

– Pardon ?

Marion aurait pu pleurer, s'effondrer, geindre. Mais curieusement, son ton était de plus en plus ferme. Depuis qu'elle avait lutté contre l'Indien, une force nouvelle l'habitait. Elle se sentait presque euphorique. Elle trouvait cela effrayant. Elle se demandait s'il ne s'agissait pas d'une forme de folie temporaire.

– Vous n'écoutez pas ce que je vous dis… Alors je ne dirai plus rien. Je veux un avocat. Je dois y avoir droit, non ? J'ai vu Adrian Fog prisonnier sur un lit d'hôpital. Et maintenant, Le Troyen détient sa fille. Pourquoi vous ne vous concentrez pas sur ce psychopathe ? On dirait que c'est Adrian le suspect !

– C'est le cas.

– Mais pourquoi ?

Il a tiré sa chaise près d'elle et s'est assis dessus à l'envers.

– Vous êtes allée derrière le voile orange.

– Quoi ?

– Le voile orange. C'est ainsi que l'on surnomme la limite entre le comté d'Orange et celui de Los Angeles. Les gens qui vivent au-delà n'ont que faire de nous. En fait, ils se préoccupent même pas du reste du pays. Ils comptent parmi les plus riches d'Amérique. Les plus grandes fortunes, tels des rois au sommet d'une colline. Et le Dr Adrian Fog est de ceux-là. Vous êtes allée derrière le voile orange, vous avez vu. Ces gens n'ont aucune règle. Aucune folie, aucun excès n'est assez pour eux. Ils ne se considèrent pas comme des mortels. Mais je suis là pour leur rappeler la Loi.

Il s'est redressé.

– Vous voulez savoir pourquoi je m'intéresse à Fog ? Je vais vous le dire : parce qu'il est sous le coup d'une enquête fédérale depuis deux ans. Parce que sa Fondation n'est pas aussi « non lucrative » qu'il veut bien le faire croire. Et surtout parce que nous pensons que son épouse, la mère de Chloé, n'est pas morte dans un accident de voiture.

– Ah… ah non ?

– Nous croyons qu'elle a été victime d'un meurtre. Et pour finir, non, vous n'avez pas droit à un avocat. En fait, vous n'avez aucun droit du tout. Depuis le 11 Septembre, nous pouvons vous traiter comme un combattant de guerre et vous garder incarcérée ici aussi longtemps que nous le voulons.

– P… pourquoi ?

Aaron Altman s'est approché de son oreille.

– Parce que, a-t-il murmuré, votre ami, le gentil Dr Fog, et son père, le fameux Pope, font partie de la pègre. Que nous avons des raisons de croire qu'ils collaborent avec des terroristes. Et que, d'une façon ou d'une autre, vous êtes impliquée.

TROISIÈME PARTIE

Le syndrome de Troie

30

Pope était assis sur sa véranda dans un fauteuil Louis XVI entièrement noir. La décoration alentour respectait la même teinte. Mobilier sombre, fleurs artificielles, sculptures de vierges africaines : tout était ténébreux. Lui-même portait un costume anthracite et un mince pull assorti. Le sol, en revanche, était de marbre blanc. Plus loin, parmi les plantes d'un jardin intérieur, on percevait le bruit paisible d'un ruisseau.

Pope aimait ce contraste. Selon lui, une existence digne de ce nom ne supportait pas la demi-teinte. L'homme qui voulait survivre était constamment sommé de faire des choix. De trancher dans le vif, quitte à employer la violence.

Il a considéré ses deux mains. La gauche tenait une photo encadrée de sa famille. La droite, un pistolet Luger 9 mm Parabellum.

Le Luger n'était qu'une réplique mais il tirait bien. Lorsqu'il était enfant et qu'il vivait encore au Chili, Pope avait appris l'origine du mot Parabellum en cours de latin. Il venait de l'expression *Si vis pacem, para bellum.* Si tu veux la paix, prépare la guerre.

Il s'est gratté la tempe avec le canon du pistolet en contemplant la photo.

Son fils, Adrian. Sa petite-fille, Chloé. Evangelina, la femme d'Adrian.

Cette dernière était morte. Et les deux autres avaient disparu.

Que devait-il penser de ça ?

Pope n'aimait pas que l'on s'attaque à sa famille. À une certaine époque, personne n'aurait osé commettre pareil sacrilège. Que ce soit par peur ou par respect, aucun individu sain d'esprit n'aurait levé le petit doigt contre Armando Santos Figueroa – son nom véritable. Une telle personne aurait mieux fait de sauter directement du haut d'une falaise ou de s'immoler par le feu, tant les perspectives de représailles auraient été effroyables.

Pope a poussé un soupir.

Où était passée la considération ? Jadis, flics et truands possédaient certaines limites. On aurait presque pu parler d'un code de l'honneur. Aujourd'hui, ces choses-là ne voulaient plus rien dire. On ne se contentait pas de tuer des individus : on balançait des avions contre des gratte-ciel, on faisait des carnages à l'arme automatique dans les écoles, des mômes vous assassinaient en pleine rue pour un paquet de cigarettes.

Ou bien, peut-être que Pope se trompait.

Peut-être qu'il était juste devenu vieux. Un vestige, un souvenir. Un film en noir et blanc égaré dans une époque où la 3D numérique avait enterré le reste.

Il a posé la photo de sa famille sur la table et considéré les deux hommes qui se tenaient devant lui, à genoux.

– L'un de mes informateurs au sein de cette noble administration américaine qu'est le FBI vient de m'appeler, a dit Pope. Apparemment, un individu se faisant appeler Le Troyen interfère dans mes affaires. C'est lui qui aurait enlevé mon fils Adrian. Et maintenant, il détient aussi ma petite Chloé. Dont vous aviez la garde.

Sans se lever de son fauteuil, Pope a appliqué le canon du Luger sur le front du plus grand des deux hommes, un géant mince aux traits émaciés.

– Ma question est simple : si je ne peux pas avoir confiance en vous deux, à quoi servez-vous ?

– Tu peux nous faire confiance, est intervenu le petit homme au corps de sumo.

– Tu peux, a renchéri le géant.

Pope a fait claquer sa langue d'un air dubitatif.

– Nous avons échoué, a poursuivi le petit homme.

– Vrai, a reconnu le géant.

– Et tu dois nous tuer.

– Bam, bam.

– Mais nous pouvons encore servir.

– Encore, a conclu le géant.

Pope a considéré les deux frères. Il n'avait jamais compris comment fonctionnaient ces deux-là. Mikado et Brownie n'étaient pas seulement des tueurs professionnels parmi les plus dangereux qui soient. Ils vivaient aussi ensemble vingt-quatre heures sur vingt-quatre, trois cent soixante-cinq jours par an. Ils n'avaient pas d'ami, aucune connaissance. Ils n'étaient intéressés ni par l'argent ni par le pouvoir, et ne possédaient quasiment rien en dehors de leurs armes. Quand l'un d'eux commençait une phrase, l'autre la terminait. En fait, ils ressemblaient aux deux hémisphères d'un même cerveau malade.

Pope a écarté son pistolet du crâne du géant.

– D'accord. Admettons que je vous laisse en vie. Comment comptez-vous retrouver Adrian et Chloé ?

Les deux hommes, toujours à genoux, ne montraient aucun signe de peur, ni de reconnaissance.

– Nous saurons nous y prendre, a dit le plus petit.

– Bam, bam, a répété le géant.

Sauf que cette fois, il souriait.

*

Aaron Altman a ramené ses cheveux en arrière en clignant les yeux. Des heures qu'il s'épuisait sur ces foutus tableaux Veleda, à tracer des flèches puis à les effacer ensuite. Il en avait marre. Il était complètement crevé. Ses collaborateurs, dans les pièces voisines, se trouvaient dans le même état que lui, certains somnolaient carrément sur leur bureau.

Il a regardé sa montre : on était dimanche après-midi. Il avait questionné Marion Marsh et déclenché plusieurs enquêtes sans obtenir de résultat.

L'interrogatoire de Marion s'était révélé infructueux. Elle paraissait sincère, mais il était certain qu'elle ne lui disait pas tout. Il avait surpris son regard pendant qu'il lui posait ses questions. Un feu étrange brûlait en elle. Une force, une détermination farouche que peu de personnes étaient capables de manifester, surtout face à une autorité aussi imposante que la sienne.

D'où lui provenait une telle résistance ? De son attachement envers le Dr Fog ? Ou bien d'une source plus profonde ?

Quoi qu'il en soit, Altman ne la sentait pas. Il attendait maintenant des nouvelles du Quai d'Orsay pour refaire le point avec elle.

Quant au Troyen, il le laissait perplexe. Ils avaient rentré tous les éléments de l'enquête dans le programme ViCAP[1], espérant dégager des similitudes avec une affaire précédente ou un crime commis dans un autre État, mais rien n'était ressorti. Aucune trace d'un tel pseudonyme, ni d'une démarche criminelle semblable parmi les fichiers des autres agences. Et le bureau de la cybercriminalité n'avait produit que dalle. Le Troyen se connectait régulièrement à Facebook, certes, mais son adresse IP changeait constamment. Il utilisait un système de boucles et de rebonds passant par divers serveurs situés à l'étranger qui rendaient impossible toute localisation géographique. En pratique, il pouvait tout aussi bien poster ses messages depuis Los Angeles que l'Alaska.

Avait-il réellement kidnappé Chloé ? Rien ne permettait d'en être sûr. Il n'avait envoyé aucune demande de rançon, ni formulé la moindre exigence. Et pourquoi cette requête étrange, aussi, demander à Marion de sectionner les doigts de Wojak ? S'il s'agissait d'une fausse piste pour avoir le temps d'embarquer la petite Fog, pourquoi imposer à Marion Marsh de mutiler un ex-détenu ?

Non, décidément, un tas de choses ne collaient pas.

Altman a écrasé un bouton sur son téléphone de bureau.

– Vous avez des nouvelles de cet Indien, Wojak machin chose ? J'ai demandé son dossier il y a plus d'une heure, et aussi qu'on lui fasse passer un examen médical complet, vous dormez ou quoi ?

---

1. ViCAP : Violent Criminal Apprehension Program. Programme développé par le FBI pour repérer les auteurs de crimes à travers les similitudes entre différentes affaires, élucidées ou non.

La personne au bout du fil s'est excusée, promettant de faire au plus vite. Il a raccroché. Le téléphone a rappelé aussitôt.

– Annoncez-moi une bonne nouvelle, a menacé Altman.

– Oui et non, a dit sa collaboratrice, la reine latino du tailleur.

– Comment ça, oui et non ?

– On vient de recevoir un paquet. Il vous était adressé.

– À moi personnellement ?

– On l'a passé au scanner. Une équipe a préféré l'ouvrir à votre place.

– Qu'est-ce qu'il contient ?

– Vous devriez voir ça vous-même, patron. Venez nous retrouver au labo. En quatrième vitesse.

31

La porte de la cellule de Marion s'est ouverte. Une jeune femme en tailleur l'a invitée à sortir.

– Venez, mademoiselle Marsh.

Marion s'est levée, les jambes engourdies. Elle était restée longtemps prostrée dans un coin de la pièce, le regard vide, sans savoir quoi faire d'autre.

La jeune femme a échangé une poignée de main avec elle.

– Je suis l'agent Perez, a-t-elle dit avec un sourire neutre. Je vais vous conduire hors d'ici.

Et elle l'a entraînée doucement par le bras.

Marion s'est laissé faire sans comprendre. Que signifiait ce changement d'attitude ?

Elles ont traversé plusieurs couloirs et réintégré un univers doté de bureaux, de décorations et de fenêtres. Marion a remarqué qu'au-dehors, le ciel était toujours aussi bleu. L'étau qui enserrait sa poitrine depuis son incarcération s'est défait d'un cran. L'agent Perez l'a conduite dans un vestiaire réservé aux femmes.

– Nous avons quitté le secteur pénitentiaire. Nous sommes dans celui du personnel. Vous pouvez prendre une douche, si vous voulez. Laissez vos affaires sur la chaise, on va vous apporter des vêtements propres. Vous aurez aussi droit à une collation.

– Pourquoi tant d'égards ? a demandé Marion. Ce matin encore, j'étais considérée comme une criminelle de la pire espèce.

– Vous l'êtes toujours. Mais Aaron Altman ne veut pas que vous restiez le ventre vide.

– Trop aimable. Je ne vais pas m'évanouir.

– On verra ça au briefing.

– Au briefing ? C'est quoi ? Une sorte de procès sans avocat, dans lequel je ne pourrai pas me défendre ?

L'agent Perez l'a regardée d'une drôle de façon, mi-agacée, mi-impressionnée par sa volonté de faire face.

– Dépêchez-vous, a-t-elle ordonné. Nous n'avons pas beaucoup de temps.

Marion s'est déshabillée pendant que la jeune femme pianotait sur son BlackBerry sans cesser de la tenir à l'œil. Elle est entrée sous la douche. L'eau chaude a coulé sur ses épaules en lui faisant un bien extraordinaire. Elle s'est lavé les cheveux au savon liquide, puis elle a frotté chaque centimètre carré de son corps, comme pour en désincruster les souvenirs des dernières heures.

Elle a essayé de fermer les yeux et de ne penser à rien. Simplement à la vapeur et à l'oubli. Elle n'y est pas parvenue. L'image de Nathan attaché sur son lit d'hôpital revenait sans cesse. Pire encore, celle de Chloé dans le parking, emmitouflée dans son Perfecto, la hantait en permanence. Elle revoyait ses cheveux méchés de toutes les couleurs, ses grands yeux bleus, son regard éperdu posé sur elle, l'appelant d'un cri muet, la suppliant de ne pas l'abandonner seule en pleine nuit, de ne pas disparaître comme avaient disparu ses parents.

Certes, Marion n'avait guère eu le choix dans la mesure où l'Indien la menaçait avec un pistolet. Mais elle aurait dû être capable de tenter quelque chose, quitte à mettre sa vie en danger pour préserver celle de l'adolescente. Au lieu de cela, elle n'avait rien fait.

À treize ans à peine, Chloé avait déjà perdu sa mère dans des circonstances atroces. Elle avait vu son père touché par les balles. Et pour finir, elle avait été trahie par Marion. Flouée de façon sinistre, de la pire des manières qui soit, livrée corps et âme à un psychopathe. Même si la jeune fille parvenait à s'en sortir, que pourrait-elle espérer ? Quel avenir bâtir dans un tel monde d'adultes ?

Le FBI avait cru que Marion était une sorte de rebelle, mais la vérité était beaucoup plus simple : son cœur était à sec. Elle n'avait plus la moindre larme à verser, car elle ne méritait pas de le faire. Sa lutte contre l'Indien lui avait retiré son enveloppe superficielle, comme on pèle un oignon, la laissant aussi enragée qu'un animal. À présent, la pelure suivante était tombée aussi, mettant son âme à nu. Et ce qu'elle voyait était hideux : une femme capable d'abandonner un autre être humain. Une femme assez égoïste, ou assez idiote, pour laisser une enfant aux mains d'un malade. Alors Marion n'espérait aucune pitié de personne. Elle ne s'accorderait pas la moindre larme. Tout ce qu'elle voulait, c'était souffrir.

Elle a tourné le robinet et s'est enroulée dans une serviette avant de sortir de la douche.

Cette fois elle était seule. Des vêtements neufs se trouvaient sur la chaise, comme prévu, à côté d'un plateau-repas sous cellophane. Carton de lait individuel, soda, un plat chaud, une barre de céréales. Elle a bu le lait et laissé le reste. Elle a enfilé un chemisier, un tailleur et des chaussures à talons.

Après le look d'adolescente, elle ressemblait maintenant à une femme d'affaires façon Catherine Bormann. Si son cœur ne gisait pas sur le sol, brisé en mille morceaux, elle aurait certainement trouvé le changement ironique.

Perez est revenue la chercher.

– Vous n'avez pas touché à votre nourriture ?

– Non.

– Comme vous voudrez. Allons-y.

Marion a été escortée jusqu'à une salle de conférences dans laquelle une vingtaine de personnes participaient à un débat houleux.

– Qu'est-ce qui se passe ? a-t-elle demandé à l'oreille de l'agent Perez.

– On a reçu un colis. Des débris organiques.

– Des débris.

– Dans notre jargon, cela signifie que le paquet contenait des éléments ayant appartenu à un corps humain.

L'autre a fixé Marion avec dureté.

– Le colis contenait des mèches de cheveux colorés. Et surtout, un doigt.

*

Aaron Altman a réclamé le silence dans la salle. Un homme en blouse blanche est monté sur une estrade pour prendre la parole devant un micro. Le médecin légiste, sans doute. Les yeux d'Aaron ont croisé ceux de Marion. Elle a soutenu son regard. Il lui a fait signe de s'asseoir comme les autres.

– Nous avons une dizaine de cheveux complets, avec leur follicule, a commencé le légiste. Il nous faudra vingt-quatre heures pour obtenir une analyse parfaite de l'ADN mitochondrial.

Il a appuyé sur une télécommande. Un rétroprojecteur a envoyé sur le mur une photo des cheveux en question.

– Mais les premiers résultats ont déjà été comparés à un échantillon récupéré sur une brosse, au domicile de Chloé Fog. Ce sont les siens, avec une certitude de 98 %. Quelqu'un a dû les arracher violement de sa tête et en jeter une poignée dans le colis que nous avons reçu.

Nouvelle photo : un doigt.

Un pouce plus exactement.

Seigneur... Oh non..., a songé Marion.

– L'autre élément est le premier doigt d'une main droite. Le pouce a été sectionné au niveau de l'articulation interphalangienne. Un travail soigné, effectué à l'aide d'une pince chirurgicale. Je dirais que l'auteur est méticuleux ou bien qu'il a l'habitude. Nous avons relevé des traces de saignement post-traumatique, ce qui indique clairement que la victime était vivante au moment où cela s'est produit. En revanche, nous avons trouvé de nombreuses lésions dues à une exposition prolongée à de basses températures. Le membre sectionné a été longtemps conservé dans la glace.

Altman est intervenu.

– Nous l'avons reçu dans un sac isotherme entouré de glace artificielle.

– Cela ne suffit pas pour provoquer de telles lésions, a répondu le médecin. Ce doigt a été coupé il y a plusieurs jours.

Il a regardé la salle.

– Donc, ce n'est pas celui de la petite Chloé.

– Vous en êtes sûr ?

– Mieux que ça. À partir du moment où nous avons obtenu ces informations, nous avons préparé le doigt pour en restaurer la texture et effectuer un relevé d'empreinte exploitable. Nous avons entré le résultat dans le fichier IAFIS[1]. Tous les médecins y sont répertoriés, c'est une obligation légale à laquelle ils doivent se soumettre. La réponse de IAFIS est formelle et confirme nos soupçons : il s'agit du pouce droit du Dr Adrian Fog.

Marion a eu un haut-le-cœur. Son ancien amour était droitier. Quoi qu'il advienne, cette mutilation signifiait pour lui qu'il n'exercerait jamais plus le métier de chirurgien. Elle n'imaginait pas la peine, la souffrance qu'avait dû causer une telle perte. Une souffrance sans aucune commune mesure, cependant, avec la menace qui devait maintenant peser sur sa fille.

Altman a remercié le médecin, puis il a demandé au gros de l'équipe de quitter la salle. Les deux tiers des gens sont partis. Il s'est ensuite rapproché de Marion.

– Vous tenez le coup ?

– Pourquoi vous me demandez ça ?

– Parce que le plus dur est à venir.

Il s'est gratté la tête d'un air embarrassé.

– Nous avons besoin que vous coopériez avec nous.

Elle l'a dévisagé froidement.

---

1. Integrated Automated Fingerprint Identification System. La plus grande base de données biométriques au monde, gérée par le FBI et contenant les empreintes de plus de 47 millions de personnes.

– J'espère que vous plaisantez. Vous me menacez pendant des heures. Vous m'interdisez d'appeler un avocat. Je n'ai même pas le droit de téléphoner à mon père pour lui dire où je suis. Et maintenant vous *sollicitez* ma coopération ?

– Vous avez reçu un nouveau message du Troyen sur votre compte Facebook, a dit Altman. Mais il ne vous était pas destiné.

Il a cliqué une nouvelle fois sur la télécommande du projecteur vidéo.

Une réplique de la messagerie de Marion s'est affichée sur le mur.

Un texte est apparu.

« Bonjour Agent Altman ! Je détiens maintenant le père et la fille. Les preuves vous ont été adressées. Marion Marsh est innocente, comme vous le savez, puisque le FBI espionne tranquillement mes petites conversations avec elle dans cette boîte aux lettres électronique. Vous êtes donc au courant que je la manipule. Voici mes instructions pour la suite.

1) stoppez l'alerte Amber.

2) libérez Marion Marsh.

3) conduisez-la dans le centre-ville, les buildings de Downtown, à bord de l'une de vos voitures. Je vous dirai où la déposer à dix-huit heures précises.

4) ne jouez pas au plus malin. Il n'y aura pas d'autre message. Si vous n'appliquez pas mes consignes à la lettre, je vous promets de vous expédier Adrian et sa fille par la poste.

Un morceau après l'autre.

Jusqu'à ce qu'il n'en reste rien. »

32

La voiture du FBI roulait en direction de Downtown.

Marion était assise sur la banquette arrière en compagnie d'Aaron Altman. Deux agents se trouvaient à l'avant.

On lui avait retiré ses menottes pour le voyage. Tout en frottant ses poignets endoloris, elle s'était demandé cyniquement si elle devait les remercier pour cela. Vous passez du statut de terroriste privée de tous ses droits, à celui de prisonnière chouchoutée parce qu'elle a accepté de coopérer avec la Justice. La moindre des choses serait de vous montrer reconnaissante, c'est une sorte de promotion, non ?

– Nous avons adressé un rectificatif aux médias, a dit Aaron Altman. Officiellement, la petite Fog a pris le large avec une amie de la famille. On a tourné ça de façon à ce que l'on croie à une fugue d'adolescente. Chloé est censée se trouver en sécurité quelque part, et des discussions seraient en cours avec l'amie en question. Votre photo a été retirée de la liste des personnes recherchées par la police. C'est la fin de l'alerte Amber.

Marion a fixé le dossier du siège devant elle.

– Et la famille de Chloé a gobé votre histoire ?

– J'ai contacté son grand-père, le vieux Pope. On lui a exposé la situation réelle, mais sans donner de détail, ni sur Le Troyen, ni sur son mode opératoire. On lui a fait comprendre qu'il était dans son intérêt de coopérer avec nous. On ment aux médias pour coincer le ravisseur, c'est un classique. Pour le moment, il a accepté le marché. Mais je ne me fais pas d'illusion. Nous nous connaissons bien, le vieux renard et moi. Vous êtes sa seule piste pour retrouver les membres de sa famille. Il va sûrement tenter quelque chose.

Silence de Marion.

– Vous ne savez pas qui c'est, n'est-ce pas ? a dit Altman.

Elle a baissé les yeux.

– Vous m'avez dit qu'il faisait partie de la pègre. Qu'il complotait avec des terroristes.

Il a réfléchi un moment, comme pour peser le pour et le contre.

– Je vais vous révéler juste le nécessaire, pour que vous vous fassiez une idée. Pope, de son vrai nom Armando Santos Figueroa, est né au Chili dans les années 40. Il a bourlingué dans toute l'Amérique du Sud. Il a exercé diverses activités douteuses : chercheur d'or, révolutionnaire, receleur d'antiquités… Mais surtout, il a prospéré grâce au trafic de drogue. Le Chili est l'un des premiers producteurs mondiaux de saumon. Et aussi la plaque tournante de la cocaïne destinée à l'Europe. À l'époque, il cachait ses cargaisons dans du poisson congelé vendu à l'étranger. C'est avec ça qu'il a fait fortune. Ensuite, il s'est installé au Mexique. Il est maintenant impliqué dans le trafic de personnes. Il permet à des immigrés clandestins de s'infiltrer sur notre sol. C'est pour ça qu'on le surnomme Pope : c'est une sorte de grand-père pour les gens. Sauf que certains de ces clandestins sont dangereux. Il existe des camps d'entraînement. Et je ne vous parle pas d'endroits situés dans le désert irakien. Je vous parle de lieux situés à moins de trois cents kilomètres d'ici. Pope est un véritable « seigneur de la pègre », et un passeur professionnel, capable notamment d'introduire des terroristes chez nous. Et nous pensons qu'Adrian, tout chirurgien qu'il est, travaille en réalité pour son compte.

Marion a observé longuement l'agent du FBI.

– Je ne le crois pas capable de ça. Adrian déteste son père, s'est-elle contentée de dire.

Il a haussé les sourcils.

– « Déteste », au présent ? Comme si vous veniez de le quitter ?

Elle a détourné les yeux.

– D'après votre interrogatoire, a poursuivi Altman, ça fait quinze ans qu'il est parti. Adrian Fog a pris un faux nom, il a vécu en France, vous avez eu une relation brève, et il vous a plantée là. Il vous a menti. Son père est un truand notoire. Et vous, il suffit qu'un inconnu vous tende un piège sur un site de rencontre, et vous plongez tête baissée, hop, vous filez à sa recherche pour tenter de le retrouver !

Altman a marqué une pause, puis :

– Vous l'aimez toujours, n'est-ce pas ?

– Je veux seulement comprendre.

– Comprendre quoi ?

– Pourquoi il a disparu.

– C'est pourtant simple. Les hommes se débinent. Ils le font toujours. Une grande fille comme vous ne le sait pas encore ?

Il a fouillé dans la poche de sa veste.

– Je vais vous montrer quelque chose.

Il lui a tendu la photo d'un jeune homme dans un fauteuil pour handicapé.

– C'est mon fils. Il a vingt-trois ans. Il a fait une chute de ski nautique. On était en vacances tous les deux aux Bahamas. J'ai une maison de vacances, là-bas. Il est juste tombé et il a eu la colonne brisée. Depuis, il vit dans ce fauteuil. Ma femme m'en a voulu à mort, simplement parce qu'il se trouvait avec moi ce jour-là. Elle s'attendait à ce que je culpabilise, que je me dispute avec elle, ou que je demande le divorce, que sais-je. Mais je me suis débiné. Je n'avais pas envie d'engager un conflit stérile, alors je ne lui parlais plus. Finalement, c'est elle qui est partie.

Il a tapoté sur le carton de la photo d'un air résigné.

– Maintenant, mon fils vit avec moi.

L'agent qui conduisait la voiture a levé la main pour signaler qu'ils arrivaient dans le centre-ville. Altman lui a ordonné de prendre la première sortie et de patienter au milieu des buildings de Downtown.

– Bon, a dit Altman. Il va être temps de reprendre contact avec Le Troyen. Comment vous sentez-vous ?

– Bien, a répondu Marion d'une voix éteinte.

– Vraiment ?

– Qu'est-ce que vous voulez que je vous dise ?

– La vérité.

– D'accord. Alors c'est comme dans un cauchemar, sauf que j'ai les yeux ouverts. Ça vous va ?

– Je comprends.

– Ça m'étonnerait.

– Parce que je suis flic ?

– Non.

La voiture s'est garée.

Marion s'est retournée vers lui.

– Pas parce que vous êtes flic. Parce que vous êtes un homme. J'ai fait une chose abominable en livrant Chloé, je le sais. Le Troyen m'y a forcée et je n'ai pas réagi comme j'aurais dû. Mais maintenant c'est votre tour. Où est la différence ? Vous me manipulez. C'est un truc d'homme. Vous aimez nous sentir à votre merci. Quand on est gamine, le père vous juge, même lorsqu'il ne dit rien. Il vous observe, vous inculque ses valeurs de force. Il vous oblige à réaliser les rêves qu'il a ratés, et vous, vous courez, uniquement pour lui plaire et grappiller quelques miettes de son amour. Après, c'est au tour de votre petit copain. Il vous fait croire à de belles choses, mais en général, il cherche seulement à coucher avec vous. Puis arrive votre patron, pour qui vous vous défoncez comme une dingue, dans l'espoir d'une promotion, ou simplement pour lui plaire. Et bien sûr, il le sait. Et je ne parle pas des mauvaises rencontres, comme cet Indien, qui tente de vous extorquer le pire alors que vous êtes au bout du rouleau. Et maintenant c'est vous. Vous me faites le coup du père éploré, vous me sortez la photo de votre fils. Mais tout ce que vous voulez, c'est coincer Le Troyen. Atteindre Adrian. Et au-delà, capturer ce « Pope ». Qu'est-ce qui vous intéresse, au fond, à part votre propre promotion ? Chloé et moi, nous ne sommes que des dégâts collatéraux. Vous nous manipulez. Encore et toujours. Alors allez-y, faites votre job. Seulement épargnez-moi vos salades.

Le visage d'Aaron s'est refermé.

Il lui a rendu le portable qu'on lui avait confisqué à l'entrée du FBI.

– Rallumez.

Elle s'est exécutée.

– Connectez-vous à Facebook.

Un *poke* est arrivé quasi instantanément.

– Bonjour, a écrit Le Troyen. Avant tout, une vérification. Juste pour être certain que c'est bien à vous que je m'adresse, et pas à l'un des abrutis du FBI. Énigme : qui est l'employeur de votre père ?

Elle a réfléchi.

La dernière fois qu'elle lui avait parlé, il travaillait dans un club de jazz.

– Le Duc des Lombards, a-t-elle tapé.

Une série de *smileys* souriants s'est affichée.

– Excellent ! Ravi de vous retrouver, Marion ! Le jeu reprend !

33

Avant

Marion était assise dans un restaurant des quais de la Seine en compagnie de son père.

Elle avait choisi un petit établissement, côté Saint-Michel, avec vue sur la cathédrale Notre-Dame. Il avait commandé pour eux, deux steak-frites et deux verres de vin. Elle ne s'était pas donné la peine de rectifier pour ne pas le vexer. Elle avait soigneusement découpé la viande en nombreux petits bouts, picorant quelques-uns, et répartissant les autres autour de l'assiette pour donner l'illusion qu'elle mangeait. Son père appréciait de la voir boire du vin à table et déjeuner avec appétit. Si elle s'était avisée de lui faire remarquer qu'il était impossible de garder la ligne en s'empiffrant de la sorte, elle serait partie pour une heure de prise de tête. Alors autant employer ce genre de ruse. Cela valait mieux pour tout le monde.

– Donc c'est ici que tu travailles, a-t-il dit en désignant l'Hôtel-Dieu, de sa fourchette.

– Oui, a répondu Marion.

– Et tu t'y plais ?

– Assez.

– Tu t'es fait des amis ?

– Quelques-uns.

Son père déjeunait avec la main gauche posée sur le genou. Une habitude typiquement américaine et qui faisait partie des bonnes manières. Mais, en l'occurrence, son père avait une autre raison de déjeuner ainsi : il n'aimait pas exposer sa main gauche. D'une façon étonnante, la plupart des gens ne le remarquaient pas. Entre lui qui dissimulait sa main, et Marion qui dissimulait sa façon de manger, ils étaient bien de la même famille.

– Tu as beaucoup de travail ?

– Pas mal.

– C'est intéressant ?

– Oui.

Il a hoché la tête en souriant.

– Quoi ? a dit Marion.

– Rien. Ta façon de répondre.

– Qu'est-ce qu'il y a ? Je n'ai rien dit.

– Justement. Tu ne dis rien, a-t-il fait en s'enfournant une bouchée de viande à peine moins grosse qu'une planche de surf. Tu as toujours été comme ça. Gamine, il fallait t'arracher le moindre commentaire aux forceps. Ta mère appelait ça le syndrome de l'amnésie scolaire. Les enfants passent toute leur journée à l'école, on leur demande ce qu'ils ont fait au retour, et ils te répondent « rien ».

– Je ne suis plus une enfant.

Il s'est essuyé la bouche avec sa serviette.

– Mais tu restes ma fille. Et je te connais un peu.

Il lui a adressé un clin d'œil.

– Comment il s'appelle ?

– Qui ?

– Ne fais pas l'innocente. Tu n'as pas touché à ton repas. Tu bois juste quelques gorgées pour ne pas me vexer. Tu surveilles ta ligne. Et puis, tu es jolie, aujourd'hui.

– Dis tout de suite que je suis moche d'habitude !

– Mais non. Tu es maquillée avec soin. Tes cheveux sont resplendissants. Tu fais attention à toi. Et il est manifeste que ma conversation ne t'intéresse pas du tout. Soit tu remues la jambe, soit tu regardes ta montre. Donc, tous ces efforts ne me sont pas destinés.

Elle a froncé les sourcils.

– C'est quoi, maintenant ? Tu mènes une enquête policière sur ta fille ?

– Et tu es susceptible, ai-je oublié d'ajouter. En résumé, tu es amoureuse. Alors je réitère ma question : comment il s'appelle ?

Elle a poussé un soupir.

– Nathan.

– Ah. Nathan. Et ce Nathan a un nom de famille ?

– Chess. Il s'appelle Nathan Chess.

– Ça sonne américain. Il l'est ?

– Je ne sais pas.

– Tu ne lui as pas demandé ?

– Non, je ne lui ai pas demandé. Je ne fais pas remplir une fiche à tous les garçons avec lesquels je sors, figure-toi. Ça, c'est ton créneau.

Il a fait tourner sa fourchette en l'air.

– Raconte.

– Qu'est-ce que tu veux que je te dise ?

– Je ne sais pas moi. Qu'est-ce qu'il fait dans la vie ? Il est grand ? Petit ? Beau garçon ? Immigré ?

– Je n'aime pas quand tu fais semblant d'être raciste.

Il s'est renfrogné.

– Je ne suis pas raciste. J'essaye juste d'en savoir plus. Je blague, tu le sais bien.

– Sauf qu'à force, on a des doutes…

– Je suis moi-même un immigré, d'accord ? Immigré et fils d'immigrés. J'ai le plus grand respect pour les migrants. Il faut un courage exceptionnel pour abandonner tes racines et te lancer vers l'inconnu. Tes grands-parents ont quitté la Pologne et sont arrivés par bateau à New York. Ils ont américanisé leur nom. Ils attendaient beaucoup de ce pays, leur nouvelle terre promise, comme ils disaient. Mais ils n'ont rien obtenu et ils sont morts sans un sou. Le rêve américain, tu parles ! Regarde ce que cette nation est devenue. Bush nous en a fait voir de toutes les couleurs. Et tu verras qu'un jour, son incapable de fils prendra la relève. Alors j'ai accompli le même chemin en sens inverse…

– … et tu as rencontré Maman sur la Côte d'Azur, et cetera, et cetera… C'est bon, papa, tu me l'as raconté cent fois.

Il a grommelé.

– N'empêche, j'ai bien le droit de me renseigner pour savoir qui est le petit copain de ma fille. Des filles, j'en ai qu'une. Je n'ai pas envie que tu te fasses avoir. C'est tout.

Elle a croisé les bras.

– Il est chirurgien. Chef. *Mon* chef.

Son père l'a regardée fixement.

– Tu plaisantes ?

– Et voilà, a-t-elle dit en buvant une gorgée de vin. Je savais que tu réagirais comme ça.

– Tu sors avec ton chef à l'hôpital ? Tu as pensé à tous les problèmes que ça pourrait te causer ?

– Non. Je me suis juste levée un matin, et je me suis dit, tiens, et si je commettais une erreur monumentale, comme ça, pour voir ?

– Pas la peine d'être sarcastique.

– C'est toi qui es sarcastique. Tu n'as jamais eu confiance en moi.

– Je veux juste te protéger.

– Mais je peux le faire moi-même, Papa !

Elle avait parlé un peu fort. Il a terminé son assiette et commandé un café. Ils sont restés un moment silencieux.

– Je te raccompagne ? a-t-il demandé plus doucement.

– D'accord.

Ils ont marché côte à côte dans l'air frais. En traversant le pont, son père a fait remarquer que l'eau de la Seine était toujours aussi grise. Elle lui a montré l'estrade que la municipalité avait installée pour le concert de la chanteuse d'opéra Jessye Norman sur la place du parvis. Il a sifflé d'un air appréciateur. Il s'est arrêté devant les grilles de l'hôpital. Chess a surgi à ce moment-là. Blouse blanche, l'air crevé, grandes enjambées, un peu hautain, comme d'habitude.

– Je te retrouve dans le service ? a-t-il lancé à Marion.

Il y a eu un instant de flottement.

Chess a paru réaliser ce qui se passait.

Il s'est avancé, la main tendue.

– Vous êtes le père de Marion ?
– Oui.
– Bonjour. Je suis Nathan.
– Je sais qui vous êtes.

Son père a laissé ses mains dans ses poches.

Nathan a rangé la sienne.

– Bon, alors à tout à l'heure, a-t-il dit à Marion, avant de se détourner sans autre forme de politesse.

Marion l'a regardé partir.

– Tu es vraiment insupportable.
– Je ne le sens pas, ce type.
– Tu l'as vu à peine cinq secondes !
– Cinq secondes suffisent pour juger quelqu'un.

Il a embrassé brièvement Marion sur la joue.

– Ne le laisse pas te faire du mal. Sinon tu ne t'en relèveras pas.

Et il est parti à son tour.

*

Le soir venu, Marion regardait par la fenêtre du Petit Bloc, au rez-de-chaussée des urgences.

Dehors avaient lieu des répétitions de chant. Une chorale enfantine venait d'interpréter l'*Ave Maria.* Elle en avait les larmes aux yeux.

Vous êtes emmitouflée dans votre blouse blanche, penchée sur le froid extérieur, protégée par les arches de granit d'un hôpital séculaire, comme si vous n'étiez qu'une parcelle d'un grand corps, invincible et immense. Vous croyez être sensible à la musique, ou vous faire un trip romantique. Sauf qu'au bout d'un moment, vous réalisez que ce n'est pas du tout ça.

Nathan est entré.

– C'est sympa ces chants de Noël. Hier, Aziz a suturé un type complètement saoul. Tout à coup, un chœur d'une centaine de personnes a éclaté sur le parvis. Le gars s'est réveillé d'un bond sur la table. Il a dit : « Bon sang, où est-ce qu'on est ? » Aziz l'a regardé, stoïque, et lui a répondu : « Vous êtes mort. On est les anges. C'est pour ça qu'il y a des chœurs et qu'on est habillés en blanc. »

Nathan s'est esclaffé.

– Tu te rends compte ? Cet Aziz est impayable. Quand je pense que votre administration le paye la moitié d'un salaire d'interne, alors qu'il est chirurgien dans son pays et qu'il abat du boulot comme quatre. Et en plus, il a le sens de l'humour.

– Tu dis ça comme si tu étais toi-même un étranger.

Nathan a noté le changement de ton. Il s'est approché d'elle.

– Qu'est-ce qu'il y a ? Ça ne va pas ?

– Non. Ça ne va pas.

Elle l'a repoussé pour faire quelques pas dans la pièce.

– Ça fait un moment qu'on sort ensemble. Et je ne sais absolument rien sur ton compte.

– Ma vie se déroule devant toi ! Je la passe dans cet hôpital !

– Je ne sais pas qui tu es. Ni ce que tu désires.

Il a détourné les yeux.

– Je suis le Dr Chess. Rien de plus. Je viens du Chili. Je suis un peu comme Aziz. J'ai fait des études brillantes, j'ai vingt-huit ans. Mon père est… mon père. Il a de l'argent. Et maintenant je suis là, avec toi. C'est tout.

– Ça ne suffit pas ! a éclaté Marion.

Il en est resté coi.

– Je ne suis qu'une étudiante. Tu ne t'en rends pas compte, mais je ne vais même plus en cours. Je travaille pour toi en permanence. Je ne suis pas censée faire ça. Je n'ai pas un statut d'interne. Et pourtant, j'aime être ici, avec toi. Alors que tu es une sorte de spectre, complètement lunatique, tantôt tyran et odieux avec les personnes, tantôt sympathique avec moi. Pourtant, je vois bien que le seul endroit où tu es heureux, le seul endroit qui te motive, c'est ce fichu bloc opératoire dans lequel je ne vais jamais. C'est ton monde, et tu ne m'y laisses pas entrer. Je suis déboussolée, tu comprends ? Mon père n'a pas confiance en toi. Il est ronchon, et stupide, et il m'énerve. Mais le problème est qu'il a souvent raison. Alors je me demande si ce n'est pas moi qui suis stupide.

Elle a serré ses mains l'une contre l'autre.

– Et tout ça, alors que toi et moi, on n'a pas… on n'a même pas…

Il a tourné dans la pièce en faisant de grands gestes.

– Ce n'est pas aussi simple… Je ne peux pas m'engager avec toi. Si on va plus loin, tu vas croire que j'en profite. Et je ne peux rien te promettre. C'est vrai, je suis chirurgien… L'un des meilleurs… et je veux poursuivre mon objectif… si on fait ça, tout va devenir compliqué…

– Sa main gauche est fichue, a dit Marion, les larmes aux yeux.

Nathan s'est immobilisé.

– Quoi ?

– Mon père. Sa main gauche s'atrophie lentement. Il a une maladie rhumatismale. Il est pianiste de jazz. Si ça continue, il devra se contenter de faire des réglages pour les orchestres. Avant, je n'y pensais jamais. Toutes les familles ont leur lot de problèmes. Mais depuis que je suis ici, j'ai l'impression que le monde est devenu un endroit horrible. Je ne vois plus que ce genre de choses. Les mutilations. Les maladies. Les faiblesses. Je sais qu'au bout du compte, on finira tous par mourir, mais avant je n'y pensais pas en permanence.

Marion s'est tue.

Vous avez vingt ans. Vous croyez marcher dans une vallée paisible. Et un jour, vous découvrez que c'est la Vallée de l'Ombre de la Mort, comme dans ce fichu Psaume 23, que l'on récite lors des enterrements.

– C'est pour ça que tu as fait ces études, au lieu de suivre ton envie de devenir journaliste ? a dit Nathan. Tu crois que tu pourras un jour réparer sa main ?

Elle n'a pas répondu.

Il l'a attirée jusqu'à lui.

– Viens.

Il l'a entraînée au bloc opératoire. Il était vingt heures passées. Il n'y avait plus personne.

Le silence et les ombres. Une odeur de produit d'entretien dans l'air réfrigéré.

Sans dire un mot, Nathan lui a retiré ses vêtements. Elle s'est laissé faire. Il a procédé avec délicatesse. L'a revêtue d'un pyjama. Lui a lavé les mains. L'a aidée à enfiler une casaque.

– Viens, a-t-il dit encore.

Il a appuyé sur un bouton. Le bloc s'est illuminé. Des gerbes de verts et de bleus, jaillissant des scialytiques. Dehors, au-delà des fenêtres en verre dépoli, la neige de décembre tombait à nouveau, atténuant les bruits de la rue. Des guirlandes de Noël clignotaient quelque part.

Il a disposé les instruments sur la table.

Puis il s'est placé derrière elle. L'a entourée de ses bras. Il lui a pris les mains.

– Ça, c'est une pince Kocher. Ça, des ciseaux Mayo. Des écarteurs de Farabeuf. Une pince Kelly…

Il a placé ses doigts sur chaque instrument, lui faisant effleurer les creux et les courbes.

– Ils sont tes outils. Des prolongements de toi-même. Avec eux, tu peux réparer le monde. Sauver des vies. Contrôler le chaos qui t'entoure. Ici, tu ne dois plus rien à ton père, ni à personne d'autre. Tu peux tout oublier.

Plus tard, ils sont montés dans la chambre de garde, sous les toits de Paris. Il l'a déshabillée lentement, avec mille précautions, comme il l'avait fait au bloc.

Et là, tendrement, avec une patience infinie, ils sont devenus amants.

34

Maintenant

Le jeu reprend, venait d'écrire Le Troyen.

– Où dois-je aller ? a tapé Marion.

– Dix-huit heures trente. La jetée de Santa Monica.

Altman a fait signe au chauffeur de remettre le contact.

– L'enfoiré.

Il a parlé dans un talkie-walkie.

– Dégagez les tireurs embusqués. Le Troyen n'est pas là. Tout le monde se replie.

Marion a vu des voitures démarrer et des éclairs métalliques sur le toit d'un parking.

– Il nous fait changer d'endroit exprès, a dit Altman. Il ne veut pas qu'on soit préparés. C'est un petit malin. D'accord.

Ils ont repris l'Interstate 10. Les buildings de Downtown ont filé sur la gauche et en arrière.

Pendant le trajet en voiture, il a briefé Marion.

– On a placé une puce GPS dans votre talon de chaussure et une seconde dans la doublure de votre tailleur. Elles sont de petite taille. Leur batterie permet d'émettre seulement pendant une heure, alors nous les activerons lorsque nous serons arrivés. Par ailleurs, votre téléphone est sur écoute, et nous surveillons aussi votre compte Facebook. Vous aurez également une oreillette sans fil, ainsi qu'un micro. Je serai en liaison permanente avec vous. Quel que soit le moyen employé par Le Troyen pour vous contacter, nous serons au courant.

– Pourquoi veut-il que je me rende à Santa Monica ?

– Certainement parce qu'il y a la foule. On est dimanche.

– Beaucoup de touristes ?

– Sans compter les étudiants qui fêtent *Spring-break.*

– Vous pensez que Le Troyen risque de se montrer ?

– Possible. Il ne réagit pas d'une façon ordinaire.

– C'est quoi, la façon ordinaire ?

– Exiger une rançon. Ou n'importe quoi d'autre. Mais ce n'est pas ce qu'il veut.

Altman lui a jeté un bref coup d'œil.

– Lui, il attend de jouer avec vous.

Elle a dégluti lentement.

Il a vérifié le chargeur de son arme, avant de le remettre dans son étui.

– Ne vous inquiétez pas. On a l'habitude de ce genre de situation. On a ce qu'il faut en réserve. Cinq voitures nous accompagnent, ça fait une douzaine d'agents en civil. Et d'autres vont nous rejoindre. Perez et moi, nous vous suivrons en permanence avec des jumelles. Quoi qu'il arrive, on ne vous lâche pas d'un pouce. Faites ce que Le Troyen vous demandera. Nous nous occupons du reste.

Ils sont arrivés dans Palisades Beach Road et ont stoppé devant la jetée. Le parking était plein de monde. Une fête se déroulait sur la plage, à droite du ponton. À l'abri des vitres fumées de la voiture, un agent a demandé à Marion d'enfiler un gilet sous sa veste de tailleur.

– Protection en Kevlar, a précisé Altman.

– C'est vraiment nécessaire ?

– On ne prend aucun risque.

Il a fait passer un micro sous son chemisier et l'a fixé au gilet avec de l'adhésif. Il a clipé la batterie au niveau de sa taille, à l'arrière, l'a allumée et vérifié le son. Un autre agent s'est assuré que les deux émetteurs GPS fonctionnaient correctement.

– Vous voyez ça ? a dit Altman en lui montrant l'écran d'un petit récepteur portatif. On suit votre position par satellite, au mètre près. N'entrez pas dans un bâtiment sans que je vous en donne l'autorisation. Si les murs sont trop épais, on risque de perdre le signal.

– Vous ne venez pas avec moi ?

– Non. Cette voiture nous sert d'unité de commandement mobile. D'ici, j'ai l'ensemble de la situation sous les yeux.

Il a effleuré sa main.

– Ne vous inquiétez pas, a-t-il répété. Je sais quelle est votre opinion à propos des hommes qui vous manipulent. En particulier des types dans mon genre. Mais on ne va pas vous laisser tomber pour autant, d'accord ?

Elle a hoché la tête.

– D'accord.

Il a repris son talkie et demandé aux agents en civil de se déployer. Marion a vu Perez et plusieurs hommes sortir des voitures et s'éloigner dans la foule. Altman a sorti un mouchoir et s'est épongé le visage.

– Bon. Vous êtes prête ?

Marion a acquiescé en reprenant sa respiration.

Elle s'est aperçue que jusqu'ici, elle avait retenu son souffle.

– On y va, a fait Altman.

Il s'est penché au-dessus d'elle pour lui ouvrir la portière.

La lumière du dehors a inondé la voiture.

– C'est parti.

35

Marion s'est avancée sur la jetée.

Le soleil la bombardait de ses derniers rayons. Malgré l'heure tardive, elle s'est aussitôt mise à transpirer à grosses gouttes.

Des touristes par dizaines. Familles, enfants, couples main dans la main. Odeurs de frites et de barbe-à-papa. Des palmiers, dans un grand bac. Leurs feuilles bruissaient au vent.

Elle est passée devant le carrousel des chevaux de bois. La musique était obsédante, enfantine. Le manège lui a paru tourner au ralenti.

Elle a continué de marcher sur le ponton. Un poste de police. Un flic en uniforme derrière ses lunettes noires. Un vendeur de glaces avec une longue barbe. Un type obèse portant un ours en peluche. Un homme en chemise à fleurs, en train de prendre des photos.

Lequel d'entre eux était Le Troyen ?

– Ça va ? a grésillé la voix d'Altman dans l'oreillette.

– J'ai la tête qui tourne.

– Pas de panique. Continuez de marcher. Allez jusqu'aux manèges et la grande roue, au fond. Il se trouve forcément dans le secteur. La jetée est un cul-de-sac, dès qu'on le repère, on boucle l'entrée. Il ne pourra pas s'échapper.

– D'accord, a soufflé Marion.

Vous avez déjà connu cette impression étrange, celle d'être dans un film, sans pouvoir en sortir ? Vous êtes en nage. Votre gorge se serre, ce fichu gilet en Kevlar vous comprime les côtes et gêne votre respiration. Vous étouffez.

Marion s'est appuyée une seconde à la rambarde en se concentrant sur le bleu de la mer. La foule tout autour la rendait malade.

Ou bien était-ce simplement la peur ?

Elle a fait quelques pas de plus. Un vieillard édenté, dans un stand de peluches, annonçait des lots gagnants au micro. Un homme est sorti de la foule et a bousculé Marion avant de s'éloigner à grands pas.

– Qui vous a heurtée ? a fait Altman.

– C'est rien…

– On s'en occupe !

Du coin de l'œil, elle a vu l'homme continuer sa course avant d'être stoppé par deux agents en civil, vingt mètres plus loin. Ils ont brandi leurs cartes et l'ont entraîné vers le poste de police.

– Vous avez trouvé quelque chose ? a demandé Marion.

– On vérifie ses papiers. Une seconde.

Une pause.

Puis Altman a repris.

– Il est clean. Juste un type pressé. Mais on le garde quand même.

Elle a continué d'avancer. Le vieillard édenté du stand de peluches était toujours là.

– Tenez, vous avez gagné.

Il lui a tendu un sac avec un ours dedans et, sans plus se préoccuper d'elle, a continué de distribuer ses lots à la foule.

Elle a regardé le sac sans comprendre.

L'ours en peluche portait un blouson en cuir de style Perfecto.

Quelqu'un avait troué son œil avec une agrafe pour y faire tenir un papier.

Pas un mot.
Ou Chloé meurt.
Allez sur la plage.
Au signal : mettez le masque.

Une onde glacée a traversé Marion.

Un second objet l'attendait dans le sac.

Un masque en latex.

Une sorte de réplique d'un casque antique, de couleur noire, sinistre, couvrant entièrement la face et séparé par une barre verticale en son milieu. Sur le versant interne, un voilage sombre permettait de dissimuler le visage.

Marion s'est souvenue de ses cours d'Histoire : ce masque n'était qu'un moulage, mais l'original avait effrayé plus d'un soldat grec. Les combattants qui les portaient avaient enlevé Hélène, reine de Sparte, et déclenché la plus sanglante des guerres.

Un casque de guerrier troyen.

– Qu'est-ce qui se passe ? a demandé Altman dans son oreillette.

Pas un mot.

Ou Chloé meurt.

– Rien… Rien du tout.

Elle a levé le sac pour qu'ils le voient de leurs jumelles.

– Juste un ours en peluche. Le vieil homme du stand en offre à tout le monde.

Elle est revenue sur ses pas. A descendu les marches.

– Qu'est-ce que vous faites ?

– Je vais sur la plage.

– Il a dit sur la jetée.

– Il n'est pas sur la jetée, d'accord ? Vous l'avez vu comme moi. Alors je vais sur la plage. Vous voulez le coincer, oui ou non ?

Il y avait une fête sur le sable. Une estrade de concert. De la musique bruyante. Des lumières tournoyaient en haut de pylônes.

Springbreak, les vacances de printemps des étudiants d'Amérique.

Elle a retiré ses chaussures et les a abandonnées.

– Qu'est-ce que vous foutez ?! Vous venez de perdre l'un de nos deux GPS !

– Je ne peux pas marcher en talons dans le sable. Et arrêtez de crier comme ça, sinon je coupe cette fichue oreillette.

À quelques mètres à peine, des jeunes gens étaient en train de se livrer à un concours de bière, déversant des litres entiers sur leurs torses.

Elle s'est frayé un chemin en direction de l'estrade de concert. Le rassemblement devenait de plus en plus dense. La plage était noire de monde. Des garçons au crâne rasé, casquettes, boucles d'oreilles. Des filles en maillot, tatouages sur les reins. Il y a longtemps, Marion avait été comme elles. Soudain, le niveau sonore de la musique a grimpé, tandis que le soleil coulait telle une pierre sanglante dans l'océan. Des banderoles lumineuses se sont mises en route.

« MR. FLASH IS HERE ! »

« MR. FLASH IS HERE ! »

Un frémissement a parcouru la foule. Un DJ est monté sur la scène. Le public s'est embrasé, hurlant et sifflant, grondant comme un fauve. Des bières et des drapeaux ont été brandis pour saluer l'idole.

– J'aime pas ça… j'aime pas ça du tout, a dit Altman en parcourant la marée humaine avec ses jumelles. Il y a beaucoup trop de monde. Et le reste de nos agents n'est pas encore arrivé sur la zone…

Marion a vu la foule se rassembler. Elle s'est déplacée pour maintenir un cercle de vide autour d'elle, mais elle a vite compris qu'elle ne tiendrait pas longtemps. La panique l'a envahie. Elle a touché l'oreillette.

– Vous êtes sûr que tout est sous contrôle ?

Altman n'a pas répondu. Alors qu'il balayait le terrain avec ses jumelles, une silhouette venait d'accrocher son regard.

Ou plutôt deux.

Il est revenu prestement en arrière.

Un squelette géant. Un lutteur de sumo.

– Bon sang. Ils sont ici.

– Qu'est-ce que vous dites ? a crié Marion dans le micro, en se couvrant l'oreille.

– Les tueurs de Pope ! Ils arrivent par l'autre bout de la plage !

Les gens se sont mis à hurler. Les lumières tournoyaient comme des toupies en haut des mâts. Le DJ nommé Mr. Flash s'est dressé face à la foule, le visage fermé derrière ses lunettes aux verres-miroirs, les cheveux longs, tel Attila le Hun contemplant ses hordes. Marion a remarqué que de nombreux étudiants portaient des peintures de guerre.

– Revenez tout de suite ! a crié Altman.

– Quoi ? a demandé Marion en essayant en vain de l'entendre.

C'est alors qu'elle a noté les sacs entre les mains des gens.

Autour d'elle, chaque personne en possédait un.

Le DJ a posé ses mains sur les platines. L'intro de son dernier tube, *Motorcycle Boy*, a fait trembler la plage, déversant des millions de watts.

Le son, énorme, a martelé le sol.

La foule est devenue dingue.

Mr. Flash a levé les bras au ciel. Comme en invocation, il a hurlé :

– TROYEEEENS !!!

Et tout à coup, comme un seul homme…

les gens ont sorti le même masque…

l'ont appliqué sur leur visage…

et sont apparus des dizaines…

des centaines…

des milliers de guerriers.

36

Pour Marion et le FBI, la surprise a été totale.

La musique a explosé. La foule s'est jetée dans la danse.

– Mais qu'est-ce qui se passe ? a blêmi Altman. Ils sont tous masqués !

– Les Troyens ! s'est égosillée l'agent Perez dans son écouteur. C'est le surnom officiel des étudiants de l'Université de Californie ! On est tombés en plein milieu de leur rassemblement !

– Mais nom de Dieu pourquoi personne n'a pensé à ça !

Marion a placé le masque sur son visage.

Dans ses jumelles, Altman a vu Mikado et Brownie traverser la multitude des étudiants en direction de Marion.

– Marsh, où êtes-vous ?

– Je… je suis là, a balbutié Marion. J'ai pris un masque, moi aussi…

– D'accord, tant mieux, ne l'enlevez surtout pas ! a crié Altman pour se faire entendre. Les tueurs de Pope sont à vos trousses ! Tant que vous le portez, ils ne peuvent pas vous voir. Ne bougez plus. On est sur vous dans trente secondes !

Il est sorti de la voiture et s'est mis à courir en tenant son pistolet à deux mains.

– Ici Altman ! À tous les agents : convergez immédiatement vers Marion Marsh ! Magnez-vous le cul, ramenez-la tout de suite !

Marion a tenté de rester statique, mais les gens dansaient et sautaient autour d'elle, vibrant au rythme du son. La vague s'est amplifiée, montant et descendant telle une houle. Des coudes l'ont heurtée, d'abord doucement, puis de plus en plus fort.

Elle étouffait sous son masque. L'odeur de sueur et de marijuana était insupportable. Son souffle est devenu court. Le latex collait à sa peau.

Elle a soulevé le déguisement.

Juste une seconde.

Ça a suffi.

Le géant et le sumo se trouvaient à moins de dix mètres.

Leurs regards se sont croisés.

– Par là ! a hurlé Brownie.

Marion a senti son cœur s'arrêter. Cette fois, le FBI avait perdu le contrôle. Elle n'allait pas s'en sortir.

– Seigneur… Aidez-moi…

Altman arrivait par l'autre côté.

– Marsh, tenez bon !

– Où sont ces foutus tueurs à gages ? a crié Perez.

– J'en tiens un dans ma ligne de mire ! a hurlé un agent.

– Surtout pas ! a rugi Altman. Ce serait un carnage !

– Retenez vos flingues ! a renchéri Perez.

– Mais où sont nos putains de renforts ?

– Chopez-les ! Chopez-les !

C'est alors qu'il a surgi.

Un imperméable enveloppait sa silhouette. Gilet pare-balles, bottes, gants, combinaison noire, masque identique aux autres. Aussi grand qu'Aaron Altman, mais en plus large.

L'agent du FBI en est resté bouche bée.

– Il est là…

– Qui ? a crié Marion.

Altman a émergé de sa stupeur.

– Le Troyen ! a-t-il braillé. Il porte un masque lui aussi !

– Mais où ça ? a gueulé Perez. Tout le monde en a !

Le nouveau venu a sorti quelque chose de sa manche.

– Il est armé ! Marion, il se dirige droit sur vous !

Elle n'entendait plus rien.

La peur l'inondait.

Imaginez.

Vous êtes au milieu de la foule. Un simple trou à travers le latex pour respirer. Votre champ de vision est réduit. Votre cœur s'emballe. Vos oreilles bourdonnent. Vous n'entendez plus rien. Seul résonne le bruit rauque de votre respiration, emplissant l'intérieur de votre masque. Vous haletez. Des battements martèlent vos tempes, boum, boum, boum, au rythme de la musique. Vous avez l'impression d'avoir la tête sous l'eau. Toujours le bruit de votre respiration. Soudain, l'oxygène vous manque. Il s'échappe de vos lèvres, bulle après bulle. Une ombre se rapproche. Se penche.

Vous plaque un inhalateur sur la bouche.

Le Troyen.

Et soudain… vous… ne… respirez… plus.

Le Troyen a rattrapé Marion dans sa chute et l'a jetée en travers de son bras.

– Hé ! a gueulé un étudiant taillé comme un culturiste. Qu'est-ce que tu fous, connard !

Sans lâcher Marion, Le Troyen lui a balancé un coup de pied dans la rotule. L'os a craqué. Le Troyen l'a tiré par les cheveux et l'a plié en deux sur son genou.

Un autre type a voulu s'interposer. Son menton a rencontré un poing ganté, et il a volé en arrière.

Autour d'eux, la foule continuait de sauter, en transe.

Le Troyen s'est frayé un chemin en tenant Marion d'un seul bras. Il a fait quelques mètres, puis un groupe s'est écarté devant Mikado qui l'attendait, une énorme machette à la main.

– Hek hek hek ! a caqueté le géant.

Le Troyen a tournoyé sur lui-même, utilisant Marion comme contrepoids. Sa botte s'est levée tel un fléau de guerre pour faucher le visage du géant et la pointe de sa main a embroché le creux épigastrique de son ennemi. Mikado s'est recroquevillé en position fœtale et a lâché sa machette en tombant. Il n'a plus bougé.

Des tirs. Une cavalcade. Des ordres hurlés.

Les agents du FBI se sont rués à leur tour.

Le Troyen a sorti un fusil de son dos. Tiré au flashball. Rechargé d'une main. Tiré. Encore. Encore. Les agents sont allés au tapis.

– Perez ! a gueulé Altman. Agent Pierce ! Agent Moss !

La foule s'est transformée en meute hurlante.

Personne ne répondait plus.

– Agent Curtis ! Agent Guetz ! Putain, où vous êtes ! On ne voit que des masques !

Plus loin, Brownie s'est mis à hurler et à mitrailler dans le tas, les bras écartés, un flingue automatique dans chaque main. Les douilles sautaient au-dessus de sa tête. Derrière lui, une affiche était en flammes, projetant des langues flamboyantes vers le ciel. On aurait dit un démon surgi de l'enfer.

Des masques se sont mis à courir partout, telle une armée en déroute. Des ampoules ont explosé, répandant leurs pluies d'étoiles sur la foule. Les gens ont renversé des colonnes d'enceintes acoustiques et débordé sur la chaussée, arrêtant les voitures et provoquant des accrochages. Sur le boulevard proche, des sirènes approchaient en mugissant.

Le Troyen a continué d'avancer, guerrier tapi parmi des centaines de ses semblables.

D'autres agents sont arrivés.

Il a fait volte-face. Des grenades flash sont parties. Explosion. Lumière. Son assourdissant. De la fumée s'est répandue. Des corps sont tombés.

Le Troyen a poursuivi son chemin.

– Agent Pierce ! a gémi Altman. N'importe qui, répondez-moi !

Sur le parking près de la jetée, une radio muette pendait par la portière d'une voiture. À l'intérieur gisaient deux corps inertes, à côté d'un traqueur GPS réduit en miettes. Le Troyen est passé à côté et s'est enfoncé dans les ténèbres, tenant toujours Marion entre ses bras.

Quelques secondes plus tard, le corbillard de Mikado et Brownie dévalait la route en faisant crisser ses pneus. Le sumo conduisait tandis que le géant gisait sur la banquette arrière. Leur véhicule a tourné l'angle de la rue avant de disparaître.

Altman a contemplé la plage, les yeux hagards.

Complètement abasourdi.

Le décor ressemblait à un champ de bataille dévasté.

Des serpentins retombaient en douceur. Quelques ampoules claquaient encore.

Il n'entendait plus rien. Il était incapable d'articuler le moindre son.

Partout, des dizaines de masques gisaient sur le sol.

Au total, la guerre n'avait pas duré trois minutes.

Altman savait qu'il l'avait perdue.

*

Marion avait l'impression de flotter dans un rêve.

Elle s'imaginait vivre cette scène du *Fantôme de l'Opéra*, dans laquelle le fantôme emporte l'héroïne vers des cavernes obscures.

Une partie de ce qu'elle ressentait était réel, elle le savait. Pourtant, elle ne parvenait pas à être inquiète.

L'univers semblait paisible.

Reposant.

Le Troyen avait certainement dû lui faire respirer quelque chose, au moyen de cet inhalateur plaqué contre son visage.

Elle s'est laissé faire lorsqu'il l'a déposée à l'intérieur d'un camion.

Et aussi lorsqu'il l'a déshabillée, retirant un à un tous ses détecteurs, oreillettes et autres accessoires.

Elle n'a pas réagi davantage lorsqu'il l'a enroulée dans une couverture.

Elle a simplement regardé les portes du véhicule se refermer sur elle, telles les grilles d'un autre monde, un royaume ténébreux dont elle serait l'invitée de marque.

Puis elle a plongé dans le noir absolu.

37

Fatigue. Endormissement.

Réveil.

Sommeil encore.

*

Le sol qui tangue.

Mal au cœur.

Marion se déplace. Elle roule, elle en est sûre.

Un contact métallique et froid, dans son dos. Le plancher d'un véhicule. Odeur d'essence.

Fatigue.

Sommeil à nouveau.

*

Une douleur à la jambe. Forte.

Elle se réveille.

Contact poisseux sur ses doigts.

Une blessure, du sang. Depuis combien de temps est-elle là ?

Elle tape. Son poing cogne sur la carrosserie.

– … sssecours !

Le véhicule qui s'arrête. Les portières qui s'ouvrent.
La nuit, au-delà, visible à l'envers.
Un ciel étoilé, vaste, immense. Des galaxies entières.
L'odeur de l'herbe dans ses cheveux.
Ils avaient quitté la ville. Ils étaient en pleine nature.
Laissez-moi respirer.
Respirer.
Elle avale autant d'oxygène qu'elle le peut.
Une ombre occulte la voûte céleste.
Bouffée d'inhalateur.
Une piqûre, dans la peau de son ventre.
Sommeil encore.

*

Cauchemars.
Nathan attaché. Chloé hurlante.
Appellent à l'aide.
Peux rien faire. Trop fatiguée.
L'impression d'être prise dans de la guimauve.
Voudrais bien lever un bras.
Ou alors juste la main.
Impossible, impossible, impossible.
Retour à la nuit.

38

Au prix d'un effort considérable, Marion est parvenue à ouvrir les yeux.

Une couette épaisse recouvrait ses bras. Une odeur de pin et de cèdre flottait autour d'elle.

Elle était dans un chalet.

Des poutres. Une cheminée éteinte. Des rideaux à carreaux rouges. Chambre, coin-cuisine et salon réunis dans un même espace. Des serviettes propres étaient empilées dans l'entrée. L'ensemble dégageait une atmosphère impersonnelle. Une résidence de location.

La peur a propulsé une vague d'adrénaline dans ses veines et l'a aidée à émerger un peu. Elle se trouvait dans un état de fatigue anormal, mais sans menace directe.

Pas une cave.

Pas un lit d'hôpital, au milieu des ténèbres, maintenue par des menottes, torturée par un dingue.

Un simple chalet d'hôtel.

Bon sang, qu'est-ce qu'elle fichait là ?

Elle a tourné la tête. L'autre côté du lit n'était pas défait. À son poignet, sa montre indiquait lundi, dix heures du matin.

En guise de vêtements, elle ne portait qu'une culotte. Des douleurs parcouraient son corps et un goût âcre traînait dans sa bouche. Sa jambe était recouverte d'un bandage protégeant une blessure. Ça, elle l'avait sentie durant son état comateux. Ses doigts ont soulevé le pansement pour examiner la plaie, mais il ne s'agissait que d'une abrasion, héritée des évènements de la veille.

Aucune entrave pour la retenir.

Elle était libre.

– Il y a quelqu'un ? a-t-elle soufflé.

Seul le pépiement des oiseaux au-dehors lui a répondu.

Elle s'est assise sur le matelas, le cœur battant. Le psychopathe ne pouvait être bien loin. À quoi rimait cette mascarade ?

Un voile noir est passé devant ses yeux.

Hypotension orthostatique, a-t-elle songé.

Elle a compté une minute, le temps que sa pression artérielle se rééquilibre. Sur la table de nuit était posé un flacon contenant un liquide transparent. Elle l'a pris entre ses doigts.

– *Chlorhydrate de morphine, solution liquide injectable*, a-t-elle déchiffré sur l'étiquette.

Un puissant analgésique.

Pas de nom de prescripteur. Il s'agissait sans doute d'un modèle hospitalier issu d'un stock.

Elle a reposé le flacon.

Le tiroir de la commode était ouvert. À l'intérieur se trouvaient des seringues en sachets individuels stériles accompagnés d'aiguilles à embout orange. Le modèle réservé aux injections sous-cutanées. Elle a vérifié la peau de son ventre et y a trouvé des marques de piqûres. Un papier, à côté des seringues, mentionnait des horaires : « 10 pm / 1 am / 4 am / 7 am ».

Une injection toutes les trois heures. Suffisamment pour assommer un cheval.

Le 10, le 1 et le 4 étaient barrés au crayon.

Marion en a déduit que, pour une raison inconnue, la piqûre de sept heures du matin n'avait pas eu lieu.

Elle a refermé le tiroir et laissé retomber son bras.

Voilà la raison pour laquelle elle s'était réveillée, et aussi pourquoi elle se sentait patraque.

Sur la plage, Le Troyen avait dû employer un gaz. Probablement du protoxyde d'azote, celui qu'on utilisait aux urgences pour suturer les enfants. Le reste du temps, il l'avait shootée à la morphine.

Une question d'éclaircie. Plus qu'un millier d'autres.

En commençant par : Où était-il ? Que faisait Marion dans ce chalet, libre de s'enfuir, plutôt que de se retrouver dans un endroit sordide ?

Elle a rassemblé ses forces pour se lever. D'abord en s'appuyant sur la commode, puis en vérifiant qu'elle tenait sur ses jambes.

C'était le cas.

La morphine dans son organisme se dissipait de minute en minute.

Marion possédait une excellente constitution. Elle avait déjà subi des interventions chirurgicales et se rappelait que les anesthésistes étaient souvent obligés d'insister sur les doses.

Un bon point pour elle. Un mauvais pour Le Troyen.

Elle a marché jusqu'à un présentoir contenant des prospectus. « Au Refuge des Amoureux. Résidence hôtelière. Location à la semaine ou au week-end ».

Suivait une adresse dans l'Utah.

L'Utah ?

Mince.

Elle se trouvait à plus de six cents kilomètres de son point de départ. Ils avaient dû rouler toute la nuit.

La seule autre pièce du chalet était une salle de bains. Elle y est entrée pour boire… et s'est arrêtée net.

Du sang maculait l'évier. Et aussi la baignoire. Beaucoup trop pour qu'il s'agisse du sien. Qu'est-ce que ça voulait dire ?

Elle a forcé son cerveau à se remettre en marche et tenté de relier cette information au reste.

Le sang venait sûrement du Troyen. Bon. En admettant qu'il ait été, lui aussi, blessé la veille, qu'est-ce que ça donnait ?

Ils roulent. Elle dort. De temps en temps elle s'agite. Il lui administre une bouffée de protoxyde ou une piqûre de morphine. Sa blessure à lui s'aggrave. La sienne va plutôt bien. Il décide de s'arrêter en lieu sûr. Un endroit où l'on ne va pas leur causer de problème. Une simple étape. Ses blessures vont de plus en plus mal. Il finit par s'absenter, pour récupérer du matériel ou des médicaments. Il pense aller vite. Sauf que ça se passe autrement. Il loupe l'heure de l'injection. Marion se réveille.

Elle a considéré l'ensemble.

Ça se tenait.

Elle est allée jusqu'à la porte sans se préoccuper de sa nudité.

Elle a tourné la poignée. Pas de verrou.

Elle a entrebâillé en douceur. Au-dehors, au milieu des arbres, se trouvait un parking entouré de barrières en bois et de massifs recouverts d'écorces de pin. Aucune voiture.

Plus bas, le long d'un chemin goudronné, d'autres bungalows étaient essaimés au petit bonheur, éloignés les uns des autres. Le sien était le plus haut situé dans la résidence. Un point d'observation pratique.

Elle a entendu des cris de joie. À une centaine de mètres, des enfants s'amusaient dans une clairière avec un chien tandis que leurs parents prenaient un verre au soleil.

La scène a eu sur Marion l'effet d'un aiguillon électrique.

L'adrénaline l'a de nouveau envahie.

Vous êtes à deux doigts de vous en sortir. Tout votre corps, tout votre être supplie d'appeler au secours. Vous savez qu'il n'y a qu'un mot à dire. Et pourtant quelque chose vous retient : l'intime conviction que vous allez commettre une erreur monumentale.

Marion a refermé la porte et réfléchi.

Qu'est-ce qui s'était passé sur la plage ?

Simple : le FBI avait foiré.

Face au Troyen, leur technologie et leur entraînement n'avaient pas fait le poids.

Pourquoi ?

Parce que, à l'évidence, Le Troyen était un génie tactique.

Et aussi ?

À cause de la présence inattendue des tueurs de Pope. Ils avaient débarqué armés jusqu'aux dents, tirant dans le tas et semant le chaos.

Elle s'est arrêtée sur cette remarque. Le problème venait de là.

Comment diable Mikado et Brownie pouvaient-ils savoir où se déroulerait la rencontre ?

La veille au soir, Marion n'était pas en possession de tous ses moyens, mais elle revoyait quand même des bribes, des flashes de l'affrontement. Et en particulier celui-ci : Le Troyen et le géant s'étaient combattus. Donc, ils n'étaient pas alliés. Ce n'était pas lui qui leur avait donné l'information.

Quelles possibilités restait-il ?

Est-ce que les tueurs de Pope avaient surveillé le building du FBI pendant des heures ? Avaient-ils pisté des voitures plus ou moins au hasard ? Improvisé une tactique ? Tout ça sans se faire remarquer ?

Improbable.

D'autant qu'une autre raison, plus simple, pouvait tout expliquer : ils disposaient des informations à l'avance.

Parce que quelqu'un, au sein même du Bureau, leur avait craché le morceau.

Marion a examiné l'hypothèse en la retournant dans sa tête.

Pope était puissant. Un « seigneur de la pègre ». Et il disposait d'une fortune. Il pouvait très bien avoir soudoyé un agent du FBI.

Si elle avait raison sur ce point – et plus elle y pensait, plus elle en était certaine – cela signifiait qu'à la seconde même où le FBI saurait où la trouver, Pope le saurait aussi.

Aaron Altman prétendrait la protéger, bien sûr. Comme d'habitude, tout serait sous contrôle. Sauf que ça ne marcherait pas.

Mikado et Brownie allaient revenir.

Et ils la feraient parler.

Elle avait enlevé la petite-fille d'un truand célèbre. Pope croyait peut-être que Marion l'avait cachée quelque part. Que fait ce genre de personne, dans ces cas-là ?

Elle vous questionne sans pitié. De la façon la plus épouvantable, la plus efficace.

Vous souffrez longtemps. Et puis vous mourez.

Voilà la source de son malaise, la conviction intime qui l'avait poussée à ne pas réagir. En vérité, elle était prise entre le marteau et l'enclume. Si elle appelait à l'aide, elle se condamnait. Et si elle ne faisait rien, elle était perdue.

Un téléphone mural était accroché dans le couloir, près d'elle.

Le Troyen n'allait pas tarder à réapparaître. Il fallait qu'elle trouve une solution rapide.

Elle a composé le 0.

– La réception, j'écoute ? a dit une agréable voix féminine.

– Je... Eh bien... Mon mari s'est absenté pendant que je dormais.

– Personne n'est passé nous voir.

– Ah.

– Vous avez besoin de quelque chose ?

D'aide. Au secours.

– Je réfléchis.

– Du shampooing ? Des serviettes supplémentaires ?

– Non.

Marion a regardé le sang dans la salle de bains.

– Est-ce que votre service de chambre doit venir bientôt ?

– Vous n'avez pas pris l'option. Je vous envoie quelqu'un ?

– Non !... Et pour la nourriture, comment ça se passe ?

– Vos placards sont remplis pour deux jours.

– Nous avons déjà réglé ?

– En liquide. Le séjour est payé d'avance.

– Donc, si personne ne réclame, personne ne vient.

– Au Refuge des Amoureux, madame, nous assurons aux clients une tranquillité absolue !

– Et même mortelle.

– Pardon ?

– Rien.

Marion a tenté autre chose.

– Vous allez trouver cela stupide, mais je ne retrouve pas mon mari.

– Il se promène sûrement. La matinée est superbe.

– Vous devez avoir raison. Vous le reconnaîtrez sans doute, il est grand, costaud. Son nom et ses coordonnées sont dans votre registre…

– Laissez-moi regarder… Chalet numéro 18. La réservation est au nom de Simone Signoret. Je suppose que c'est vous ?

– Heu… oui.

– Hélas, ce nom ne me dit rien, et je n'ai jamais vu votre mari.

– Ah bon ? Et pourquoi ?

– Nous ne rencontrons pas la plupart de nos clients.

– Comment est-ce possible ?

– Nos locations sont prépayées. Les clés vous attendent à la porte du chalet. Les gens les laissent quand ils repartent.

– Ah.

– Vous êtes inquiète ? Vous voulez que je prévienne les Rangers du parc ?

– Non.

– Autre chose ?

– S'il passe par chez vous, soyez aimable de me prévenir. C'est notre lune de miel, je voudrais me faire belle, pour lui faire la surprise, vous comprenez…

– Parfaitement, madame Signoret. Ce sera tout ?

– Oui.

– Si vous avez besoin d'un autre service, n'hésitez pas.

Marion a raccroché.

Elle a marché dans la pièce.

À l'évidence, quelque chose était allé de travers pour Le Troyen. Elle ne savait pas quoi, mais il fallait en profiter sans perdre une minute.

En premier lieu, elle avait besoin de vêtements. Elle a fouillé les tiroirs des meubles : vides. Elle a ouvert un placard. Sur le sol était posé un gros carton de livraison contenant trois boîtes rectangulaires identiques. Du matériel informatique Apple.

Elle a ouvert l'une des boîtes. Dedans se trouvait une sorte d'écran plat ressemblant à son iPhone, mais en plus large, de la taille d'une feuille A4.

Un iPad.

Un téléphone couplé à un puissant ordinateur, écran ultraplat, pas de clavier, le tout entièrement tactile. Ce simple rectangle très léger permettait d'avoir Internet sur soi en permanence, sur un écran de bonne taille, partout où l'iPad captait un réseau téléphonique.

Était-ce avec ce type de matériel que Le Troyen communiquait avec elle sur Facebook ? Probablement. Le carton devait être « tombé d'un camion ». Des fournitures volées, comme la morphine.

Elle a fouillé l'étagère du haut et découvert un petit sac de sport. Elle l'a tiré jusqu'à elle et fait coulisser la glissière. Il contenait des liasses de billets de cent dollars. Dix liasses, dix billets par liasse. Cela faisait dix mille dollars.

Il y avait aussi une feuille de papier à l'intérieur. Une sortie d'imprimante qui portait l'inscription suivante :

PLAN

Première partie : Rapatrier Marion.

Deuxième partie : Exfiltrer Chloé. Montrer l'appât.

Troisième partie : Débusquer l'ennemi. Pope / FBI / Semper Fi.

Quatrième partie : Planter le drapeau.

Elle l'a relu plusieurs fois.

Un plan ? Qu'est-ce que ça voulait dire ?

Le découpage en quatre parties faisait penser au plan d'un livre. Mais les termes employés évoquaient plutôt un plan de bataille.

Aaron Altman avait parlé des activités de Pope et d'un lien possible avec le terrorisme. Était-ce de cela qu'il était question ? Ou de tout autre chose ?

Elle a remis la feuille dans le sac de sport avec les billets, glissé l'un des iPad à l'intérieur et déposé le tout sur le lit.

Elle a rappelé la réception.

– Bonjour, c'est encore moi.

– Vous avez retrouvé votre mari ?

– Non. Mais il y a effectivement un service que j'aimerais vous demander.

39

Avant

– Demande-le-moi, a dit Marion.

Nathan et elle étaient allongés sur la moquette, Marion la tête calée contre le torse de Nathan. Ils avaient loué cette chambre dans un charmant petit hôtel du Mont-Saint-Michel avec la perspective de passer un week-end en amoureux. Au programme : visites touristiques, balades à vélo, repas aux chandelles.

Ils avaient pris leur clé quarante-huit heures auparavant. Ils n'étaient jamais ressortis.

Marion a regardé le ciel par la fenêtre.

– Que je te le redemande ? a murmuré Nathan.

– S'il te plaît.

– D'accord.

Il a pris une inspiration.

– Est-ce que tu es heureuse ?

– OUIII !

Elle a agité les pieds en l'air.

– Hum, a fait Nathan.

– Quoi ?

– Les filles ont une façon bizarre de manifester leur joie.

– Détrompe-toi. Les filles heureuses réagissent toutes ainsi. C'est juste que tu n'y connais rien.

Elle a froncé les sourcils, comme saisie d'un doute.

– Tu en as connu beaucoup d'autres, des filles ?

– Des tonnes, a-t-il fait très sérieusement.

Elle lui a filé une tape.

– OK, a-t-il rectifié en souriant. Tu es ma première.

Elle a levé les yeux au ciel.

– Sois sérieux !

– D'accord. Tu es la première dans mon cœur.

– Mmm. Bien rattrapé.

– N'empêche, moi aussi je suis très heureux d'être avec toi. Et pas seulement parce que tu es fantastique, mais parce que tu fais de l'excellent travail aux urgences.

Elle s'est assise.

– J'ai bien entendu ? Un chirurgien macho comme toi vient de reconnaître *à la fois* mes qualités féminines et médicales ?

– Oui. Tu crois que la ligue des chirurgiens macho va me poursuivre ?

– Il y a des chances.

– Jure de ne rien répéter.

– Une tombe.

– Bien.

Marion s'est rallongée contre lui.

– Votre problème à vous, les mecs, c'est qu'on est plus balèzes.

– Hein ?

– On est les meilleures. C'est une évidence. Pour l'instant, la proportion d'étudiantes en médecine n'est que d'un tiers, contre deux tiers de garçons. Mais nous trustons les meilleures places. Nous sommes plus régulières, plus endurantes, plus prévoyantes. Dans dix ans, nous serons deux tiers, tu verras. Tes traditions barbares de salle de garde vivent leurs dernières heures. Les chirurgiennes ne se laisseront plus traiter de cette façon.

Il s'est redressé sur un coude.

– Tu le penses vraiment ?

– Oui. Sauf que ce n'est pas facile. Vous êtes égoïstes, donc beaucoup moins angoissés. Du coup vous foncez. Alors que nous, on perd du temps à envisager toutes sortes de problèmes et de conflits hypothétiques. En outre, vous êtes plus musclés, donc physiquement capables d'imposer vos vues basses. Conclusion, le sexe le plus bête et le moins prévoyant mène officiellement le monde. Et on se demande pourquoi ça ne marche pas !

Nathan a étiré ses bras, tout sourires.

– Eh oui, nous sommes les maîtres de la planète ! a-t-il reconnu en agitant les orteils.

– Fiche-toi de moi.

Il a allongé son bras jusqu'à un paquet de gâteaux. La seule chose qu'ils avaient avalée dernièrement.

– Chechi dit, a-t-il articulé en croquant, j'admets que vous êtes très intuitives.

– Ah !

– Mais il y a une explication.

– Laquelle ?

– Votre cerveau logique est plus développé. Quand j'étais étudiant, je me faisais souvent la remarque que certains médecins femmes « savaient » immédiatement quand quelque chose n'allait pas. À l'époque, elles m'apparaissaient comme des superhéros dotés d'un sixième sens. J'ai connu une chef de service qui faisait le diagnostic à peine entrée dans la chambre.

– C'étaient des mutantes ?

– Non. Simplement, leur cerveau possède une meilleure capacité d'extraction. Là où tu ne vois qu'une forêt d'informations, elles sont capables de distinguer les bonnes et les mauvaises herbes, comme ce médecin qui sent si son patient ne va pas bien, cette voyante qui prophétise les réactions des gens à l'avance, ou cette tradeuse qui prévoit l'évolution du marché. On appelle cela l'intuition féminine, mais en réalité, c'est de l'analyse multiple rapide. La plupart des femmes sont capables d'écouter une phrase et d'en écrire une autre en même temps. Alors qu'un pianiste masculin met des années à acquérir l'indépendance de ses deux mains. Vous êtes génétiquement multitâches. Sur ce point, il est indéniable que votre cerveau est mieux construit. Si vous cultivez cette capacité, vous devenez forcément nos rivales, voire les meilleures. Pas étonnant que vous soyez si performantes dans les métiers de l'investigation. Médecin, journaliste, flic, vous partez avec un sacré avantage !

Il a souri de toutes ses dents.

– Heureusement, vous avez aussi un lourd handicap.

– Ah oui ? Lequel ?

– Vous êtes totalement folles de nous.

Elle lui a jeté un coussin à la figure.

– Espèce d'idiot.

*

Ils sont rentrés le dimanche soir par l'A 13 et se sont retrouvés sous la pluie, coincés dans les embouteillages.

Marion était morose. Nathan soucieux.

– À quoi tu penses ? a-t-il demandé.

– À rien.

– Vraiment ?

– À dimanche soir. À la fin du rêve. Mal au ventre. Trop de gâteaux.

Elle a augmenté le chauffage, s'est blottie dans le siège de la voiture et s'est tournée vers lui.

– Et toi ?

– À mon projet de recherche. S'il n'y avait pas ce fichu comité d'éthique, si seulement j'étais plus audacieux, je pourrais tenter tellement de choses…

– Tu veux m'en parler ?

– Je ne préfère pas.

– Pourquoi ?

– Parce que c'est un secret.

– Tu n'as pas confiance en moi ?

– Mais si.

– Alors ?

– Alors, comme je te l'ai dit, le comité d'éthique n'approuve pas mes recherches. Et toi… je ne suis pas sûr de ta réaction.

40

Maintenant

Marion est descendue du 4 × 4 de la réceptionniste. L'employée de l'hôtel « Au Refuge des Amoureux » avait accepté de la déposer en ville.

– Merci pour les fringues et la balade, a dit Marion en refermant la portière.

– Merci à vous ! Si vous avez besoin d'autres services, à ce prix-là n'hésitez pas !

Marion lui avait offert cinq cents dollars pour lui procurer des vêtements et la conduire dans une grande agglomération. Et cinq cents de plus pour ne poser aucune question et ne rien dire à son « mari ».

Elles avaient discuté toutes les deux au cours du trajet et s'étaient bien entendues. Pour la réceptionniste, ces dollars supplémentaires constituaient une aubaine. D'origine mexicaine, elle travaillait au black, comme un certain nombre de personnels dans l'hôtellerie, la restauration et ailleurs. Elle n'avait pas de papiers en règle. Un bon accord avec l'employeur, une poignée de main, et le boulot était dans la poche. Du précaire, mais peu importe. De toute façon l'administration fiscale ne vérifiait jamais rien.

Marion croyait que, pour travailler aux États-Unis, il fallait obtenir la fameuse Carte Verte. Mais cette rencontre, ainsi qu'un article lu à l'aller dans l'avion, avaient bousculé ses préjugés.

Elle avait appris que plus de 300 000 clandestins parvenaient chaque année à traverser la frontière mexicaine. Au total, 12 à 20 millions d'illégaux travaillaient au sein de la nation. Les Américains détestaient cette immigration, bien sûr, mais ils en appréciaient la main-d'œuvre. Alors l'administration de Washington produisait régulièrement des lois fédérales totalement inefficaces, mais capables d'apaiser l'opinion publique, tandis que l'on continuait d'employer massivement les illégaux, tout en construisant des grillages le long des 3 200 kilomètres de frontière. Et depuis les attentats du 11 Septembre, les choses empiraient en permanence. Chaque localité fabriquait son propre étau administratif. On fermait les chemins de fer par des murs et des barbelés. On multipliait les patrouilles, notamment à l'aide de milices. À la frontière, un « mur de la honte » existait déjà.

Tout cela accroissait les situations aberrantes. Dans l'article, Marion avait lu qu'une jeune Latino surdouée était arrivée de façon clandestine à l'âge de 8 ans. Dix ans plus tard, elle était devenue l'une des plus brillantes élèves de son État. Son potentiel était si extraordinaire qu'elle avait obtenu – fait exceptionnel – de nombreuses propositions de bourses de la part des plus grandes universités, de l'armée et même du gouvernement. Sauf qu'elle ne pouvait s'inscrire nulle part. En l'absence de papiers, aucune étude supérieure ne lui était accessible. En fait, à la moindre arrestation, même pour une simple contravention sur la route, on l'aurait reconduite au Mexique, pays étranger dans lequel elle ne connaissait personne, n'avait aucune attache et où elle se serait retrouvée dans la rue. Sa vie était une angoisse permanente. Un véritable enfer.

Dans le même temps, l'article mentionnait que 52 % des start-up de la Silicon Valley, comme Intel, Ebay ou Google, avaient été fondées par des immigrants diplômés, montrant à quel point le sang neuf était indispensable.

L'immigration, force et faiblesse de l'Amérique.

Marion, dont le propre père était un étranger en France, n'avait jamais pensé à tout cela. Maintenant, elle ne pouvait s'empêcher de se sentir concernée.

Elle est entrée dans un libre-service pour s'acheter le minimum nécessaire. Affaires de toilette, dentifrice, brosse à dents et à cheveux, déodorant, bricoles à grignoter, eau minérale.

Après réflexion, elle y a ajouté un portefeuille, un téléphone portable « jetable » avec une carte prépayée, un sac à dos, un nouvel atlas routier et plusieurs journaux.

Elle a transféré le contenu du sac du Troyen dans son nouveau bagage et abandonné l'ancien dans une poubelle. Puis elle s'est assise dans un restaurant et a commandé un repas.

L'ensemble de ses achats lui avait coûté cent quatre-vingt-quinze dollars et quarante-trois *cents*. Mille de plus, en comptant l'argent donné à la réceptionniste. Il lui restait donc pratiquement huit mille huit cents dollars.

De quoi voir venir.

Le Troyen n'était plus à ses trousses, elle s'en était assurée en changeant plusieurs fois de quartier et de moyen de transport. Et aucune nouvelle alerte du FBI ne parlait d'elle – elle l'avait vérifié dans les journaux.

Et maintenant ?

La peur était de nouveau là.

Vous vous démenez pour agir, rester dans l'action et tromper l'angoisse. Un peu comme lorsqu'on se remue à la maison, on nettoie tout, on brique, on frotte, on travaille dans le garage et on taille les haies du jardin. Mais il y a toujours un moment où vous êtes forcée de revenir à la réalité et d'affronter les problèmes.

Marion se sentait tellement seule. Dans le restaurant, autour d'elle, des familles déjeunaient dans des boxes individuels, sur des banquettes confortables, une lumière tamisée au-dessus de leur tête.

Elle a pensé à Nathan. Et aussi à Chloé.

Elle aurait tant voulu que quelqu'un soit présent, juste pour lui dire « Tu vas t'en sortir, tout va bien ».

Ses ongles ont tapoté les touches de son nouveau téléphone.

Courait-elle un risque en appelant son père ? Était-il possible qu'il soit surveillé, ou bien sur écoute ?

Elle a fini par composer son numéro.

– Allô ?

– Papa !

– Marion ! Où es-tu ?

En entendant sa voix, simple et rugueuse, elle a cru qu'elle allait se mettre à pleurer.

– Je suis si heureuse de t'entendre…

– Moi aussi !

– Je tombe sans arrêt sur ton répondeur !

– J'ai dû m'absenter. Je t'avais prévenue. Tu m'appelles des États-Unis ?

– Oui.

– Comment tu vas ?

– J'ai des ennuis, si tu savais…

– Je peux sûrement t'aider. Surtout ne raccroche pas. Dis-moi exactement où tu te trouves, ma minette.

Les larmes de Marion ont stoppé net.

Elle a regardé son téléphone.

Son père ne l'appelait jamais ma minette. Elle avait horreur de ça. Ils s'étaient disputés à ce propos à maintes reprises, et il le savait parfaitement.

Il y a des codes tacites entre un père et sa fille. Jamais, jamais il n'aurait employé un tel mot par hasard.

Surtout ne raccroche pas.

Dis-moi exactement où tu te trouves.

Il la prévenait.

Ils étaient sur écoute.

Elle a raccroché.

Le FBI avait dû contacter le Quai d'Orsay. Et la police française était passée chez lui. Aaron Altman avait renoncé à une alerte Amber, mais pas aux recherches.

Ses mains tremblantes ont recouvert son visage.

Le Troyen, les tueurs de Pope, les autorités, tout le monde voulait remettre le grappin sur elle. Cette histoire n'aurait jamais de fin.

Il fallait qu'elle parle à quelqu'un, sinon elle allait devenir folle.

Le FBI ne pouvait quand même pas mettre la terre entière sur écoute.

Cora.

Elle s'est décidée.

– Marion ? Salut ma belle ! Mais bon sang, t'es où ? Je t'ai laissé au moins trente-six messages, mais tu ne m'as pas rappelée du week-end ! T'as vu le temps pourri qu'on se tape ? Tu fais les boutiques ou quoi ? Et tu ne viens même pas voir ta copine, alors que je suis clouée à l'hosto et que mon ambulance est au garage ? L'expert m'a dit que j'allais en avoir pour bonbon. Tout ça à cause de ton abruti sur Facebook. Ça avance avec lui ? Je te préviens, t'as intérêt à me rendre visite et à te rattraper grave ! Je veux au moins une tonne de pâtisseries et de croissants !

Cette avalanche de banalités lui a fait l'effet d'une douche de bonheur absolu.

– Cora, espèce d'idiote, si tu savais comme tu m'as manqué…

Elles ont ri toutes les deux.

Marion a occulté ses ennuis et s'est excusée de ne pas avoir donné de nouvelles en prétextant un travail d'urgence pour Catherine Bormann. Le boulot, comme d'habitude. La vie continuait.

Mon Dieu, comme elle aurait voulu le croire.

– Alors, a-t-elle poursuivi, ton dos est dans un sale état ?

– Oui. Heureusement, il y a un type, ici. Le Dr Geoffroy. Il s'occupe très bien de moi. Grand, yeux bleus, menton carré. Tout ce que j'aime. Tu veux le voir ? J'ai publié sa photo sur Facebook.

– Je dois d'abord récupérer une connexion. Et il me faut une nouvelle adresse. La mienne est morte. Je t'expliquerai.

– Je peux t'aider à quelque chose ? Je m'ennuie à mourir, dans ce lit.

Marion a réfléchi quelques secondes.

– Tu as un accès Internet ?

– Oui. Dr Geoffroy me prête son portable.

– Alors essaye de voir si tu trouves quelque chose sur le mot « Troyen ». Je sais déjà que les étudiants de l'Université de Californie s'appellent comme ça. Mais il peut y avoir d'autres pistes.

– Si ça t'aide, pas de problème. On se tient au courant.

Marion a raccroché.

Elle était devenue songeuse.

Le Troyen ne l'avait pas torturée. Ni tuée. Donc, il voulait qu'elle reste en vie. Il l'avait entraînée de Paris à Los Angeles, puis jusqu'en Utah, à des milliers de kilomètres de son point de départ. Que cherchait-il à accomplir ?

Elle a touché la feuille dans sa poche, le fameux « plan » qu'elle avait récupéré au chalet.

Si elle voulait avancer, elle allait avoir besoin d'aide.

Et son échange avec Cora lui avait donné une idée.

De l'aide, elle savait où en trouver.

41

Le *Grill Steakhouse* où se trouvait Marion depuis tout à l'heure était tranquille, et la climatisation, pour une fois, réglée à un niveau normal. Le service était long, mais en l'occurrence, cela lui convenait tout à fait. Sa table en retrait, la banquette enveloppante, la musique feutrée, les lumières douces, tout lui rappelait un club anglais.

Parfait pour elle.

Elle a posé l'iPad à plat sur la table et l'a allumé.

L'écran tactile ressemblait exactement à celui de son iPhone, mais en plus grand. Elle reconnaissait, en outre, les icônes familières de son ancien ordinateur.

Elle a effleuré l'icône du traitement de texte. Une feuille blanche est apparue. Elle a posé ses deux doigts à plat sur l'écran, et les a étirés pour agrandir la feuille. D'une nouvelle tape, elle a fait apparaître un clavier. Le contact des touches virtuelles était moins évident que sur clavier véritable, mais elle a trouvé cela beaucoup plus sensuel.

Elle a tapé à son rythme pour recopier le texte du Troyen.

PLAN
Première partie : Rapatrier Marion.

Deuxième partie : Exfiltrer Chloé. Montrer l'appât.

Troisième partie : Débusquer l'ennemi, Pope / FBI / Semper Fi.

Quatrième partie : Planter le drapeau.

Elle a réfléchi.

La première partie du plan était clairement accomplie. La deuxième, « Exfiltrer Chloé », devait être en rapport avec son enlèvement, donc elle était aussi terminée. Mais que signifiait « montrer l'appât ? ».

Elle s'est creusé les méninges.

Depuis le début, un épisode de sa rencontre avec Le Troyen lui paraissait bizarre. Pourquoi les avoir séparées, elle et Chloé, sur ce parking nocturne ? Il aurait très bien pu les kidnapper ensemble à ce moment-là. L'hypothèse d'une diversion avait été évoquée. Mais peut-être que Marion et le FBI avaient fait fausse route.

Peut-être que Le Troyen voulait attirer délibérément l'attention sur cet Indien, ce Wojak.

Wojak portait les cicatrices d'une intervention chirurgicale. Pendant sa discussion avec lui, Marion avait compris que cette intervention s'était déroulée à la Fondation Fog. Cela ne pouvait pas être un hasard.

D'un doigt, elle a déplacé les mots « montrer l'appât » et les a posés plus bas sur la feuille. Puis elle a tiré une flèche en face, et tapé les mots « Wojak l'Indien ».

L'appât, c'était lui. En le jetant en pâture au FBI, Le Troyen voulait certainement faire passer un message.

Bien.

Marion est passée à la suite.

La troisième partie du plan indiquait « Débusquer l'ennemi ». À en croire le message, ledit ennemi se répartissait en trois groupes : Pope le truand, le FBI, et un troisième intervenant dénommé « Semper Fi ». Pour les deux premiers, pas de problème : Le Troyen les avait effectivement combattus. Pour le troisième, Marion allait devoir chercher un peu.

Une serveuse a interrompu sa réflexion en déposant sur la table un steak juteux accompagné d'œufs brouillés, de languettes de bacon, de tranches de pain de mie complet et d'un verre de jus d'orange débordant de glaçons. Marion a bu une gorgée, picoré quelques morceaux et repoussé l'assiette sur la table voisine, puis s'est remise au travail.

Elle a effleuré la touche Internet de l'iPad. Aux États-Unis, de très nombreux restaurants étaient équipés en Wifi haut débit gratuit pour les clients. C'était le cas de cet établissement. La connexion Internet s'est faite, elle a attrapé les mots « Semper Fi » avec ses doigts et les a déposés dans la fenêtre de Google. Le moteur de recherche a délivré la réponse suivante :

« *Semper Fidelis*, aussi appelé *Semper Fi*, signifie en latin *Toujours fidèle*. Cette devise est connue pour être celle du corps des Marines aux États-Unis. »

Suivaient divers détails qu'elle a mis de côté.

Elle a relu les mots, tandis que son cœur battait plus vite. Elle a senti qu'elle était tombée sur quelque chose d'essentiel.

Les Marines constituaient un corps militaire. Des expressions telles que « rapatrier », « exfiltrer » ou « débusquer l'ennemi » avaient une résonance martiale. Le Troyen était entraîné à combattre. Et son nom sonnait comme un patronyme de guerre. La conclusion lui a paru évidente.

Au bas de la feuille, elle a tapé le mot « Troyen ». Puis elle a tiré une nouvelle flèche, et tapé en face les mots « soldat professionnel ».

Le Troyen était un militaire, elle en avait désormais acquis la certitude. Ses ennemis étaient Pope, le FBI et une troisième entité, peut-être un autre militaire, membre du corps des Marines. Quant à la quatrième partie « Planter le drapeau », cela signifiait sûrement atteindre son but ultime. Le drapeau de la victoire.

Quel était le rôle d'Adrian Fog et Marion dans tout ça ? Il lui restait à le découvrir.

Elle a poussé un soupir.

Il était temps d'aller chercher l'aide dont elle avait besoin.

Elle a ouvert une page Internet et s'est créé une nouvelle adresse email, puis s'est rendue sur Facebook et a ouvert un nouveau compte, avec un nom et une identité bidon. Après quoi elle a recherché ses anciens amis sur Facebook, en a sélectionné une dizaine et leur a envoyé à tous le message suivant :

« Salut les gens. C'est Marion Marsh. Désolée, suis obligée d'utiliser cette nouvelle adresse, j'ai cramé l'ancienne. SURTOUT n'envoyez rien à l'autre, merci ! Suis méga à la bourre pour ma patronne. Dois absol. récup. des infos pour reportage sur Dr ADRIAN FOG, chirurgien orthopédiste US, spécialiste mondial chir. de la main. »

Elle a collé ici plusieurs liens Internet sur Adrian Fog qu'elle avait déjà consultés à Paris.

« Je recherche ses relations éventuelles avec l'armée. Contrats, travaux, études, partenariats, etc. Vous êtes webmasters, journalistes, médecins. Help me ! D'avance un énorme merci !!! Bises. Marion. »

Elle a relu pour vérifier que son message était suffisamment anodin et sympathique pour qu'ils l'aident, sans éveiller leurs soupçons. Puis elle a tapé sur *envoi.*

Comme elle écrivait depuis une nouvelle boîte aux lettres, ni Le Troyen, ni le FBI ne pouvait plus l'espionner. Elle était complètement à l'abri.

Elle a profité de sa connexion pour aller jeter un œil à la page de Cora. Effectivement, un charmant Dr Geoffroy figurait en photo, assis à côté d'elle sur son lit à la clinique. Elle a envoyé un message à Cora pour lui communiquer sa nouvelle identité, en lui enjoignant de ne la donner à personne pour éviter d'être harcelée à nouveau.

Marion s'est déconnectée, puis s'est étirée en arrière. C'était tout pour le moment.

Elle avait envoyé des sondes, il ne lui restait plus qu'à attendre. En France, c'était le soir. Tout le monde se trouvait devant son ordinateur. Elle ne doutait pas d'obtenir au moins quelques réponses.

Elle a terminé son plat et quitté le restaurant.

Elle s'est promenée en ville. Le soleil printanier était doux et l'atmosphère agréable, beaucoup moins chaude que sur la côte Ouest. Les immeubles ne faisaient généralement pas plus d'un ou deux étages, et de nombreux conifères et plusieurs bâtiments en bois apportaient une touche résolument montagnarde à l'ensemble. Elle a perdu du temps dans un petit centre commercial, s'est acheté de nouveaux vêtements plus pratiques – jeans, chaussures de marche – et s'est payé une casquette pour masquer un peu son visage et ses yeux. Elle ne savait pas si cela pouvait servir à déjouer une éventuelle surveillance, mais cela ne coûtait rien d'essayer.

Dans l'après-midi, elle s'est connectée à la borne Wifi d'un fast-food. Deux messages l'attendaient.

Le premier provenait du Dr Myriam H., l'une de ses anciennes camarades de promotion avec qui elle avait gardé le contact. Son amie avait déniché l'article suivant :

« Régénération des doigts[1].

Cinq soldats américains blessés en Irak ont participé en 2007 à un essai clinique visant à faire repousser une partie des doigts de la main qu'ils avaient perdus lors du conflit. Deux chercheurs collaborant à l'institut de recherche chirurgicale de l'armée américaine, le Dr Fog et le Dr Hollborn, ont testé sur ces volontaires les effets d'une poudre qui forme une matrice extracellulaire. Cette dernière est l'échafaudage sur lequel s'appuient les cellules qui se divisent et grandissent pour former les tissus et organes humains. Les chirurgiens Fog et Hollborn ont ouvert la peau autour des moignons et appliqué trois fois par semaine la poudre de matrice extracellulaire. Les doigts traités ont été mesurés quotidiennement. Leur

1. D'après *Médecine, objectif 2035*, P. Benkimoun et coll., Éd. l'Archipel, 2008. Et R. Winslow « Matrix reloaded : doctors try new methods to regrow human tissue », *The Wall Street Journal*, 13 février 2007.

fonctionnement et leur sensibilité ont été examinés et la repousse osseuse suivie par radiographie. Chez trois de ces soldats, une repousse comprise entre trois et quatre centimètres a été observée pour la peau, le muscle, les nerfs et les vaisseaux, l'os ayant quant à lui poussé sur un centimètre. Dans les deux autres cas, les résultats ont été moins bons, mais toujours avec une repousse des différentes structures du doigt. Dans tous les cas, les soldats ont connu une amélioration fonctionnelle, sans parler du bénéfice psychologique ressenti devant une mutilation au moins partiellement réparée. Cinq nouveaux volontaires ont été à leur tour traités en 2008, avec des résultats préliminaires encore meilleurs que lors de l'essai précédent. »

Le second provenait d'un interlocuteur appelé « Pasadena ». Ce n'était pas l'un des correspondants auxquels Marion avait écrit sur Facebook, mais un journaliste, ami d'amis. « Pasadena » avait accès aux archives de plusieurs journaux américains, et le site du *Los Angeles Times* lui avait fourni une photo. Marion a agrandi le cliché en posant deux doigts dessus et en les écartant. La photo montrait la Fondation Fog, le jour de son inauguration. La légende disait ceci :

« Le Dr Adrian Fog inaugure sa fondation en compagnie du colonel Hollborn, chirurgien-chef à Camp Pendleton, Californie. Rappelons que Camp Pendleton, situé au sud de la ville de Laguna Beach, est l'un des principaux camps d'entraînement des Marines qui partent en Irak. »

Le journaliste avait joint les coordonnées téléphoniques du secrétariat du colonel Hollborn à Camp Pendleton.

Marion a regardé le numéro, le cœur battant à tout rompre.

La clé de l'énigme était peut-être à portée de main.

Pourquoi attendre ?

Elle a décroché son téléphone.

42

Cette fois, Marion allait devoir jouer fin.

Elle a pris une inspiration profonde, puis s'est lancée.

– Secrétariat d'État-Major du colonel Hollborn ?

– Oui, a répondu une voix de femme.

– Bonjour. Je suis Catherine Bormann, productrice pour France Télévisions. Mes équipes préparent actuellement un grand reportage sur votre centre chirurgical militaire. Je souhaiterais m'entretenir un bref instant avec le colonel, s'il vous plaît. Voici mes coordonnées professionnelles.

Elle a donné l'email et les références complètes de sa patronne, qu'elle connaissait sur le bout des doigts.

Il s'agissait d'un coup de poker, bien sûr. Marion espérait que la secrétaire effectuerait quelques vérifications sur Internet sans aller jusqu'à appeler la France au téléphone.

Elle a patienté un moment et en a profité pour réfléchir à une série de questions crédibles.

– Je vous passe le médecin-colonel Hollborn, a dit la secrétaire.

– Bonjour, madame Bormann ! a commencé d'emblée Hollborn. J'ai vos références sous les yeux. Je dois dire que c'est assez impressionnant…

Une voix aiguë, franche, claire.

Marion imaginait un homme dans la cinquantaine. Le genre chef de service hospitalier, au caractère ouvert, plutôt qu'un costaud grincheux en uniforme de terrain.

– Merci, colonel. C'est très aimable de votre part de m'accorder un peu de votre temps. Et, je vous en prie, appelez-moi Catherine…

Elle mimait les tics de langage de sa patronne.

– Comme a dû vous l'expliquer votre secrétaire, France Télévisions prépare un reportage destiné aux grandes chaînes de notre groupe. La diffusion sera internationale. Nous allons mettre à l'honneur la chirurgie du vingt et unième siècle. Est-il vrai que vous êtes l'un des leaders en la matière ?

– Absolument, Catherine ! a répondu Hollborn avec fierté.

– Pourriez-vous nous résumer en quelques mots en quoi consiste le travail de votre unité ?

– Eh bien, nous sommes à la fois une unité de recherche et l'un des principaux centres de traitement des brûlés pour le Département de la Défense. Une partie de notre mission consiste à améliorer la médecine de guerre et la chirurgie de terrain. Nous faisons en sorte d'augmenter les chances de survie de nos soldats qui ont subi des blessures graves.

– Quel est votre mode de financement ?

– Le Pentagone, *via* le DARPA[1], nous fait don de plusieurs dizaines de millions de dollars chaque année.

1. DARPA : Defense Advanced Research Projects Agency. L'agence des projets de recherche de la Défense.

– Et de quelle façon intervenez-vous ?

– Notre base est un centre d'entraînement pour les Marines qui partent en Irak. Nos chirurgiens effectuent des rotations avec eux. Ils organisent le traitement d'urgence sur place et aident au rapatriement des cas les plus sévères. Durant la guerre du Vietnam, un rapatriement sanitaire nécessitait au minimum plusieurs semaines. Nos équipes sont capables de l'organiser en moins de trois jours, même s'il faut aller chercher la victime au fin fond du désert.

– À quels types de cas les chirurgiens sont-ils confrontés ?

– Les blessures les plus graves sont causées par les colis piégés, les grenades et divers engins explosifs. Les brûlures provoquent souvent la perte d'une partie des doigts de nos soldats. Vous pourriez croire que c'est moins important que de perdre un bras ou une jambe, mais c'est faux. Si vous ne pouvez rien attraper, au point d'être incapable de vous servir d'un stylo ou d'une brosse à dents, votre vie devient très difficile.

Sa voix s'est détendue, tandis qu'il poursuivait.

– Tenez, prenez l'exemple du singe : il ne dispose pas d'un pouce opposable. Il est donc incapable de réaliser des mouvements précis. L'opposition du pouce est ce qui fait de nous des êtres humains. Rendez son pouce à un gamin de dix-huit ans et vous changez sa vie.

– Vous êtes aussi une unité de recherche. Vous développez de nouvelles techniques de pointe ?

– Bien sûr. Nous avons mis en place plusieurs programmes expérimentaux. Nous utilisons notamment une matrice extracellulaire qui permet de régénérer rapidement les différents tissus. Les premiers résultats sont très prometteurs, mais les conclusions loin d'être définitives. Nous préférons ne pas trop nous avancer pour ne pas susciter de faux espoirs parmi les soldats.

– Est-il vrai que certains médecins du secteur privé collaborent avec vous sur ces recherches ?

– Oui, a répondu Hollborn, d'un ton légèrement méfiant. Ce genre de collaboration a toujours existé.

– Est-il exact que le Dr Adrian Fog en fait partie ?

Un blanc.

– Nous avons cessé de travailler avec le Dr Fog depuis deux ans.

– Pourquoi ? On vous a vus tous les deux à l'inauguration de la Fondation Fog. Vous étiez collègues, et peut-être même amis, n'est-ce pas ?

– L'armée a financé une bonne partie de ses recherches, a grommelé Hollborn. Ses résultats étaient très intéressants, mais nous avons appris qu'il avait des relations douteuses.

– Vous parlez de son père ?

– Je n'ai pas à vous répondre là-dessus.

– Mais vous avez quand même interrompu votre partenariat avec Fog. Et donc, son financement. Il a dû mal le prendre, j'imagine ?

– C'est clair ! Il a menacé de déposer tous ses brevets dans le domaine public !

– Alors qu'une partie de ses découvertes avait été réalisée en collaboration avec votre unité ?

– Exactement ! Ces brevets valent des millions !

Marion a rassemblé ses forces pour l'assaut final.

– Je suppose que le Pentagone a dû faire grise mine en apprenant la nouvelle. Si leurs millions de dollars, en l'occurrence l'argent du contribuable américain, s'étaient transformés en brevets déposés dans le domaine public, n'importe quelle entreprise étrangère, des Chinois, des Russes, aurait pu en profiter, n'est-ce pas ? Une sacrée perte sèche…

Elle a parlé avec plus de lenteur, détachant bien chacun de ses mots.

– Quand, il y a deux ans, Fog a claqué la porte avec ses brevets sous le bras, vous deviez être furieux. Or, nous avons appris qu'il était tombé ensuite sous le coup d'une enquête fédérale. Le mois dernier, le Dr Fog devait faire une importante annonce au Congrès international de chirurgie orthopédique de Los Angeles. Mais juste avant, il a mystérieusement disparu. Voyez-vous un lien entre ces différents événements ?

– Qu'est-ce que vous insinuez ? a demandé Hollborn d'une voix menaçante.

– Avez-vous dénoncé Fog auprès du FBI il y a deux ans ? Est-ce qu'il allait, une nouvelle fois, offrir ses découvertes au domaine public, il y a un mois ? Où est passé le Dr Fog ? Que sont devenus ces fameux brevets censés valoir des millions ?

Hollborn a marqué une pause, comme s'il appuyait sur un bouton ou convoquait quelqu'un en urgence.

– Madame Bormann, nous n'avons pas bien saisi vos références tout à l'heure, a-t-il dit sèchement. Pourriez-vous nous les communiquer à nouveau ?

– Merci, colonel.

Marion a raccroché.

Elle était écarlate. À bout de souffle. Les vêtements trempés. Complètement épuisée par la tension nerveuse.

Mais elle venait d'accomplir un bond gigantesque.

L'univers avait bougé.

Vous êtes présent au cœur d'un immense puzzle. Et soudain les pièces se déplacent. Dans un grondement, des pans entiers se soulèvent autour de vous, des plaques tectoniques pivotent, se rassemblent, puis s'enclenchent dans une nouvelle configuration.

Adrian Fog avait bénéficié de fonds de l'armée pour ses recherches. Il avait développé sa propre Fondation, il aidait de pauvres gens. Des personnes incapables de payer leurs soins. Des misérables comme Wojak l'Indien. Mais ses relations avec son père, Pope le « seigneur de la pègre », l'avaient rattrapé à un moment donné. Et il avait tout perdu. Puis sa femme était morte. Et pour finir, Adrian lui-même avait été enlevé par Le Troyen.

Avec, en toile de fond, une question capitale : qu'étaient devenus ces brevets à plusieurs millions de dollars ?

Le Troyen travaillait-il en solo, ou bien – et c'était la première fois que Marion émettait une telle hypothèse – agissait-il pour le compte de quelqu'un ?

Elle s'est demandé si le colonel Hollborn était capable de l'avoir engagé.

Elle a poussé le raisonnement plus loin.

Fog divorce d'avec l'armée. Il emporte ses brevets avec lui. Hollborn lui interdit de rendre les informations publiques, et le livre en pâture au FBI. Mais Fog est une tête de mule, il ne veut rien entendre. Alors le colonel ordonne à l'un de ses hommes de confiance, un Marine, de s'occuper de son cas. Ce Marine, c'est Le Troyen. Il s'attaque d'abord à l'épouse de Fog, l'assassine et maquille le tout en accident. C'est de l'intimidation. Adrian reçoit le message cinq sur cinq et se tient tranquille. Mais il finit par se rebeller. Il y a un mois, il décide à nouveau de rendre les brevets publics. Et Le Troyen l'en empêche en le kidnappant.

Marion a examiné son hypothèse. L'enchaînement a paru cohérent. Sauf que… il impliquait que l'armée américaine emploie les mêmes méthodes que les truands. Un lieu commun pour un film de série B, mais dans la réalité… Marion avait des doutes.

La méthode faisait plutôt penser aux manières de Pope.

Mais si Pope avait engagé Le Troyen, Mikado et Brownie ne se seraient pas battus contre lui. Et elle, quel rôle jouait-elle ? Les événements s'étaient déroulés à Laguna Beach et dans son voisinage immédiat, pourquoi Le Troyen aurait-il eu besoin de la conduire jusqu'en Utah ?

Non. Décidément, son raisonnement comportait des trous.

Elle s'est connectée à Internet pour effectuer de nouvelles recherches. Un second message de « Pasadana » l'attendait dans sa boîte aux lettres.

> J'ai déniché une autre info ! Le Dr FOG mentionne dans son CV, disponible sur le Net, la liste des endroits où il a exercé. Parmi eux : un centre chirurgical de pointe de l'armée américaine, dans la ville de Page, Arizona. Je connais Page. C'est dans le désert, au milieu de nulle part. 6 000 habitants, un quart d'Indiens. Un hôpital de pointe là-bas ? J'ai cherché dans l'annuaire électronique local : aucun centre de soins à cette adresse. En revanche, il y a une usine de fabrication de glace. Bizarre, non ?... À creuser ?

Marion a fait un bond.

La ville de Page ? Elle était certaine d'avoir lu ce nom sur un panneau routier tout à l'heure. Elle a sorti son atlas. Repéré les coordonnées géographiques. Les a suivies du doigt sur la carte.

Page se trouvait effectivement en Arizona.

À l'extrême limite de la frontière, juste à côté de l'Utah.

À moins de cinquante kilomètres d'elle.

43

Par le passé.

De l'autre côté des vitres du bloc opératoire, Marion regardait Nathan travailler.

Aujourd'hui, il effectuait une intervention délicate. En temps ordinaire, le seul fait d'y assister l'aurait rendue folle de joie. Mais pas en cet instant. Car le bonheur, le bonheur absolu, engendre presque toujours une profonde tristesse.

Sa réaction était facile à comprendre. Ça y est. Vous y êtes. C'est le sommet. Vous avez toujours rêvé d'atteindre ce but précis – gagner à la loterie, devenir chirurgien, occuper un poste de direction, être un artiste, avoir des enfants alors qu'on vous avait annoncé la stérilité, escalader l'Everest, rencontrer le grand amour – et vous l'avez atteint.

Vous ne savez pas trop comment vous en êtes arrivé là.

Pour une partie, c'est dû à votre persévérance. Pour l'autre, c'est la chance qui a joué. Le bon endroit et le bon moment, comme on dit. Vous ne connaîtrez jamais la proportion exacte des deux.

Mais une chose est certaine : il ne vous reste plus qu'à redescendre de votre nuage. Alors l'angoisse et la tristesse vous étreignent.

Combien de temps avant que ce bonheur ne cesse ? Quels rêves avoir, maintenant que vous avez reçu tous ces millions ? Deviendrez-vous un bon chirurgien ? Un excellent dirigeant ? Un très grand artiste ? Relèverez-vous le challenge d'élever des enfants ? Y aura-t-il d'autres montagnes à escalader, plus belles encore ? Combien de temps durera le grand amour ?

Car tout se résume à ça.

Combien de temps.

Marion a baissé la tête.

Une sacrée putain de question, pas vrai ?

– Qu'est-ce que tu dis ? a fait Nathan en sortant du bloc.

– Rien, a-t-elle répondu. Je pensais à voix haute.

Il s'est débarrassé de sa casaque et l'a jetée dans la poubelle. Ils se sont rejoints dans les vestiaires. Pour une fois, ils étaient seuls.

– Tu as regardé mon intervention ?

– Pas vraiment.

– Tu pensais à moi ?

– Ouais. À toi, et à ton fichu sourire craquant. Celui que tu affiches en ce moment même.

– Il te fait toujours de l'effet, hein ?

– Je l'appelle le Nathan Chess n° 3.

– Non. Ça, c'est le n° 2.

Il s'est penché vers elle pour l'embrasser.

– *Ça*, c'est le n° 3.

Ils sont restés un moment enlacés, au milieu des blouses, des pantalons accrochés aux cintres et des sabots de bloc qui traînaient par terre. Le romantisme hospitalier dans toute sa splendeur.

Pourtant, Marion n'avait jamais été aussi heureuse.

– Je t'ai apporté un cadeau, a-t-elle dit.

– Ah bon ?

– Oui.

– En quel honneur ?

– On fête notre premier mois.

– Depuis le jour où je t'ai embrassée sur le parvis de Notre-Dame ?

– Exactement.

– Waouh. Nous deux, on dirait que ça devient du sérieux.

Elle a ouvert un sac en plastique et sorti un carreau en plâtre.

– C'est quoi ? a demandé Nathan.

– Une dalle, comme celles que l'on trouve sur Hollywood Boulevard. J'ai moulé mes mains dans le plâtre des urgences. On voit toutes les empreintes de mes doigts. Tu opères beaucoup de mains, alors je me suis dit qu'il te fallait les miennes. C'est un objet fragile, il faut que tu le saches. Je suis fragile, alors tu ne dois pas me briser.

Le sourire de Nathan est retombé.

– Je ne te briserai pas.

– Jamais ?

– Jamais.

– Comment peux-tu en être aussi sûr ?

Il l'a regardée très sérieusement.

– Parce que je t'aime, Marion Marsh.

*

Ils sont sortis le soir même, main dans la main, dans un restaurant du quartier Latin. C'était la veille de Noël. Des chandelles brûlaient sur la table. Dehors, l'hiver hésitait entre les flocons et la pluie, comme si le temps refusait de s'engager de façon formelle, préférant demeurer suspendu entre deux saisons.

– Je voudrais un bateau, a dit Nathan.

– Un bateau ?

– J'en rêve depuis que je suis tout petit. Mais mon père a toujours refusé. Même pas un machin pneumatique. Je suppose qu'il avait peur que je lui échappe. Ce qui s'est produit, en fin de compte. Depuis, j'en rêve souvent. Un voilier dans un endroit paisible, ancré devant un beau paysage. Tu flottes librement, sans personne pour t'obliger à avancer dans un sens ou un autre. Un bateau, c'est tout un symbole, non ?

– Je suppose.

– Ça ne va pas ? Tu n'as pas l'air dans ton assiette…

– J'ai mal au ventre.

– Encore ? Ça fait plusieurs fois que tu t'en plains. Tu n'es pas…

– Enceinte ? Grands dieux non ! On prend les précautions nécessaires.

– Tu veux que je t'examine ? Je suis chirurgien orthopédiste, mais je sais tout opérer, tu sais ? Durant mes études, j'ai fait des stages dans un tas de spécialités…

– Laisse tomber. On verra plus tard. Dis-moi plutôt : pourquoi m'as-tu amenée ici ?

Il a pris un air mystérieux en déposant une boîte sur la table.

– Qu'est-ce que c'est ? a dit Marion, les yeux soudain brillants.

– Ouvre, tu verras bien.

Elle l'a fait, avec beaucoup de précautions.

À l'intérieur se trouvait un petit rouleau de parchemin maintenu par un ruban de soie rouge.

– C'est quoi ?

– Déroule-le.

Elle a ôté le ruban et déroulé le parchemin.

Dessus était joliment calligraphié :

« TROIS SOUHAITS »

– C'est un parchemin magique, a précisé Nathan. Un bon pour trois souhaits. J'ai fait venir un génie invisible dans le restaurant. Il est obligé de les réaliser.

– Mmm. C'est une idée qui paraît assez merveilleuse. Mais ton génie, il peut vraiment faire ce genre de truc, ou c'est une façon de me mettre dans son lit ?

Nathan a fait semblant de s'offusquer.

– Ne plaisante pas avec les génies ! D'autant que celui-ci est vraiment très puissant. Tu n'as qu'à le mettre au défi, si tu ne me crois pas !

– D'accord.

Elle a réfléchi un moment.

– Alors, voyons… Souhait numéro Un je voudrais : un petit cadeau, pas forcément cher. Souhait numéro Deux : une musique, pour me faire penser à toi…

Nathan a haussé les épaules.

– Pour l'instant, c'est facile.

– Oui, mais je suis sûr que ton génie est masculin. Et qu'il est très occupé. Il vaut mieux lui laisser un peu de marge dans les choix et quelques jours pour réaliser les vœux. Sinon je vais me retrouver sans rien.

Elle s'est caressé le menton.

– Souhait numéro Trois : je veux quelque chose de spécial. Un moment unique, que nous partagerons à deux. Mais tu devras te casser un peu la tête. Il faut que ça constitue un effort de ta part. Un vrai petit miracle. Voilà. Un cadeau, une musique, un miracle. C'est bon, tu as tout noté ?

Nathan l'a regardée avec intensité.

– Pas besoin. Le génie a tout entendu.

– Et tu crois qu'il va les réaliser ?

– Bien sûr. C'est un génie, oui ou non ?

44

Maintenant

Marion roulait dans une vieille Buick décapotable, une main sur la portière, lunettes de soleil sur la tête, cheveux au vent.

Elle avait dépensé une partie de son argent pour acheter cette poubelle. Louer simplement une voiture lui était impossible, car Le Troyen avait embarqué toutes ses affaires, y compris son passeport et son permis de conduire. Donc c'était la Buick, ou claquer une somme beaucoup plus importante pour acquérir une occasion récente.

Elle avait âprement négocié avec le vendeur.

Ce dernier avait, bien entendu, minimisé les défauts du véhicule – consommation épouvantable, équipement minimal, zéro sécurité – insistant plutôt sur le côté « Thelma et Louise » tellement romantique de la voiture. Elle lui avait répondu que si Thelma et Louise s'étaient réellement tapé l'Arizona par quarante-cinq degrés à l'ombre, au lieu de le faire dans un film, elles auraient sûrement choisi une Honda climatisée.

Elle avait obtenu un bon rabais.

Marion a pris la route 89 en direction du sud.

Le paysage autour d'elle changeait à une vitesse époustouflante. La température grimpait en flèche et les montagnes perdaient leurs arbres, comme un vieillard ses cheveux. Elle s'est rapidement retrouvée dans un paysage lunaire. Collines dépouillées, roches pâles, route tremblante dans la chaleur. Rien de vivant, à part un yucca de temps à autre. Et des tonnes de poussière.

Elle avait lu sur Wikipédia, l'encyclopédie du Web, que des scènes de *La Planète des Singes* avaient été tournées dans le secteur. Maintenant, elle comprenait pourquoi.

Elle a jeté un œil sur le siège passager où était posé son iPad, en train de se recharger sur la prise de l'allume-cigare, grâce à un convertisseur de courant. Le convertisseur constituait un achat supplémentaire, mais elle l'avait jugé indispensable. Marion ne voulait surtout pas courir le risque de voir l'iPad tomber en panne. Il était son unique moyen d'accès à Internet et à l'information.

Et dans sa situation actuelle, l'information, c'était la survie.

*

Le voyage prenait plus de temps qu'elle ne l'imaginait – ou alors c'était la Buick qui se traînait – mais Marion avait fini par se laisser bercer par la monotonie de la route. Quoi qu'il en soit, elle ne s'attendait pas à ça.

D'abord une trouée de bleu, au milieu des collines, et soudain le choc. Elle est tombée devant les méandres du Colorado.

Elle en a eu le souffle coupé.

Malgré le stress de sa situation, elle a garé la voiture sur le bord de la route, dans un nuage de poussière, et elle est descendue.

Parfois, il faut prendre le temps de s'incliner devant la nature. Sa puissance majestueuse ne vous impose pas seulement le respect : elle vous permet aussi de souffler quelques instants, d'oublier les soucis des pauvres fourmis que nous sommes.

Le plateau de roches écarlates formait un arc d'un bout à l'autre de l'horizon. En son milieu, un titan avait donné plusieurs coups de hache, et laissé l'eau du Colorado remplir les failles. Au centre de l'éclat gisait une mer turquoise, ses méandres scintillant tout autour.

« BIENVENUE À LAKE POWELL », disait une pancarte.

Marion a admiré le spectacle quelques instants de plus, une main devant les yeux, respirant l'odeur du commencement du monde. Puis un camion-citerne l'a dépassée en klaxonnant. Elle est remontée dans la voiture et a repris la route.

Peu après, elle a franchi le barrage étroit et vertigineux de Glen Canyon et est entrée dans la petite ville de Page.

Son correspondant sur Facebook, le journaliste dont le pseudo était « Pasadena », lui avait parlé d'à peine six mille habitants, mais elle aurait dit encore moins que ça. Une avenue principale, des petits commerces, quelques hôtels vides, des rues plombées par la chaleur. Tout juste s'il ne fallait pas sortir en scaphandre. Sûr que, dans un tel décor, elle n'imaginait pas un hôpital chirurgical de pointe. Un simple cabinet de médecine générale aurait déjà eu du mérite à tenir le coup.

Les églises, en revanche, prospéraient d'une façon incroyable. Dans l'avenue, Marion en avait compté pas moins d'une tous les trois édifices. Ce n'était pas la première fois qu'elle observait ce genre de phénomène dans les coins très pauvres de l'Amérique. Étant donné la misérable couverture sociale que l'on vous accordait, cela coûtait moins cher d'enterrer les morts que de soigner les vivants. Et puis, aller à l'église vous conférait toujours un peu de distraction.

Elle a descendu une rue, remonté une autre, descendu une troisième – Page ondulait comme un serpent à sonnette – et elle s'est finalement retrouvée dans une petite zone industrielle. D'après le point noté sur sa carte, l'usine de glace se trouvait là.

Elle a levé les yeux.

Un bâtiment blanc, tout en longueur, sali par la poussière du désert. Un parking, devant, avec une rampe. Une remorque rouillée.

L'endroit semblait à l'abandon.

Elle s'est garée à côté d'une vieille Chevrolet et elle est descendue de la voiture.

Le haut de la rampe donnait directement à l'intérieur du bâtiment par une entrée de la taille d'une porte de garage. L'ouverture était masquée par un rideau en plastique, découpé en longues bandes verticales. De temps en temps, une silhouette passait derrière.

Il y avait du monde.

Marion a tourné la tête vers sa voiture, songeant à la solitude de l'endroit, à son iPad sur le siège et aux dollars dans le coffre.

– Ne sois pas parano, s'est-elle encouragée à voix haute. En avant !

Elle n'imaginait pas une usine de glace ainsi. Encore moins un établissement chirurgical, bien sûr.

Elle grimpait la rampe, lorsqu'un bruit terrible a éclaté à l'intérieur.

Elle s'est arrêtée net.

Le son, un mélange de crissements hideux, évoquait un véhicule passé à la concasseuse. Il a duré quelques secondes puis s'est interrompu.

Marion a saisi son courage à deux mains et, en prenant une inspiration, a franchi le rideau en plastique.

De l'autre côté, deux hommes s'affairaient sur des blocs de glace. Le premier poussait un rectangle plus gros qu'un frigo à l'intérieur d'une machine, tandis que le second récupérait les morceaux à l'autre bout, réduits à la taille d'un ballon de basket. Il les emballait ensuite dans un sac en plastique en les faisant tourner sur eux-mêmes, puis les déposait sur un chariot. La machine à découper la glace ressemblait à un engin de torture rouillé, constitué d'innombrables rangées de dents tournoyantes. Marion a songé à une version mécanique de la mâchoire du requin dans *Les Dents de la mer*.

– Bonjour, a-t-elle annoncé prudemment.

Ils se sont interrompus pour la regarder.

Elle a remarqué que les deux hommes travaillaient à mains nues, transpirant à grosses gouttes, ces dernières parfois coagulées sous forme de glace dans leurs sourcils. Aucun d'eux ne portait de chaussures de sécurité.

– Je cherche l'usine de glace, a dit Marion.

– C'est ici.

– Vous n’êtes que deux employés ?

– Il n’y a besoin de personne d’autre.

L’homme s’est adressé à son collègue dans une langue que Marion ne connaissait pas et lui a fait signe de poursuivre le travail, puis il s’est tourné vers elle.

Sourire.

Il lui a tendu la main.

– Bonjour !

Elle a serré ses énormes doigts rugueux, notant au passage de nombreuses coupures et entailles.

– Je m’appelle Juan. Mon ami est navajo. Il ne comprend pas votre langue. Venez, on va aller dehors. Ici, la trancheuse fait trop de bruit.

Juan est sorti en récupérant deux bières sur une étagère.

– Tenez, prenez-en une.

Marion, un peu surprise par cette hospitalité spontanée, a accepté la boisson.

Chacun a décapsulé la sienne.

– Que puis-je pour vous ?

– Eh bien… heu…

– Vous venez acheter de la glace ?

– C’est ce que vous vendez ?

– Pas aux particuliers, en principe. On fabrique de la glace industrielle.

– C’est-à-dire ?

– Elle n’est pas comestible. C’est celle que vous trouvez dans les bateaux pour réfrigérer le poisson. On la met aussi dans les bacs de certains climatiseurs, ou dans les hôtels. Mais on peut vous vendre quelques pains à l’unité, si vous voulez. Les gens du coin en achètent.

Il a jeté un œil à la Buick, puis à Marion.

– Mais vous n'êtes pas du coin, n'est-ce pas ?

– Non.

Elle ne savait par où commencer.

– J'ai lu… j'ai cru…

– Vous cherchez la consultation du Dr Fog ?

Les yeux de Marion se sont agrandis.

– C'est ça.

Juan a souri.

– Il suffisait de le demander. Mais j'espère que ce n'est pas pour un problème de santé, bien que vous m'ayez l'air en forme. Parce que, malheureusement, le Dr Fog ne travaille plus ici.

Il s'est assis au bord de la rampe en laissant ses jambes pendre dans le vide. Au bout d'un moment, Marion l'a imité.

Juan contemplait le désert en buvant de petites gorgées de bière.

– Il n'y avait déjà pas grand-chose, dans le secteur. Mais depuis que Fog est parti, il ne reste vraiment plus rien. Je parle des médecins. Lui, il s'occupait de nous.

Il lui a montré son index droit.

– Voyez celui-là ? C'est lui qui me l'a recousu. Il ne tenait plus que par un lambeau. J'étais prêt à le couper et à le jeter à la poubelle. Avec un bandage et des cachets contre la douleur, j'aurais tenu bon. Mais il a dit que si je faisais ça, je risquais d'attraper la gangrène. Et surtout, qu'il n'y avait aucune raison que je perde mon doigt.

– Je ne comprends pas. Où le Dr Fog pouvait-il vous opérer ?

– Dans un petit bâtiment, là-derrière. Dans le temps, il s'agissait d'une *Walk-in Clinic*, un dispensaire de jour, avec un médecin et une infirmière. Il était maintenu et financé par l'armée. Le Dr Fog avait obtenu des crédits supplémentaires pour y installer un petit bloc opératoire. Il avait juste besoin de réfrigérer l'ensemble, à cause des microbes. Mais de la glace, ici, ce n'est pas ce qui manque.

– Il opérait sur place ?

– Seulement de la petite chirurgie. Les plaies, les doigts. Tout le monde l'adorait. Les Navajos de la réserve venaient souvent le voir. Il passait ici deux ou trois jours par mois. Je sais qu'il trichait un peu, pour ses collègues. Il racontait qu'il avait créé une plus grosse structure. Tout ce qu'il voulait, c'était qu'on le laisse tranquille. Il y a des gens qui aiment la solitude, vous comprenez ?

Marion a pensé à la vie d'Adrian Fog. À sa maison immense de Laguna Beach, à sa Tesla, ses patients fortunés, ses consultations au prestigieux hôpital Cedars-Sinai de Los Angeles. Elle a songé à son épouse et à Chloé, obligées de l'attendre, seules, l'imaginant sans doute affairé dans un congrès quelconque.

Non, elle ne comprenait pas.

– Et lorsqu'il n'était pas là, comment faisiez-vous ?

– Le dispensaire était tenu par des infirmiers. Fog leur avait enseigné une partie de son savoir. Il disait qu'on peut en apprendre beaucoup à quelqu'un, même lorsqu'il est débutant. Et le débutant peut vous faire découvrir d'autres choses en retour. Notamment sur vous-même. Il tenait cette leçon d'une personne qu'il avait rencontrée dans un autre pays, très loin d'ici.

Juan a conservé ses yeux fixés sur elle.

Marion a détourné le regard.

– Mais l'armée a arrêté de verser les crédits, a-t-il poursuivi, et le dispensaire a fermé.

– Il… il dormait sur place ?

– Non. Sur son bateau.

– Un bateau ?

– Il y a une marina sur le lac Powell. C'est à un quart d'heure. Son bateau se trouve dans une petite crique. Ça fait longtemps qu'il n'y est pas allé. Je peux vous indiquer où ça se trouve, si vous voulez.

Elle l'a dévisagé.

Il avait l'air sérieux.

– Pourquoi vous êtes si gentil ? Pourquoi vous me dites tout ça ?

Juan a descendu une autre gorgée de bière.

– De temps en temps, Fog parlait de quelqu'un. Une femme qu'il avait connue. Ce n'était pas son épouse, ni sa fille. On en discutait, parfois. On buvait une bière tous les deux, exactement comme nous sommes en train de le faire.

Il a froissé sa canette et l'a abandonnée sur le sol.

– Si je vous dis tout ça, c'est parce que vous m'avez l'air d'une personne qui cherche quelqu'un. Mais il n'y a plus rien, ici. Seulement des fantômes.

Il s'est levé, lui a noté l'emplacement de la marina et la position de la crique sur un papier.

– Une dernière chose, a dit Juan. Il y a des histoires, à propos de ce bateau. Des gens ont vu des lumières, là-bas, en pleine nuit. Faites bien attention à vous.

45

La marina se trouvait à un quart d'heure de Page, comme l'avait dit Juan. Marion était passée devant sans la voir. Elle a refait la route en sens inverse, pris un embranchement sur la droite, effectué quelques lacets et terminé sur un parking caillouteux.

Des voitures, beaucoup de camping-cars, peu de monde dehors. La chaleur était torride.

Elle a pris son sac à dos et s'est rendue à la capitainerie, où on lui a remis un plan du lac Powell et indiqué un loueur de bateaux. Ce dernier a accepté sans problème de lui fournir un Zodiac contre une caution en espèces. Pendant qu'on remplissait le réservoir, Marion s'est installée à l'ombre pour consulter une nouvelle fois son iPad.

Elle avait reçu un message de Cora.

« Salut ! 4 h du mat et j'ai pas fermé l'œil. Une vieille bique qui grogne dans la chambre d'à côté. Devrais lui piquer ses somnifères. MDR ! Bon, j'ai trouvé une vidéo sur YouTube qui peut t'intéresser. Dis-moi ce que t'en penses quand tu te lèveras tout à l'heure. »

La vidéo provenait d'une conférence de psychiatrie donnée au Palais des congrès de Paris par le Dr Debien, médecin de renom. Le film était intitulé « Psychopathologies liées à Internet : le Syndrome de Troie. »

Marion a froncé les sourcils et lancé l'extrait.

Un homme est apparu devant le micro d'une tribune, la quarantaine, barbu, belle prestance.

Elle a monté le son.

« ... Et avec le développement d'Internet, des blogs et surtout de Facebook, de nouvelles pathologies relationnelles sont apparues. Elles sont encore récentes, mais leurs conséquences nous inquiètent. Parmi ces syndromes émergents, l'un des plus dangereux est ce que nous appelons le Syndrome de Troie. Lorsqu'un inconnu s'adresse à vous sur Internet, le ton devient rapidement familier. Ce nouvel outil augmente artificiellement la confiance. Or la personne avec qui vous conversez n'est pas forcément animée des meilleures intentions. Il lui suffit de vous amadouer et, tel le cheval de la légende antique, il pénètre dans votre place forte. Vous lui dévoilez vos goûts, les photos de votre famille, vos habitudes. Vous écoutez parfois ses suggestions. Mais en réalité vous avez ouvert la porte à un inconnu. Que va-t-il faire de ce pouvoir ? Vous n'en savez rien. Vous êtes victime du Syndrome de Troie... »

Le discours continuait ainsi sur plusieurs minutes. Marion trouvait la coïncidence troublante. Le loueur lui a fait signe que son Zodiac était prêt. Elle a rangé l'iPad et elle est montée à bord. Quelques instants plus tard, elle filait sur le lac.

Une dizaine de bateaux croisaient tranquillement devant la marina. L'un d'eux tirait une bouée géante sur laquelle riaient des enfants. Les gamins lui ont fait signe. Marion a agité la main. Puis elle a repensé à Chloé et son sourire est tombé.

D'après son plan, le bateau d'Adrian était ancré beaucoup plus loin, dans l'un des nombreux bras rayonnant en étoile à partir du lac. Pendant une demi-heure, elle a navigué dans les eaux bordées de roches aux arêtes tranchantes. Des pics majestueux surgissaient de temps à autre, monolithes ocre et polis par le vent, aux surfaces parfaitement lisses. Les plaisanciers sont devenus de plus en plus rares, jusqu'à ce qu'elle se retrouve seule.

Elle est arrivée dans une crique cernée par des collines escarpées. Des pieux plantés dans l'eau supportaient un panneau « AIRE PRIVÉE – MOUILLAGE INTERDIT ». Au-delà était ancré un bateau à fond plat, un *pontoon boat*, une sorte de petite maison flottante.

Marion a écarquillé les yeux.

Elle se souvenait très bien de la première photo de Nathan, celle que Le Troyen lui avait envoyée par email à Paris. Sur le cliché, il se trouvait debout sur le pont d'un bateau. Une embarcation à la forme tout à fait semblable.

Est-ce que Le Troyen était déjà venu ?

Des gens ont vu des lumières, en pleine nuit. Faites bien attention à vous.

Elle a examiné les alentours. Rien.

Elle a coupé le moteur du Zodiac et l'a laissé dériver dans la crique. Le fond était à moins de soixante centimètres. Elle a retiré ses chaussures, enfilé son sac à dos et sauté par-dessus bord. Le contact de l'eau fraîche sur ses cuisses lui a donné la chair de poule. Elle s'est approchée lentement.

– Il y a quelqu'un ?

Pas de réponse.

Elle a saisi l'échelle et grimpé à bord. Le bateau tanguait doucement. L'air sentait le sable chaud. Un insecte a volé autour d'elle, s'est posé sur son nez puis est reparti. Sur le toit scintillaient une antenne parabolique et un panneau solaire.

Marion a pénétré dans la cabine.

Tout était propre. Télévision, plaques chauffantes, réveil. Le panneau solaire devait fournir l'alimentation électrique.

Elle a noté la présence d'une pièce au-dessus, fermée par une trappe. Une fouille de quelques minutes lui a suffi pour dénicher la clé cachée sous une banquette. Elle a ouvert et elle est montée. La pièce était obscure, ouvertures occultées par des stores en tissu, sans doute pour éviter un surcroît de chaleur. Elle a déroulé une cordelette pour laisser entrer la lumière.

Le décor lui est apparu d'un coup.

Les murs étaient couverts de photos. Il y en avait bien un millier dans la pièce. Mais pas des photos de personnes : uniquement des formes. Des arcs, des courbes, des dessins concentriques. Certains clichés comportaient des noms et des dates. Pour d'autres, il n'y avait que des codes. Des petits carrés étaient ajoutés par endroits, reliés par des lignes droites. L'ensemble faisait penser à un système de reconnaissance ou de classification.

Le cœur de Marion s'est accéléré de façon subite.

Des empreintes digitales.

Toutes sortes d'empreintes différentes, avec leurs agrandissements.

Mon Dieu, qu'est-ce que cela voulait dire ?

La pièce ne comportait aucun mobilier, à part un grand placard au fond.

Elle en a ouvert les portes.

L'intérieur abritait un coffre-fort ultramoderne avec, en guise de serrure, une surface plate et brillante de la taille d'un écran. Le coffre était scellé au bateau, littéralement soudé à sa structure.

Mais ce n'était pas ce qui la choquait.

Ce qui la surprenait vraiment, c'était les restes d'un moulage exposé au-dessus, dans un cadre en verre.

Les miettes d'une dalle en plâtre.

Une œuvre d'art naïve représentant des mains.

L'objet qu'elle avait offert à Nathan Chess dans une autre vie.

Abîmé, fragmenté, ruiné, mais conservé par-delà le temps.

– Qu'est-ce que…

Une déflagration a déchiré l'air.

Marion s'est jetée instinctivement au sol.

Une série de balles a crépité sur le toit dans un bruit assourdissant. L'antenne parabolique a explosé. Le panneau solaire a volé en éclats. Les balles ont continué de fuser. Marion s'est couvert les oreilles. Des fragments de bois ont jailli dans la cabine. Des impacts ont soulevé le métal. Puis tout a cessé soudainement.

Marion a levé les yeux : aucune balle n'était entrée dans la pièce.

Un tir de semonce.

Une sirène de bateau a résonné au-dehors.

Elle a regardé par la fenêtre. Un hors-bord se tenait là, à vingt mètres à peine, rapide, effilé, silencieux.

Il avait dû se glisser dans la crique, moteurs coupés, tandis qu'elle explorait le bateau.

Une silhouette noire est apparue sur le pont. Elle tenait à la main un rectangle brillant et l'a agité de façon visible en direction de Marion.

Une sueur glacée s'est formée dans son dos.

Elle a sorti l'iPad de son sac.

S'est connectée.

– Content que vous soyez là, a écrit Le Troyen.

46

Une image vidéo est apparue.

Une jeune fille, attachée, bâillonnée, assise sur le plancher du hors-bord.

Chloé.

Marion a plaqué ses deux mains devant sa bouche.

Mon Dieu… Chloé…

… Chloé était en vie !

Elle l'avait abandonnée aux mains du psychopathe, mais elle était encore vivante, prisonnière, à seulement vingt mètres d'elle.

Marion s'est penchée sur son image, des larmes plein les yeux. La jeune fille avait l'air épuisée, mais elle paraissait n'avoir subi aucune blessure.

Du moins, rien d'apparent.

Une vague de colère a submergé Marion.

– Pas de bêtise, a inscrit le Troyen, comme s'il lisait dans ses pensées.

– Vous m'attendiez, a tapé Marion en retour, des larmes de haine roulant sur ses joues.

Ce n'était pas une question. Juste un constat.

– Oui.
– Comment avez-vous fait ?
– Manipulation, a répondu le Troyen. Plus facile que la contrainte.

Elle a attendu la suite.

– Le chalet, le sang, les dollars : mise en scène. Votre iPad renvoie toutes vos communications en double sur le mien. Au fait, « Pasadena », c'est moi.

Elle est restée stupéfaite.

« Pasadena », le journaliste, l'ami d'amis sur Facebook, celui qui lui avait donné les références du colonel Hollborn et l'adresse de Page.

– Pourquoi ? a-t-elle tapé.
– Simple. Plan, Troisième Partie : « Débusquer l'ennemi. » Je donne l'info, vous cherchez. Je donne Hollborn, vous le secouez. Je donne l'adresse, vous accourez. Bon chien.

Elle pouvait presque l'entendre rire.

Sa tête s'est mise à tourner.

– Mettez vos mains sur le capteur biométrique du coffre.
– Quoi ?

La réponse a pris un moment.

Un encadré, en bas de l'écran, indiquait que Le Troyen était en train de taper la suite.

– La zone plate sur la porte. C'est la serrure. Vous êtes la clé. J'ai capturé votre empreinte de pouce à Paris. Insuffisant. Il faut vos empreintes palmaires totales. Fog a piégé l'embarcation. À la moindre erreur, le contenu et le bateau seront détruits.

Malgré la chaleur, Marion avait l'impression que son corps était glacé.

– Les brevets, a-t-elle tapé lentement. Ils sont à l'intérieur, n'est-ce pas ?
– Oui.

Une autre pause, puis :

– Vous deviez venir jusque-là. J'aurais pu vous couper les mains. Les emporter, les conserver dans la glace. Mais il y aurait eu un risque d'altération des empreintes. Marge d'erreur trop grande. Je ne fais pas d'erreur. Jamais.

Marion tremblait. Elle aurait voulu trouver quelque chose à dire. Mais quand vous êtes échec et mat, il n'y a plus qu'à l'admettre. Il avait tout obtenu. Adrian, sa fille, elle, et maintenant les brevets. Aucun d'eux n'allait s'en sortir vivant.

À moins que…

Elle a placé sa main droite sur l'écran du coffre. Une barre verte est apparue et a scanné sa paume. Elle a placé la gauche. Même opération. La porte s'est débloquée dans un chuintement hydraulique. Dedans, un simple dossier. Des pages reliées entre elles sous une couverture transparente.

Le Troyen avait eu largement le temps d'interroger Adrian, de le torturer pour lui extorquer la moindre information. Si toute cette opération, ce « plan », étaient nécessaires, cela ne pouvait signifier qu'une chose : l'unique exemplaire se trouvait là. Il n'y avait aucun double, aucune forme électronique, aucune sauvegarde. Sinon Le Troyen s'en serait déjà emparé. Pour une raison mystérieuse, Adrian avait décidé que Marion, ou plutôt l'empreinte de ses mains, constituerait la gardienne de ce sanctuaire.

Elle a récupéré les pages.

Maintenant, elle possédait de quoi négocier.

– Attention, a-t-elle tapé, au moindre geste, je détruis les brev...

Un hurlement strident. Suivi d'un bruit de plongeon.

Elle a regardé son iPad : Chloé n'était plus là !

– Chloé !

Marion a ouvert la fenêtre.

Le Troyen l'avait jetée à l'eau. Sans bâillon, mais avec ses liens.

Elle était en train de se noyer.

– Chloé ! a-t-elle hurlé encore.

Elle a abandonné les brevets pour foncer dehors. Elle a plongé du bateau. Quinze mètres plus loin, la jeune fille se débattait, agitant les bras et les jambes, essayant de se tortiller pour conserver la tête à l'air libre.

– J'arrive ! a crié Marion tout en nageant.

Le Troyen a tranquillement remis son moteur en route. Une vague a submergé la jeune fille. Sa tête est passée sous l'eau et cette fois, n'a pas refait surface.

Marion a cessé de crier, préférant se concentrer sur ses mouvements. Dès qu'on s'éloignait du bateau, la profondeur redevenait importante. Les vagues engendrées par le moteur du hors-bord opposaient une forte résistance. Mais Marion était galvanisée par la terreur. Elle a repéré l'endroit où Chloé avait disparu, nageant de toutes ses forces.

Plus que dix mètres. Plus que huit.

Le Troyen a placé son bateau bord à bord avec celui d'Adrian et a sauté sur le pont.

Plus que quatre mètres. Plus que deux.

Le Troyen est ressorti, les brevets à la main.

Marion a plongé.

L'eau était sombre, troublée par les remous. Impossible d'y voir quoi que ce soit. Elle a tourné, et tourné encore, balayant l'espace. À bout de souffle.

Seigneur... S'il vous plaît...

Il n'y avait rien. Chloé n'était pas là. Marion avait besoin de respirer.

De l'air...

Tant pis. Elle a battu des jambes et s'est enfoncée encore plus profond. Toujours personne.

De l'air...

Elle a balayé l'eau une fois de plus. Il fallait qu'elle remonte. Elle était en train de se noyer elle aussi. Sa main a touché quelque chose. Un bras. Elle s'y est cramponnée et l'a entraîné vers la lumière.

Respirer... respirer...

Elle allait trop lentement. Des points noirs dansaient devant ses yeux.

Respirer...

L'eau entrait dans sa bouche. Dans ses poumons. Encore un effort.

Leurs têtes ont crevé la surface. Marion a avalé une immense goulée d'oxygène. Chloé a toussé. Une toux puissante, salvatrice. Marion l'a soutenue à bout de bras.

Mon Dieu, elle aurait pu la soutenir ainsi pendant des heures, s'il avait fallu !

Elle a tourné la tête, s'attendant à voir Le Troyen les tenir en joue.

Mais son bateau n'était plus là.

Il avait disparu.

*

Le Procureur général de Los Angeles est entré dans le bureau d'Aaron Altman en coup de vent.

Il s'est laissé tomber dans un fauteuil sans même lui en demander la permission.

– Je vous préviens, a commencé le Procureur, je suis de très mauvaise humeur. Votre dingue, là, qui a mis Santa Monica à feu et à sang. Il a fait la preuve éclatante, à lui seul, de votre incompétence. Et je ne parle pas seulement de vous, mais de tout le Bureau ! Les journaux de ce matin s'en donnent à cœur joie ! Vous savez combien de gosses de riches se trouvaient dans ce rassemblement d'étudiants sur la plage ? Leurs parents ont engagé tous les avocats de la ville ! Mon administration croule sous les plaintes !

Il a pointé son index sur Altman. On aurait dit le canon d'un revolver.

– Vos états de service étaient déjà limites, l'affaire Fog est un fiasco, vous venez de foirer une alerte Amber, et maintenant ça ?

Il a abattu son poing sur la table.

– Vous n'êtes plus sur un siège éjectable, Aaron, vous êtes carrément dans l'espace ! Comment comptez-vous atterrir ?

Le Procureur général occupait l'un des plus hauts postes de l'État de Californie. Autant dire du pays tout court. Altman a pris son temps pour lui répondre.

Il a commencé par ranger la photo de son fils dans un tiroir. Il avait passé un long moment à la contempler, en songeant à sa maison aux Bahamas, aux années qui filaient comme des grains de sable, au poids de ses responsabilités et à la paye modeste allouée par l'administration – une paille, comparée aux revenus d'un type comme Fog.

Il s'était préparé à cette entrevue, bien sûr.

Il cherchait simplement une bonne raison de ne pas tout envoyer balader là, tout de suite.

Il a passé une main sur son visage, puis il s'est lancé.

– C'est cette Française, Marion Marsh, qui a planté l'enquête.

– Quoi ? Quelle est encore cette histoire avec les Français ? Vous n'avez pas trouvé mieux comme bouc émissaire ?

– C'est la vérité. On aurait pu retrouver le Dr Fog. Mais quand Marsh a débarqué, soi-disant manipulée par ce mystérieux Troyen, tout est allé de travers. Je viens de m'entretenir longuement avec le colonel Hollborn, qui s'occupe des Marines de Camp Pendleton. Il a reçu un coup de fil. Une femme s'est fait passer pour une journaliste française et l'a cuisiné à propos de ses programmes de recherche. Nous sommes certains qu'il s'agissait de Marion Marsh. Hollborn est fou furieux. Le Pentagone a même téléphoné ce matin.

Le Procureur a écarquillé les yeux.

Aaron s'est demandé s'il n'allait pas faire une syncope.

– Alors Hollborn est fou furieux, et le Pentagone téléphone ! Le FBI s'agite dans tous les sens ! Et je ne parle même pas de ce Pope, un truand mexicain notoire, dont on raconte qu'il envoie ses tueurs chez nous pour retrouver sa petite-fille et participer joyeusement au massacre ! Mais qu'est-ce que vous avez tous ? On dirait qu'on vous a jeté un morceau de viande et que les loups sont sortis du bois !

Aaron a regardé le Procureur.

– Monsieur, c'est exactement ce qui arrive.

Il a posé une photo sur la table.

– Et la viande en question, c'est lui.

Le Procureur y a jeté un vague coup d'œil.

– Qui c'est encore, celui-là ?

– L'homme s'appelle Wojak Vovo'Kenoohe. C'est un Cheyenne. Il a fait un an de prison à Pelican Bay pour vol de voiture. Il a aidé Marion Marsh à nous échapper une première fois.

– Il a l'air à moitié mort. Il doit se shooter. Il n'a même plus de dents. Qu'est-ce que vous allez me sortir ? Qu'il est un génie du crime ?

– Non. Lui-même n'a aucune importance. C'est son traitement.

– Quel traitement ?

– Une intervention chirurgicale expérimentale. Wojak a été blessé aux doigts en prison. Il a accepté de participer à un essai clinique. Sa condamnation était mineure. Intégrer le programme lui a permis de bénéficier d'une remise de peine avec libération conditionnelle.

– Et alors ?

– Le Dr Adrian Fog dirigeait l'essai. Il a traité Wojak.

– Qu'est-ce que ça a donné ?

– Il a fait repousser ses doigts.

– Vous rigolez ?

– Je suis très sérieux. Mais nous étions déjà au courant de telles possibilités chirurgicales.

– Nous ?

– Le Département de la Défense. Et le FBI. Le Dr Fog est sous le coup d'une enquête fédérale. Il détient des brevets. Ces brevets ont été développés en collaboration avec l'unité du colonel Hollborn. Fog a menacé à plusieurs reprises de les déposer dans le domaine public. Si c'est le cas, l'unité d'Hollborn perdra plusieurs millions de dollars investis par le Pentagone.

Le Procureur a croisé les bras.

– Hormis l'immense respect que je voue au Pentagone, qu'est-ce que vous voulez que ça me foute ? Ils ont perdu quelques millions, et alors ? Pour eux, c'est une goutte d'eau. Et leur administration et la nôtre sont totalement distinctes. Où est le problème ?

– Détrompez-vous. Nous sommes concernés.

– Nous ?

– Nous pensons que Le Troyen a volontairement jeté Wojak sur le devant de la scène. Pour nous montrer quelque chose. Un élément que le Dr Fog a réussi chez lui, alors que Hollborn n'est jamais parvenu à un résultat de ce genre. Jusqu'à présent, nous n'étions pas sûrs, mais je viens d'en obtenir la confirmation.

Altman a posé une autre photo sur la table.

Le Procureur a regardé les dessins entrelacés.

– Ce sont des empreintes digitales ?

– Oui. Vous savez qu'elles sont uniques et inaltérables, n'est-ce pas ?

– Évidemment que je le sais. Même des vrais jumeaux ne possèdent pas les mêmes.

– Exact. Elles se forment durant la phase de vie intra-utérine. Elles dépendent de facteurs à la fois génétiques et mécaniques. Votre héritage génétique en détermine la forme, mais cette dernière est modifiée par les mouvements de pression lors des premiers mois de la vie, comme la succion du pouce. C'est pour cela que les vrais jumeaux n'ont pas les mêmes. Une fois formées, elles sont là pour toujours. Elles peuvent même réapparaître si vous tentez de les effacer à l'acide.

– Où voulez-vous en venir ?

– Vous êtes au courant que le FBI vient de conclure un accord pour remplacer le système IAFIS ?

– Bien entendu.

– IAFIS contient les empreintes de plus de 47 millions de personnes. Le plus grand répertoire au monde. Mais c'est encore insuffisant. Nous travaillons à une nouvelle base de données biométriques. Une base nouvelle génération. Le nouveau système va augmenter la capacité de la base d'empreintes actuelles, doublant sa taille, en intégrant également l'empreinte de la paume de la main, et aussi la reconnaissance de l'iris et du visage. Vous connaissez le coût de l'opération ?

– J'ai entendu parler de 500 millions.

– Un milliard de dollars. C'est ce que le FBI vient de payer au groupe Lockheed Martin pour la concevoir[1]. Tout cela afin de créer le plus vaste, le plus fiable, le plus fantastique instrument d'aide à la Justice et à la lutte contre le terrorisme.

– Encore une fois, où est le problème ?

Aaron a regardé le Procureur droit dans les yeux.

– Les empreintes de Wojak, que vous voyez là.

… Elles ne sont plus les mêmes.

… Elles ont changé.

1. Ces informations sont authentiques.

QUATRIÈME PARTIE

Pour que triomphe le mal

47

Avant

Le jour de Noël, Marion a été hospitalisée.

Ses douleurs abdominales s'étaient intensifiées au cours des dernières vingt-quatre heures. Nathan avait pratiqué tous les examens nécessaires, assortis de quelques autres qui l'étaient moins, « juste au cas où ». Il n'avait décelé aucun problème chirurgical imminent. L'hypothèse retenue était finalement celle d'une appendicite débutante. Comme il ne s'agissait pas d'une forme grave, et que les programmes opératoires étaient saturés, il avait décidé d'hospitaliser Marion et de la garder sous surveillance. Si les choses ne s'amélioraient pas, elle serait opérée le lendemain matin.

La jeune femme s'était sentie rassurée.

De toute façon, Nathan effectuait sa garde la nuit même à l'hôpital, donc elle ne serait pas seule. D'autant que Chess avait tenu à la surveiller personnellement, refusant de la placer en service de chirurgie viscérale, préférant la confier à son équipe d'infirmières habituelles dans le service d'orthopédie.

Marion a examiné la chambre qu'elle occupait dans cet établissement de l'Hôtel-Dieu.

C'était la première fois qu'elle prenait le rôle de patiente.

La perfusion dans son bras. Les néons. La table avec sa carafe et son verre d'eau. L'armoire. Le lit.

Elle remarquait des détails qu'elle n'avait jamais vus quand elle faisait partie de l'autre monde, celui des blouses blanches effectuant la visite.

Sa perfusion lui faisait mal. Vus d'en dessous, les néons étaient éblouissants. La carafe se trouvait trop loin pour qu'elle l'atteigne. Le verre n'avait pas l'air très propre. L'armoire paraissait bancale. Et le lit grinçait en produisant un son horrible, en plus d'avoir un matelas trop mou.

En vérité, Marion avait peur.

Elle savait qu'une appendicite, ce n'était pas grand-chose. Combien de fois avait-elle prononcé cette simple phrase : « Vous allez être hospitalisé » à quelqu'un ? Jusqu'à présent, elle ne s'était jamais rendu compte de la détresse, de la terreur que ces quatre mots pouvaient engendrer chez une personne.

On vous retire vos vêtements. On vous habille d'une casaque ouverte à l'arrière, si bien que vos fesses se retrouvent à l'air libre dès que vous bougez un peu. On prend votre température. Des gens vous rendent visite. Ils sont debout, bien plus grands que vous, puisque vous occupez un matelas. Ils parlent entre eux un langage incompréhensible. Ils vous sourient. Vous touchent. Vous font comprendre que tout ira bien. Puis on vous donne à manger et on éteint vos lumières.

En clair, vous êtes un bébé.

Marion savait que cette sensation de perte de contrôle, doublée d'une perte des repères habituels, pouvait aboutir à une panique générale de l'organisme. Chez les personnes âgées, ce genre d'état se traduisait souvent par une forme de folie qui pouvait durer plusieurs jours. On était alors obligé de leur administrer des neuroleptiques, comme chez les psychotiques plongés dans un délire. Mais le phénomène existait chez tout le monde. Marion, à une moindre échelle, expérimentait cela chaque fois qu'elle partait en vacances. Les premiers jours où elle emménageait dans un nouvel environnement, elle prenait quasi systématiquement des anxiolytiques pour ne pas paniquer.

– J'ai peur.

Nathan lui a souri.

– C'est normal.

– Tu as déjà été hospitalisé ?

– Oui.

– Tu as eu la trouille ?

– Bien sûr.

Marion a regardé sa perfusion, puis Nathan à nouveau.

– Je veux que ce soit toi.

– Moi quoi ?

– Je veux que tu m'opères.

Nathan l'a dévisagée, interloqué.

– Tu es sérieuse ?

– Tu en es capable ?

– Oui. Bien sûr. Ce n'est qu'une appendicite. Mes stages de chirurgie viscérale ne remontent quand même pas au Moyen Âge.

– C'est interdit ?

– Non. Ce n'est pas la façon habituelle de procéder. Mais ce n'est pas interdit.

– Alors fais-le.

– Tu es sûre ? C'est ce que tu désires ?

Les hommes sont curieux.

Si compétents et brillants parfois. Et pourtant toujours à la traîne.

Ils vous regardent en vous demandant « est-ce que tu es sûre ? » alors que vous savez déjà que vous allez vivre ensemble. L'épouser. Comment sera décoré l'intérieur de votre maison. Combien vous aurez d'enfants.

Marion s'est drapée dans sa casaque comme dans une robe de mariée.

– Oui. Je le veux, a-t-elle répondu.

*

Nathan Chess, tout en se lavant soigneusement les mains à la Bétadine, était traversé de sentiments contradictoires.

Il savait à quel point Marion comptait pour lui.

Elle était le plus incroyable des cadeaux du ciel. Vive, jolie, intelligente, drôle, elle dispensait la joie autour d'elle sans même s'en rendre compte. Elle brûlait comme un feu follet. Et ce chaos qu'elle générait chez lui bouleversait tout son être.

Parfois, il avait l'impression d'avoir contracté une maladie incurable. Jusqu'à maintenant, il n'avait pensé qu'à son travail. Mais depuis quelques semaines, il ressentait les symptômes d'un mal difficile à décrire, entre douleur terrible et bonheur absolu. La sensation partait de sa poitrine et irradiait chaque jour un peu plus fort, installant des avant-postes dans son cerveau, ses bras, son ventre, partout.

Auparavant, la chirurgie constituait pour Nathan l'unique moyen d'échapper à son père et aux mauvaises choses qu'il représentait. C'était la seule façon de rester libre. Maintenant, il n'avait plus aucune certitude.

Son métier le forçait constamment à innover. À improviser, parfois en direct sur la table d'opération. Un bon interne pouvait devenir un praticien correct. Mais pour faire un grand chirurgien, il fallait les connaissances d'un expert, le travail d'un forçat et les dons d'un artiste.

Nathan était de cette trempe, il le savait.

Tout comme il était certain d'être amoureux de Marion.

Mais que penserait-elle de lui, dans quelques années, s'il demeurait un praticien médiocre, cantonné à des interventions de seconde zone ? Elle était si jeune, tellement fascinée par la médecine. Qu'est-ce qui l'empêcherait de partir avec un autre, plus jeune et plus brillant que lui ?

La chirurgie de la main était promise à un bel avenir. Les structures spécialisées se développaient partout. Les greffes avaient le vent en poupe. Mais Nathan voyait loin.

Il avait un rêve, un projet fabuleux.

Mieux qu'une greffe : faire renaître la chair. Recréer les doigts.

Des créatures comme les salamandres y parvenaient naturellement. La cartographie génétique avait commencé. La chirurgie de la régénération était en marche, il suffisait de se montrer audacieux.

Mais pour cela, il lui manquait encore un élément essentiel. Si seulement le Comité d'éthique ne se montrait pas si timoré, on les lui aurait accordées, ces fichues autorisations !

Il a terminé de se sécher les mains.

Il portait déjà son masque et son calot. L'infirmière l'a aidé à mettre sa casaque, puis il a enfilé ses gants.

L'anesthésiste lui a fait signe que tout était prêt.

Marion lui a souri, derrière le champ opératoire qui protégeait le haut de son corps.

– Je t'aime, a-t-elle murmuré du bout des lèvres.

– Je t'aime, a répondu Nathan.

– Prends soin de moi.

– Fais-moi confiance.

– Comptez à rebours, mademoiselle, a dit l'anesthésiste. Commencez en partant de 10.

Ce dernier a appliqué un masque à oxygène sur le visage de Marion et injecté l'anesthésique dans la tubulure.

Nathan a regardé la jeune femme s'en aller, faisant appel à tout son talent de chirurgien pour ne rien montrer de sa propre peur.

– Dix. Neuf… Huit… Sept…

Marion avait sombré dans un sommeil paisible.

Alors, il a pris sa décision.

Et c'est ainsi qu'il l'a commise.

L'erreur qui allait changer sa vie.

48

Maintenant

Marion est allée chercher son sac à dos dans le bateau d'Adrian. Les dollars et l'iPad n'étaient plus là, Le Troyen les avait emportés. Elle a récupéré le reste de ses affaires et est redescendue dans le Zodiac où attendait Chloé. Marion a lancé le moteur et elles sont rentrées sans un mot.

La jeune fille restait silencieuse, le regard éteint.

Marion ne savait quoi dire. Son cœur était déchiré. D'un côté, elle mourait d'envie de la réconforter en la prenant dans ses bras. De l'autre, elle culpabilisait horriblement de l'avoir arrachée à son domicile, plongée dans la violence, puis abandonnée aux mains d'un fou.

Elle n'osait imaginer ce que Chloé avait vécu.

La jeune fille était vivante, mais à quel prix ? Toute son existence en resterait marquée par des séquelles. Chloé devait lui vouer une haine sans borne.

Marion aurait donné n'importe quoi pour revenir en arrière, ou au moins trouver les mots justes. Mais il n'y avait rien à dire. Alors elle avait simplement déposé des vêtements secs sur ses épaules et fait le nécessaire pour les ramener à bon port.

Le soir s'est posé avec douceur sur les collines ocre.

À l'approche de la marina, Marion a ralenti l'allure.

Les lumières d'une voiture de police tournoyaient sur le parking : un comité d'accueil.

– Je ne vous en veux pas, a dit soudain Chloé. Je vous ai vue dans le camion.

– Quoi ?

– Vous étiez droguée. Nous avons voyagé ensemble.

Marion a ouvert la bouche.

L'a refermée.

– Si je suis en colère, a dit Chloé, c'est uniquement contre moi-même.

Elle a touché l'arrière de son crâne, comme pour se protéger d'un choc.

– Il m'a arraché une poignée de cheveux. Mais je n'ai rien subi d'autre.

Son regard est devenu dur.

Marion a reconnu la détermination de Nathan.

– J'aurais voulu le tuer. Au moins tenter de le faire. Mais j'en ai été incapable.

Le loueur du Zodiac les attendait sur le ponton. À ses côtés se tenaient deux hommes : Juan, de l'usine de glace, et un autre qui portait une étoile et un fusil.

– J'étais inquiet pour vous, a commencé Juan. J'ai préféré venir…

– Shérif adjoint Scott, a interrompu l'autre. Des plaisanciers ont entendu des coups de feu. La capitainerie m'a prévenu.

Il arborait un large sourire.

Marion l'a remercié.

– Ne me remerciez pas, a dit Scott.

Il lui a balancé une paire de menottes.

– Enfilez ça, Marsh. Vous êtes en état d'arrestation.

*

Marion n'était pas énervée. Ni même déçue. Au fond, il valait mieux que cela se termine de cette manière.

Comme tous les services d'Arizona, l'adjoint Scott avait reçu l'avis d'alerte Amber avec une bonne journée de retard sur la Californie. Il venait tout juste de placarder les photos de Marion et Chloé sur la vitre arrière de sa voiture de patrouille.

Lorsqu'il les avait aperçues, glissant tranquillement vers lui à bord de leur bateau, tel un cadeau délivré par le Tout-Puissant en personne, Scott s'était cru le matin de Noël. Bon sang, il en aurait presque eu les larmes aux yeux. Il voyait déjà les camions de la télévision agglutinés devant sa porte !

– Où est-ce que vous les emmenez ? a demandé Juan.

– À mon bureau.

– Elles sont recherchées ?

– La grande a kidnappé la gosse.

– Kidnappé ?

– On l'a vue à la télé. C'est la petite Fog.

– Fog ?

Scott a toisé Juan.

– Vous avez un problème d'écho ?

– Pardonnez-moi, a dit Juan. Je n'étais pas au courant.

– Maintenant vous l'êtes. Alors dégagez.

Ils sont passés par le parking.

Chloé a désigné un camion.

– Il est là !

– Qui ? Quoi ? a dit Scott.

– Le camion du Troyen !

L'adjoint a froncé les sourcils. Il s'agissait d'un véhicule de transport de médicaments. Sur le côté, au-dessous d'une marque pharmaceutique, figuraient « Urgent » et aussi « Sauvons des vies ! »

Marion en a eu la nausée.

– Cette femme n'y est pour rien ! a poursuivi Chloé. Elle est mon amie ! Elle vient de me sauver ! Depuis tout à l'heure, je n'arrête pas de vous répéter que c'est un homme qui m'a enlevée. Il m'a jetée là-dedans, je viens de passer deux jours à l'intérieur !

– Tu es sûre de ce que tu dis, petite ?

– Absolument ! Regardez à l'arrière, il y a un compartiment avec un double-fond.

L'adjoint a réfléchi. L'histoire était intrigante. Des tas de gens allaient vouloir l'interviewer.

Il s'est avancé avec prudence en tenant son fusil pointé. Les portes étaient entrebâillées. Il a indiqué aux filles de rester en arrière. Juan était toujours là. Scott a pénétré à l'intérieur.

Marion a regardé par la porte. Elle reconnaissait le sol, l'odeur de l'essence.

Mon Dieu, elle s'était trouvée là, elle aussi… Elle avait donc réellement voyagé à deux pas de Chloé, sans même s'en rendre compte, tant elle était droguée par la morphine !

L'adjoint Scott est redescendu du camion.

– Il y a effectivement un deuxième compartiment au fond, une pièce avec une isolation phonique, une couchette, et même un WC chimique. J'ai aussi découvert un coffre avec toutes sortes d'affaires, passeport et papiers d'identité. Les vôtres en font partie, Marsh.

Il s'est gratté le menton.

– Il vaudrait mieux appeler du renfort.

Il a sorti son téléphone.

Juan l'a frappé à la tempe.

Scott s'est écroulé comme une masse.

Juan l'a poussé à l'intérieur du camion, a récupéré en vitesse les clés à sa ceinture et les effets personnels des deux filles, puis il a refermé les portes.

– Vous êtes fou ! s'est écriée Marion. Pourquoi vous avez fait ça ?

– Désolé, a-t-il dit en lui ôtant les menottes. Je n'ai pas le choix.

Juan a balancé leurs affaires à l'arrière d'un pick-up.

– C'est ma voiture. Grimpez.

Chloé a escaladé le véhicule. Marion l'a suivie. Elles ont atterri au milieu des blocs de glace empaquetés, conservés dans des containers isothermes.

– Excusez-moi, mademoiselle Fog, a répété Juan d'un air penaud à l'intention de la jeune fille. Je ne vous avais pas reconnue. Pourtant votre père m'a souvent montré vos photos dans le dispensaire où il travaillait. Je ne pouvais pas vous laisser, vous et votre amie, tomber aux mains de la police. Du moins pas sans en parler à mon patron. Alors je crois que c'était la meilleure façon d'agir. Pour vous, comme pour moi.

Chloé a regardé Marion.

– Mon père a travaillé ici dans un dispensaire ?

– Oui.

Marion s'est tournée vers Juan.

– Où est-ce que vous nous emmenez ?

Juan n'a pas répondu.

Chloé a observé les containers autour d'elle.

– Vous fabriquez de la glace ?

– Oui.

– Quelle compagnie ?

– El Paso Ice.

Chloé a opiné.

Marion les a dévisagés, l'un et l'autre.

– Quelqu'un peut-il m'expliquer ?

– El Paso Ice, a dit Chloé, dessert tous les États proches de la frontière.

Elle a pointé son menton vers Juan.

– La compagnie appartient à mon grand-père. Cet homme travaille pour Pope.

49

Juan passait des coups de téléphone en espagnol tout en roulant.

Chloé ne disait rien.

Marion, elle, était complètement paniquée.

L'espagnol ne constituait pas la langue qu'elle maîtrisait le plus, mais elle avait compris le nom de Pope, une rencontre semblait prévue, et cette idée était terrifiante ! Devait-elle sauter de la voiture en marche ? Les choses allaient trop vite, il fallait qu'elle réfléchisse.

Elle s'est forcée à rassembler ses esprits.

Que savait-elle ?

D'une part, Adrian Fog menait des expériences pour faire repousser les doigts, il s'intéressait aux empreintes digitales, et avait consigné le tout dans des brevets de valeur.

D'autre part, sa femme était morte, on l'avait kidnappé lui, et ses brevets venaient de tomber aux mains d'un psychopathe, fin stratège, et probablement militaire.

Était-ce là l'ultime objectif du Troyen ? La quatrième partie du plan : « Planter le drapeau » ?

La réponse n'avait aucune importance.

Chloé Fog était libre, mais pas Adrian. Marion était venue chercher l'homme qu'elle avait aimé quinze ans plus tôt. Il se trouvait toujours enfermé quelque part. Vivant, espérait-elle de tout son être.

Devait-elle l'abandonner ?

Elle ne voyait que quatre options. Petit a : s'adresser à la police. Petit b : rechercher Adrian seule. Petit c : renoncer. Petit d : se tourner vers Pope.

Elle a écarté d'emblée l'option a. Aller voir la police maintenant équivalait à se rendre au FBI. Et si le FBI mettait la main sur elle, elle irait en prison. La liste de ses délits était longue : enlèvement d'enfant, vol de voiture, résistance aux forces de l'ordre, agression de Wojak, celle du shérif adjoint, délit de fuite… Pour s'en sortir, il lui faudrait des mois, des avocats, de l'argent, des tonnes de procédure. En admettant qu'elle s'en sorte.

Dans ces conditions, l'option b « rechercher Adrian seule » lui paraissait également impossible.

Quant à l'option c, il n'en était pas question. Les émotions des derniers jours avaient secoué Marion comme on agite de vieux habits pleins de poussière. Elle avait l'impression d'avoir vécu les quinze dernières années dans un rêve. À la seconde où elle avait cliqué sur le nom du Troyen sur Facebook, sa vie avait basculé. Elle avait ouvert une porte vers le passé. Et aussi dans son cœur. Elle ne savait pas ce qu'elle pouvait espérer, ou attendre. Mais une chose était certaine : elle ne reviendrait pas en arrière.

Restait l'option d.

Elle s'est tournée vers Chloé.

– Je dois te dire quelque chose.

– Tu as peur que mon grand-père te fasse du mal.

Marion, une fois de plus, a été surprise par la vivacité de la jeune fille.

– C'est ça.

– Je ne sais pas de quoi il est capable.

– Me voilà pas rassurée du tout.

– Mais il me protège depuis toujours. Et tu m'as sauvé la vie. Il est obligé d'en tenir compte.

Chloé a baissé les yeux.

– Et aussi… j'ai besoin de toi. Tu veux retrouver mon père parce que, quelque part, tu tiens encore à lui. Les autres, Pope y compris, ne souhaitent pas forcément la même chose. Papa ne faisait que travailler. Il était insupportable. Tout le monde lui a tourné le dos. Même maman. Même moi.

Elle a redressé la tête.

– Je veux revoir mon père. À deux, on est plus fortes.

Marion est restée un moment silencieuse. Puis elle a fait son choix.

Une demi-heure plus tard, Juan se garait sur un petit terrain d'aviation en plein désert. Un bimoteur les attendait, hélices en route.

– Où allons-nous ? a crié Marion tandis que Juan les faisait grimper dans la carlingue.

– El Paso.

– C'est loin ?

– Deux heures d'ici. Je ne viens pas avec vous.

Juan lui a serré la main.

– Bonne chance. Surtout, dites bien à Pope que j'ai pris soin de sa petite-fille.

Il a claqué la portière. Le bimoteur a décollé.

Marion a senti son cœur se soulever tandis que l'appareil grimpait en flèche et prenait un virage au-dessus des collines. Chloé lui a pris la main. Elles ont regardé le formidable paysage de l'Arizona se déployer sous elles dans le soleil couchant.

La jeune fille a attendu un peu, puis elle s'est mise à raconter ce qui lui était arrivé.

*

48 h plus tôt

Après avoir fui Laguna Beach, Chloé et Marion avaient pris un bus et s'étaient finalement retrouvées seules, en pleine nuit, sur un parking de routiers. L'Indien avait surgi des ténèbres. Marion était montée à bord de son camion. Puis le véhicule avait disparu, abandonnant Chloé à son sort.

La jeune fille a parcouru des yeux l'esplanade. Une brise à peine perceptible faisait grincer les arbres bordant le parking, produisant des mouvements à la lisière de son champ de vision. Elle avait l'impression que des êtres vivants se déplaçaient entre les branches. Plus loin, de la musique et des rires filtraient par les fenêtres d'un restaurant sinistre.

Chloé s'est efforcée de conserver son sang-froid. Elle était à la fois terrifiée et rassurée. Terrifiée d'avoir vu Marion enlevée par un inconnu. Rassurée de ne pas être à sa place. Elle n'était pas fière de cette dernière pensée.

La Française lui plaisait bien. Les circonstances de leur rencontre étaient étranges, mais le courant passait entre elles. Pas besoin de dix ans pour juger les gens, il n'y a que les Faux ou les Vrais – une leçon qu'elle tenait de Pope. Et puis, Marion avait jadis été amoureuse de son père, et apparemment, cet amour était réciproque. Chloé aurait bien voulu en savoir plus.

Elle a observé le restaurant à quelques mètres. Marion lui avait recommandé de se réfugier à l'intérieur – sa dernière consigne avant de disparaître – mais Chloé a décidé de ne pas obéir. Les hommes qui s'arrêtaient là n'avaient rien à voir avec les lourdingues qui la collaient au collège. Les adultes, surtout quand ils ont un coup dans l'aile, peuvent se montrer plus hardis. Voire dangereux.

Le plus sûr était de se cacher au milieu des camions et d'appeler Pope ou la police. Elle a pris son téléphone.

Une ombre le lui a arraché.

L'homme se tenait au-dessus d'elle. Un masque étrange. On aurait dit un guerrier paré pour une bataille antique. Il a placé un index sur ses lèvres pour lui intimer le silence, et lui a envoyé une bouffée d'inhalateur au visage.

Une demi-heure plus tard, Chloé s'est réveillée dans une petite pièce.

Une couchette, des couvertures, un sanitaire, des paquets de gâteaux, de l'eau minérale.

Le Troyen – ce devait être lui – avait récupéré son téléphone, mais laissé son baladeur MP3. Curieuse attention. Ou bien il voulait juste qu'elle se tienne tranquille.

Elle a poussé un cri. Rien. Elle en a poussé d'autres, cette fois en frappant sur les murs. Pas de réponse. Les sons semblaient renvoyés à l'intérieur de la pièce. Cette dernière bougeait. De temps à autre le tangage s'interrompait, puis repartait. Chloé en a déduit qu'elle se trouvait à bord d'un véhicule. Avec une certaine appréhension, elle s'est demandé si Le Troyen allait l'entraîner quelque part, la torturer, puis la tuer, comme dans les films pour teenagers.

Elle ne parvenait pas à s'en convaincre.

Qu'elle le veuille ou non, elle était la petite-fille d'Armando Santos Figueroa, l'éminent parrain de la pègre. Le Troyen ne pouvait pas ignorer ce genre de détail. Il devait forcément savoir que Pope ne laisserait jamais sa petite-fille disparaître. Les membres de sa famille n'échappaient pas à sa surveillance – ou à son contrôle, selon le point de vue. Le Troyen allait rapidement se retrouver avec une armée entière aux fesses. Aucun endroit, aucun cachette ne lui servirait de refuge. Avoir le FBI comme ennemi était une chose. Affronter un homme puissant et impitoyable, richissime, capable de passer par-dessus les frontières et les lois, en était une autre. Même le dernier des psychopathes devait en prendre la mesure.

Et puis, Chloé n'avait pas si peur que cela. En vérité elle espérait rejoindre son père.

Elle a repensé à toutes les fois où elle s'était mal comportée avec lui. Souvent, elle mettait ses écouteurs, sans aucune musique, juste pour interrompre leurs conversations. Quelques mois plus tôt, ils s'étaient disputés dans le centre commercial de Newport. Adrian l'avait emmenée acheter de nouveaux vêtements. Chloé était aux anges. Une fois dans la boutique, le téléphone avait retenti et son père ne s'était plus occupé d'elle. La déception, terrible, l'avait incitée à faire une fugue. Deux heures plus tard, ils s'étaient rejoints à la terrasse d'un fast-food. Les hurlements d'Adrian emplissaient la galerie marchande. Plus d'inquiétude que de colère véritable. Elle lui avait balancé qu'il n'était pas un vrai père et ne le serait jamais, alors il n'allait pas commencer maintenant.

Il s'était tu.

Le lendemain, elle l'avait trouvé endormi, ivre mort, dans le Petit Bloc de la Fondation Fog, à sept heures du matin. Il avait passé la nuit là. Des photos de la mère de Chloé, Evangelina, que tout le monde appelait Evee, étaient disséminées dans la pièce. Un rapport d'autopsie traînait sur le sol.

Chloé l'avait lu. Elle se souvenait de la conclusion : « Mme Evangelina Fog est décédée d'un arrêt cardio-respiratoire consécutif à un poly-traumatisme avec hématome intracrânien. Cependant, l'écrasement de la trachée ne semble pas entièrement attribuable au choc. Sous cette réserve, et jusqu'à nouvelle expertise, la cause accidentelle est retenue. »

Une cause accidentelle *sous réserve* ? Qu'est-ce que ça voulait dire ? Que sa mère avait été victime d'un crime ? Est-ce que son père lui avait caché cela pour la protéger ?

Elle avait recouvert Adrian d'une couverture et s'était rendue au collège à vélo. Ils n'en avaient jamais reparlé. Quelques mois plus tard, l'homme masqué les avait attendues dans le parking d'un hôtel à Los Angeles.

Elle s'est réveillée prisonnière. Une photo d'Evee reposait en permanence dans sa poche. Elle l'a serrée dans sa main et choisi un morceau du groupe Keane. Son père adorait leurs albums. Le monde extérieur a perdu peu à peu ses contours sinistres et elle s'est endormie.

La journée du dimanche a suivi le même déroulement. Chloé disposait d'air en quantité suffisante par l'intermédiaire d'une bouche d'aération.

À un moment, elle a perdu patience, tapé, hurlé autant qu'elle le pouvait. Elle était folle de rage. Elle imaginait mille scénarios. Dans la plupart d'entre eux, Pope torturait Le Troyen. Dans certains autres, elle craignait pour son père. Dans les plus sombres, elle envisageait de se supprimer, privant son ravisseur de toute emprise. Cette lutte intérieure a fini par l'épuiser et elle s'est assoupie de nouveau.

Aux alentours de vingt heures, des portières ont été ouvertes et quelqu'un a poussé quelque chose dans une autre partie du véhicule. Il y a eu des gémissements, comme si une personne ivre opposait une résistance, puis les portes ont claqué et le camion a repris sa route. Chloé a replongé dans le sommeil.

À cinq heures du matin, elle s'est réveillée en sursaut, hagarde et terrorisée. Elle avait perdu la notion du temps.

Les écouteurs de son MP3 ont aussitôt rejoint ses oreilles, *Love is The End* de Keane, telle une armure destinée à contenir sa panique.

L'air sentait le gazon sauvage. Chloé s'est imaginée chevauchant dans les vallées du Montana. Elle était bonne cavalière. Un jour, elle irait. Ses yeux sont devenus humides. Elle a compris qu'elle était au bord du désespoir.

Le camion a stoppé.

Sa cellule s'est ouverte.

Le Troyen, pistolet au poing, lui a fait signe de descendre.

Cette fois, une terreur absolue a envahi Chloé.

Elle s'est redressée, tremblante, réalisant que le cauchemar était réel, qu'elle était trop jeune et trop faible pour tenter quoi que ce soit. Et qu'elle allait mourir.

Son pied a enjambé une couverture.

Un corps.

Une autre victime…

Le ventre tordu d'effroi, elle est descendue, persuadée que Le Troyen allait l'abattre. Il lui a fait signe de marcher droit devant. Du canon de son arme, il a tapoté un appareil fixé en visière autour de son crâne. Chloé en avait déjà vu chez ses gardes du corps : des lunettes de vision nocturne.

Elle lui a tourné le dos, le corps tendu, guettant la déflagration terrible, attendant l'impact.

Rien ne s'est produit.

Elle a fait quelques pas tandis que ses pupilles s'habituaient aux ténèbres. Elle n'osait plus respirer. Les abords d'une forêt scintillaient sous la clarté des étoiles.

À deux mètres à peine, une forme a bougé.

Chloé a cessé tout mouvement.

… Un… cerf ?…

L'animal était trois fois plus gros qu'elle.

Il a brouté une touffe d'herbe au bord de la route. Secoué ses bois. Puis il est retourné trotter entre les arbres.

Le cœur de Chloé s'est remis à battre.

Le Troyen lui a fait signe de remonter. Elle s'est exécutée sans comprendre. Pourquoi cette pause ? Que voulait-il lui montrer ? Était-ce un message ?

Dans le véhicule, elle a enjambé le corps, qui s'est tourné en gémissant.

Marion.

Marion était vivante… ici, avec elle !

Quelques heures plus tard, Le Troyen a rouvert les portes du camion. Derrière lui, sur un lac, attendait un bateau.

– Voilà comment ça s'est passé, a dit Chloé.

Cette fois, Marion a laissé parler son cœur et l'a prise dans ses bras. Elles se sont serrées l'une contre l'autre un long moment. Le pilote leur a fait signe qu'ils allaient atterrir.

Il était temps de rencontrer Pope.

50

L'avion bimoteur a atterri en fin de soirée sur l'aéroport international d'El Paso, au Texas. Marion et Chloé ont été conduites dans un hangar privé de l'El Paso Ice Company. On leur a fourni un bureau au confort minimal en les invitant à patienter quelques heures. Elles se sont endormies sur une banquette.

À leur réveil, au petit matin, l'endroit s'était transformé en véritable fourmilière. Marion a eu l'autorisation de faire quelques pas sur le tarmac. Elle a constaté que de nombreux avions étaient des transporteurs de fret. El Paso s'élevait sur les berges du fameux fleuve Rio Grande. La partie américaine, sur la berge nord, s'enorgueillissait de faire travailler plus de trois cent mille ouvriers, la plupart d'origine hispanique, et de recevoir les matières premières de vingt-quatre États. L'autre partie, sur la berge sud, était baptisée Juarez et survivait comme elle le pouvait en territoire mexicain. Un tiers du commerce entre les deux pays transitait par ici. El Paso était le nouveau Chicago de l'Amérique.

Le moment du « transfert » était arrivé. Marion et Chloé ont reçu la consigne de s'installer dans un container à glace, tandis qu'un homme leur parlait espagnol. Chloé a fait la traduction.

– Il dit de ne pas nous inquiéter. Dans ce sens-là, les contrôles sont beaucoup moins rigoureux que dans l'autre. Il n'y a pas beaucoup d'Américains qui rêvent de passer au Mexique.

Sauf les criminels, a failli répondre Marion, en songeant à elle-même.

Chacune s'est vu remettre une bouteille d'oxygène et des vêtements épais, pour respirer convenablement dans leur caisson et ne pas avoir froid. Chloé a continué de traduire, expliquant que les chiens reniflaient difficilement une marchandise dissimulée dans la glace, et que le procédé brouillait aussi les caméras thermiques des agents des douanes.

Marion s'est rappelé ce qu'Aaron Altman racontait à propos de Pope : ce dernier avait bâti sa fortune en passant de la drogue dans des cargaisons de saumons congelés. Apparemment, il n'avait eu aucun mal à recycler la technique. Sauf qu'aujourd'hui, la main-d'œuvre humaine constituait la meilleure des marchandises.

On a scellé le container tandis que d'autres étaient empilés autour. Chloé, une lampe de poche à la main, arborait une mine triste. Marion a compris qu'elle avait honte d'être associée à un trafic aussi terrible.

Elles ont voyagé pendant trente minutes sans anicroche puis sont ressorties.

– *¡Bienvenido a Mexico !* leur a-t-on lancé en ouvrant les portes.

Marion et Chloé sont montées dans un 4 × 4 Porsche noir encadré de véhicules d'escorte, et le convoi s'est engagé dans les collines. Les nids-de-poule étaient fréquents. Le 4 × 4 traversait les villages en ralentissant sur des *topes*, d'énormes dos-d'âne capables de briser en deux un véhicule lancé à vitesse normale.

À un moment, Marion a observé des enfants qui jouaient au football sur un terrain. Les bâtiments de leur école étaient misérables, mais leurs dossards flambant neufs.

– *Presents from Pope*[1], a expliqué le chauffeur en anglais, très fier.

Marion s'est tournée vers Chloé.

– Tu es déjà venue ici ?

– Non. Pope change tout le temps d'endroit. Il vit parfois dans les montagnes. Ou à Mexico City. Ou dans le Yucatán. Il a beaucoup de résidences.

Elles ont traversé une petite ville aux maisons jaunes. Les trottoirs étaient surélevés d'au moins cinquante centimètres. Route en terre, poules dans la rue, odeurs grasses. Au détour d'un chemin, la voiture s'est arrêtée devant un splendide portail parfaitement incongru dans un tel lieu. Énorme, en fer forgé, il ressemblait à l'entrée du château de Versailles.

Une hacienda.

Marion a noté l'enceinte électrifiée, les caméras vidéo et les hommes en armes à l'intérieur. Les portières se sont ouvertes et on les a guidées à travers un superbe jardin à la française, dans l'odeur entêtante des bougainvillées. Quelqu'un a expliqué à l'intention de Marion que le nom provenait d'un explorateur français, Louis Antoine de Bougainville. Elles ont atteint une longue bâtisse ocre, tout en longueur, devant laquelle des rangées de gargouilles déversaient

---

1. Des cadeaux de Pope.

de l'eau dans un bassin. L'intérieur était à l'avenant : ventilateurs en bois, mobilier ancien, fauteuils en cuir, fleurs partout. Un domestique s'est enquis de leurs préférences hôtelières, notant tout au fur et à mesure sur son PDA, puis il les a conduites à leurs chambres en expliquant que le Président Clinton et son épouse avaient dormi dans cet endroit célèbre.

Marion a pris une douche, la première depuis son séjour dans les prisons du FBI. Elle a revêtu des vêtements blancs, coiffé ses cheveux en arrière et les a maintenus à l'aide d'un serre-tête.

Elle s'est regardée dans la glace.

Elle avait perdu du poids. Ses traits étaient devenus anguleux et fermes. Ses muscles tendus comme ceux d'une sportive.

Où était passée la petite Parisienne ? L'assistante de rédaction persécutée par sa patronne, la jeune femme qui portait un cartable et détestait prendre le métro ?

Parfois, vous êtes persuadée d'être insignifiante. Impuissante. Fragile.

Et puis le destin vous jette au pied du mur. Et tout change.

Marion est sortie en refermant la porte de sa chambre.

Elle était prête.

*

Armando Santos Figueroa, dit Pope, portait un costume anthracite, comme la première fois que Marion l'avait vu, filmé par une caméra. Sauf qu'elle le trouvait encore plus grand dans la réalité. Il lui faisait définitivement penser à Christopher Lee, l'interprète de Dracula.

Chloé l'a embrassé sur les joues.

Il a entouré ses poignets.

– Je suis content de te revoir, ma petite-fille, a-t-il énoncé d'une voix profonde. Nous parlerons tout à l'heure. Mlle Marsh et moi allons déjeuner en tête à tête.

Chloé n'a pas bronché.

– Elle m'a sauvé la vie.

Leurs regards se sont affrontés quelques secondes.

– File, a dit Pope.

Chloé s'est esquivée en baissant les yeux.

Marion aurait dû être tétanisée par la peur. Une partie capitale était sur le point de se jouer, sa propre vie se trouvait dans la balance. Pourtant elle ne ressentait rien.

Sur son échelle personnelle du Mal, Pope occupait un rang éminent, disons « Duc des Enfers ». Mais elle avait survécu au Troyen, le Diable en personne. Elle se sentait capable d'affronter la suite.

– Enfin, nous nous rencontrons, a dit Pope.

Il lui a fait signe de s'asseoir.

Ils ont pris place à chaque bout d'une longue table. Lui, vêtu de sombre, elle habillée en blanc, des chandeliers en argent de part et d'autre de chaque siège.

Marion a eu l'impression que rien n'était fortuit dans cette mise en scène manichéenne.

Pope a allongé sa serviette devant lui.

– *Poc chuc*, a-t-il annoncé tandis qu'on servait les plats. C'est un repas traditionnel. Du porc grillé.

Il a invité Marion à se servir tandis que lui-même plantait son couteau effilé dans la viande, la cisaillant avec délicatesse.

– La ville d'El Paso est la nouvelle porte d'entrée des États-Unis. Vous le saviez, mademoiselle Marsh ?

– Non.

– Jadis, les migrants passaient par Ellis Island, à New York. Juste devant la statue de la Liberté. Un tiers des Américains prétendent que leurs ancêtres sont arrivés sur le continent de cette manière.

Il a porté un morceau de viande à sa bouche.

– Aujourd'hui, le nouvel Ellis Island est ici. Le peuple hispanique renouvelle le sang américain. Les grandes villes parlent toutes espagnol. À Los Angeles, San Diego, Miami, c'est devenu la première langue. Un certain nombre de boutiques sont fières d'afficher en vitrine « Ici, nous ne parlons pas anglais ».

– Et tout cela, en partie grâce à vous, a fait Marion sur un ton ironique.

Elle songeait à ces travailleurs clandestins qui vivaient dans des carcasses de camions, à deux pas des grandes fortunes de Laguna Beach. À cet ouvrier, qui s'épuisait dans une usine de glace. Sous-payés, exploités, toute la chaîne se sucrant au passage. Ça se terminait là-bas, ça commençait ici. Un Laguna Beach après l'autre, ils étaient des millions à combler les trous d'une société entière.

Autant pour le rêve américain.

Pope s'est tamponné la bouche avec sa serviette.

– Je suis le grand-père des pauvres. Avec moi, ces laissés-pour-compte, ces gens que les États-Unis font agoniser derrière leurs frontières, gagnent chaque jour de quoi nourrir leurs familles.

– Vous savez quoi ? a dit Marion. Vous êtes un bienfaiteur de l'humanité.

Un éclair est passé dans les yeux de Pope.

Il s'est repris.

– Laissons tomber le cours d'histoire, mademoiselle Marsh.

– C'est ce que je me disais, monsieur Figueroa.

– Vous avez du caractère.

– Vous teniez à ma présence ici.

– Parce que je dois vous poser des questions.

– Et moi de même.

Il a pointé son couteau sur elle.

– Commençons par Adrian. Je suis parfaitement au courant de votre ancienne aventure avec mon fils. Bien qu'au départ, vous avez prétendu être une simple journaliste.

Cette fois, Marion a été surprise. Elle était persuadée que son ancien amant n'avait jamais parlé d'elle à son père.

– Vous avez retrouvé sa trace ? a demandé Pope d'un air détaché.

– Non.

– Qu'avez-vous vu dans son bateau, sur le lac ?

Elle ignorait ce qu'il savait exactement. Elle a préféré lui dire la vérité, relatant l'épisode du coffre-fort, les brevets, et la façon dont Le Troyen avait mis la main dessus.

Il a secoué la tête.

– Ainsi, la découverte d'Adrian est réellement fabuleuse.

– Pardon ?

– Vous n'avez pas encore compris ? Il ne fait pas seulement repousser les doigts. Le processus permet de modifier les empreintes digitales.

Elle a digéré l'information, supposant qu'elle était grave pour les services de police, sans avoir le temps de réfléchir aux réelles conséquences d'une telle découverte.

Pope, lui, semblait rêver à des myriades d'applications corollaires.

– J'ai parlé à un colonel de l'armée, a affirmé Marion. Ils sont au courant.

– Le FBI aussi. Une informatrice m'a rapporté que c'était la pagaille.

Donc, quelqu'un du FBI travaillait bien pour lui, comme Marion en avait émis l'hypothèse.

Voilà pourquoi il était parfaitement renseigné.

– Vous comptez faire quelque chose ? a-t-elle demandé.

– Pour ?

– Retrouver votre fils.

– Évidemment.

– Mais vous pensez aux brevets.

– Aussi. Maintenant que ces brevets existent, tout le monde va les vouloir. L'armée, le FBI…

– Vous, a ajouté Marion.

Pope a ri.

– Moi, bien sûr.

Elle l'a observé.

Depuis combien de temps était-il au courant des recherches d'Adrian ? Quel genre d'homme se tenait face à elle ? Le genre à faire pression sur son propre fils ? Jusqu'à quel point ?

– À moi de vous poser une question, a dit Marion.

– Je vous écoute.

– Avez-vous déjà tenté de récupérer ces brevets par la force ou l'intimidation ? Avez-vous assassiné la femme d'Adrian ?

La fourchette de Pope s'est arrêtée en l'air.

– Attention à ne pas aller trop loin, mademoiselle Marsh…

– Vous ne semblez pas très pressé de revoir votre fils.

– Je me suis toujours occupé de lui.

– Je n'en suis pas si sûre.

– Comment pouvez-vous en juger ?

– Il y a quinze ans, en France, il vous fuyait.

– C'était une autre époque.

– Il était chirurgien. Il voulait échapper à votre emprise.

– Vous ne savez pas de quoi vous…

– Nathan vous détestait.

– TAISEZ-VOUS !

Silence.

Pope s'est repris, une fois de plus.

– Mademoiselle Marsh, les bons pères protègent leurs enfants. Même lorsque leurs relations sont difficiles. Vous êtes bien placée pour le savoir.

Elle a noté le changement de ton. Une seconde plus tôt, elle le poussait dans ses retranchements. Tout à coup, elle avait perdu la main.

– Qu'insinuez-vous ?

– Je vais y venir.

Il a bu un verre de vin.

– Les gamins ont un jeu cruel, par ici. On l'appelle *la frontera*. Ils marchent à plusieurs, un sac-poubelle sur la tête. Ils ne voient pas où ils vont. Le but est de traverser la route du village sans être heurté par une voiture. Parfois, il y a des catastrophes.

Il l'a dévisagée.

– J'ai l'impression que vous avancez à l'aveugle, mademoiselle Marsh.

– Éclairez-moi.

– Que diriez-vous si je vous offrais de rentrer en France, chez vous, tout de suite, sans condition aucune ?

Elle l'a jaugé.

– Vous êtes sérieux ?

– Oui.

– Pourquoi feriez-vous ça ?

– Je vous l'ai dit. Les pères protègent leurs enfants.

– Mais encore ?

– J'ai contacté le vôtre. Il veut que vous rentriez.

Elle a blêmi.

– Quoi ?

– Je l'ai fait ce matin. Comme je vous l'ai dit, j'étais au courant de l'aventure entre Adrian et vous. Localiser votre père aujourd'hui n'a présenté aucune difficulté. Peu importe ce que vous pensez de moi. Votre place n'est pas sur ce continent. Alors j'ai prévenu votre père de l'endroit où vous vous trouviez.

Une pause.

– Il a un cancer, a dit Pope. Il est en chimiothérapie. C'est pour ça qu'il ne répond jamais au téléphone.

Marion a cru qu'elle avait mal compris, mais Pope était parfaitement sérieux.

– Ce… ce n'est pas possible.

– Nous nous sommes parlé longuement.

– Vous vous connaissiez ?

– Seulement depuis ce matin. Il m'a expliqué qu'il avait annulé votre dîner, le soir de votre anniversaire, parce qu'il n'avait pas trouvé le courage de vous annoncer ça. Il a eu peur que vous vous écrouliez. Alors il a fait sa valise pour entrer à l'hôpital et il a inventé cette histoire de tournée de jazz. Je lui ai répondu qu'il vous sous-estimait. Que vous étiez une femme solide, assez forte pour encaisser le choc.

Pope s'est tu.

Marion s'est retenue à la table pour ne pas vaciller, se demandant ce qu'elle devait croire.

– Un mot, Marion, et votre cauchemar cesse. Rentrez chez vous. Je me charge de retrouver mon fils. Si Le Troyen vous poursuit en France, ce dont je doute puisqu'il possède maintenant les brevets, je peux vous accorder une protection. Quant au FBI, j'en fais mon affaire. Mes avocats sont excellents. Votre père a besoin de votre présence. Quel est votre choix ?

Elle a bu un verre cul sec.

L'a reposé.

– J'ai parlé hier avec Chloé, a dit Marion.

– Et ?

– C'est non.

– Non ?

– Je reste ici.

Un serveur a interrompu leur échange pour servir un *café Maya*. Il a versé le breuvage alcoolisé dans deux récipients, l'a saupoudré de cannelle, puis enflammé. Le serveur a ensuite levé haut les récipients et fait couler le breuvage de l'un à l'autre, réalisant des figures de plus en plus audacieuses.

Marion a regardé se former des colonnes de flammes. Des cascades de feu, tel un spectacle donné dans l'antichambre de l'enfer. La poudre de cannelle crépitait en produisant des étincelles.

Le serveur a achevé son numéro et déposé les cafés sur la table.

Elle a regardé Pope.

– Monsieur Figueroa. Chloé et moi, nous voulons la même chose. Sauver Adrian. Il est aux mains d'un psychopathe. Aidez-nous. Vous aurez vos brevets en retour.

– Mademoiselle Marsh. Pourquoi aurais-je besoin de vous ?

Cette fois, Marion avait longuement réfléchi à la réponse.

Elle la préparait depuis la veille.

– Parce que je sais comment retrouver Le Troyen.

51

Avant

L'opération de Marion s'était déroulée sans problème. Le diagnostic d'appendicite aiguë avait été confirmé, sans complication. Comme elle bénéficiait d'une semaine d'arrêt, Nathan s'était permis de la libérer au bout de quarante-huit heures afin qu'elle effectue sa convalescence chez son père. Il contrôlait régulièrement son état par le biais d'examens biologiques. Chaque jour, ils se voyaient, ou s'appelaient au téléphone durant des heures. Parfois les deux.

Un soir, il est venu la chercher pour sa première grande sortie.

Marion avait passé un temps fou à se préparer et à se maquiller dans la salle de bains. À l'heure dite, elle s'est rendue sur le pas de la porte en compagnie de son père. Il neigeait. Une limousine attendait dehors. Marion a écarquillé les yeux.

Nathan est venu à leur rencontre, la main tendue.

– Monsieur Marsh.

– Nathan.

– Votre fille va bien ?

– Ça tire encore un peu quand elle grimpe les escaliers. Sinon, elle se porte comme un charme. Vous vous êtes bien occupé d'elle.

– Je vous la ramène ce soir.

– Pas trop tard ?

– Papa…, a protesté Marion.

– Je plaisante, a dit son père. Prenez tout votre temps, bien entendu.

Marion a regardé la voiture.

– Une limousine. Waou. C'est un peu… beaucoup, non ?

Nathan l'a entraînée en lui chuchotant à l'oreille :

– J'ai fait ça pour ton père. Il est américain. Là-bas, lorsqu'on vient chercher une jeune fille de façon officielle, c'est la tradition. Personnellement, j'aurais plutôt choisi une calèche, mais bon, puisqu'il neige…

M. Marsh leur a adressé un grand sourire en faisant au revoir de la main.

– Apparemment ça marche, a glissé Marion.

Nathan lui a ouvert la portière, puis il a fait le tour pour prendre place à côté d'elle. Il a ordonné au chauffeur de démarrer.

– Et puis, la limousine s'imposait, a ajouté Nathan. C'est une soirée spéciale.

– Spéciale ?

Il l'a embrassée avec tendresse.

– Trois souhaits. Un cadeau, une musique, un miracle. Tu n'as pas oublié ?

*

La voiture roulait dans Paris la nuit. Les immeubles anciens des quais de la Seine étaient éclairés. Un spectacle grandiose, que Marion avait contemplé à des milliers de reprises, mais qu'elle ne pouvait s'empêcher d'admirer chaque fois.

La limousine s'est arrêtée devant la cathédrale Notre-Dame, et ils sont descendus. Des musiciens répétaient sur le parvis, accordant leurs instruments pour le concert du soir, tout en jetant des coups d'oeil inquiets vers le ciel neigeux.

Nathan a entraîné Marion jusqu'à un point précis de la place.

Il lui a indiqué le sol. Une ancienne dalle de granit, de forme circulaire, était scellée au milieu des pavés devant la cathédrale. Marion ne l'avait jamais remarquée. Au centre était inséré un médaillon octogonal en bronze. Il figurait une rose des vents.

– Cet endroit s'appelle le Point Zéro, a expliqué Nathan. Tu le connais ?

– Non. Qu'est-ce que c'est ?

– Une référence géographique. Là où commencent toutes les routes de France. C'est également ici qu'a débuté notre histoire. La première fois que je t'ai embrassée.

Il s'est interrompu comme s'il était ému, une réaction tout à fait inhabituelle chez lui.

– Ça ne va pas ?

– Pour dire la vérité, je suis un peu stressé, a fait Nathan.

Elle a voulu le questionner.

Il lui a fait signe qu'il gérait la situation.

– Avant toute chose, a-t-il dit, tu dois savoir que j'ai eu peur pendant ton intervention. J'ai réalisé à quel point tu comptais pour moi. Ça a troublé mes gestes. Je craignais d'avoir commis une fausse manœuvre. J'ai imaginé que je te perdais. Ç'a été terrible… C'est la première fois que ça m'arrive…

Il remuait les mains, empêtré dans ses phrases.

Marion ne l'avait jamais vu ainsi.

– Mais tout va bien à présent, a-t-il poursuivi. Ne t'inquiète pas. Ce que j'essaye de te dire… ce que je voudrais te faire comprendre… enfin… voilà… Je crois que tu es la femme de ma vie.

Marion a frissonné, incapable du moindre commentaire.

Il a sorti une bougie et l'a allumée avec un briquet.

– Allons-y… Premier souhait.

Elle a soufflé. La flamme s'est éteinte.

Il lui a remis un parchemin.

Elle l'a déroulé.

Un splendide dessin de voûte stellaire était reproduit sur la feuille, avec des chiffres en dessous, semblables à des coordonnées géographiques. Le tout était entouré d'un cadre très solennel, délicatement travaillé, évoquant un diplôme.

– C'est quoi ?

– Une étoile.

– Une étoile ?

– La tienne.

Il a enlacé Marion et pointé un doigt vers le ciel. Leurs joues se touchaient.

– Ce soir, il neige. Mais au-delà, quelque part dans cette direction, juste à côté de la Grande Ourse, une étoile porte désormais ton prénom. C'est officiel. Le papier que tu tiens entre les mains l'atteste, et donne ses coordonnées astronomiques exactes. Je l'ai commandé aux États-Unis et je l'ai fait venir exprès pour toi. L'étoile Marion. Elle scintille, de la même façon que tu illumines ceux qui t'entourent. Elle brillera pour l'éternité.

Marion a dégluti, les yeux humides. Elle a regardé Nathan.

– Tu… Tu m'as offert une étoile ? Une vraie ? Rien que pour moi ?

– Ce n'est pas tout. Viens.

Il l'a entraînée sur la droite. Ils ont longé la cathédrale. Marion s'est laissé emporter, le cœur fou, serrant son parchemin contre elle. Ils sont arrivés dans les jardins de l'Archevêché situés derrière Notre-Dame. L'endroit était désert ou presque. Les rares promeneurs préféraient rester sur le parvis. Nathan a guidé Marion jusqu'à un joli kiosque à musique au milieu des arbres. En haut des marches, à l'intérieur du kiosque, était installé un piano à queue. Un concertiste attendait là, en grande tenue, tranquillement assis sur un tabouret.

Nathan a allumé la bougie pour la seconde fois.

– Deuxième souhait.

Marion a soufflé.

Le musicien a posé ses mains sur le clavier. Il a laissé courir ses doigts. Une mélodie douce, envoûtante, s'est élevée dans le jardin solitaire.

Clair de Lune, de Debussy.

Le cœur de Marion s'est fissuré.

Nathan l'a entourée de ses bras, comme pour protéger un cadeau précieux. Ils ont dansé sous les flocons de neige. Lentement. Elle a fermé les paupières, portée par l'amour de Nathan, tandis que les horloges de la terre entière s'arrêtaient de tourner. Des vagues parcouraient leurs corps, sans aucune violence. Un océan doux et calme. Profond. Il l'a serrée plus encore. Elle a fait de même. Ils se sont laissé bercer pendant un temps qui leur a paru infini.

Puis le pianiste a levé les mains.

Marion a regardé Nathan.

Il était aussi ému qu'elle.

– Viens, a-t-il dit, pour la troisième fois.

Ils sont retournés devant Notre-Dame. Sur le Point Zéro.

Pas de bougie cette fois.

Nathan a simplement approché ses lèvres de son oreille pour lui murmurer quelque chose.

Puis il l'a embrassée.

*

Tard dans la nuit, ils se sont installés sur le toit de l'Hôtel-Dieu pour regarder les flocons tomber sur la capitale.

En bas, les lumières de Noël brillaient sur le tapis pâle qui recouvrait le parvis de Notre-Dame. Il était quatre heures du matin et seules quelques voitures circulaient encore. De rares passants rentraient chez eux, solitaires. Les bruits étaient atténués, comme enveloppés de coton. Marion contemplait la scène en essayant de capturer chaque son, chaque détail, la moindre texture, jusqu'au goût de la neige sur sa langue. Elle hésitait presque à battre des paupières, tant elle savait l'instant fragile, alchimie unique qui ne se reproduirait plus.

Elle était dans les bras de Nathan.

Folle amoureuse.

– C'est quoi, ce sourire ?

– Rien, a dit Marion. Je rêvais.

– Tu es bien ?

– Mieux que bien. C'est… sublime.

Il l'avait amenée sur le toit au terme d'une soirée exceptionnelle. Personne ne pouvait accéder à cet endroit, autrement que par une trappe verrouillée située dans les combles de l'hôpital. Marion ne s'était même pas demandé comment Nathan avait obtenu la clé. Venant de lui, rien ne l'étonnait plus. Il l'avait installée sur une couverture. Bouteille, musique, quelques provisions dans un sac. Tout était prêt en arrivant.

Marion a soudain ressenti une douleur au ventre. Elle l'avait déjà éprouvée plus tôt dans la journée, mais n'avait rien dit à Nathan pour éviter de gâcher les minutes passées ensemble.

– Ça ne va pas ? a-t-il demandé.

– Si, si.

– Tu te tortilles.

Elle s'est tournée vers lui, comme saisie d'un mauvais pressentiment.

– Dis-moi que tu m'aimes.

– Bien sûr que je t'aime.

– Mieux que ça, a-t-elle supplié.

Il l'a fixée droit dans les yeux.

– Marion Marsh, je t'aime. Tu es mon âme sœur. Et je ne te quitterai jamais.

– Je vais passer avec toi le reste de mon existence ?

– Oui.

– Tu en es sûr ?

– Je ne te laisse même pas le choix.

Elle a enfoui la tête contre son torse.

– Merci.

Elle s'est sentie un peu ridicule.

– Excuse-moi. J'ai paniqué. Trop de bonheur à la fois, ça rend malheureux.

– Je te comprends. Et je panique aussi, si tu veux savoir. Mais ce n'est pas grave. Je crois que, parfois, il faut simplement vivre l'instant sans réfléchir.

– Embrasse-moi encore.

C'est ce qu'il a fait. Longuement. Avant de se détacher d'elle, l'air préoccupé.

– Tes lèvres ne sont pas un peu froides ?

– Ce n'est rien.

– Mais si, tu es gelée.

Il s'est levé.

– Je vais te chercher une autre couverture aux urgences.

– Ça va aller, a protesté Marion.

– J'en ai pour cinq minutes.

Il a enjambé la trappe.

– Nathan !

Il s'est arrêté.

Elle l'a fixé intensément.

– Je t'aime.

Il a souri.

– À tout de suite…

Et il a disparu.

Marion s'est retournée pour contempler Notre-Dame une fois encore. En contrebas, le panneau des urgences jetait une lumière rouge sur la neige. Elle a enserré ses genoux dans ses bras pour se réchauffer. Son corps lui paraissait lointain, presque faible.

Elle a fermé les yeux en attendant l'homme de sa vie.

Elle n'était pas pressée. Dans sa tête repassaient toutes les merveilleuses surprises, tous ces instants inoubliables qu'il avait su créer rien que pour elle.

Elle a attendu.

Il allait revenir.

Forcément.

52

Maintenant

Chloé discutait avec son grand-père, assise sur une balancelle dans le jardin de l'immense propriété. Pope l'écoutait avec attention. Autour d'eux, les massifs de fleurs resplendissaient sous le soleil, distillant leurs parfums.

Marion observait la scène de loin. Puis elle est retournée dans sa chambre et a demandé à passer un appel international.

– Papa ?

– Marion !

– Tu sais où je me trouve ? a-t-elle demandé sans autre préliminaire.

Quelques secondes se sont écoulées.

Peut-être que son père était toujours sur écoute.

Ou peut-être pas.

Elle s'en fichait.

– Oui, a-t-il reconnu au bout d'un moment. Je sais de quel endroit tu m'appelles.

– Comment ça se fait ? Alors tu connais Pope ?

– C'est lui qui m'a contacté.

– Quand ?

– Ce matin.

– Pour la première fois ?

– Oui.

Il avait encore hésité.

– Tu es sûr ?

– Je… je ne peux pas t'en parler, Marion. Pas maintenant. Pas au téléphone.

Elle a fermé les yeux.

– Et pour le reste, c'est vrai ? Tu souffres réellement d'un cancer ?

Cette fois, son père était tellement ému qu'il n'arrivait plus à répondre.

– Je croyais… j'ai cru…

– Papa, pourquoi tu n'as rien dit !

– Tu as déjà traversé tellement d'épreuves…

– Tu pensais que je manquerais de courage ?

Les bons pères protègent leurs enfants.

– Tu croyais que je serais incapable de faire face, c'est ça ? !

– S'il te plaît, a-t-il dit d'un ton suppliant, essaie de comprendre…

– Tu aurais dû m'apprendre que tu étais malade !

– Reviens chez nous, Marion.

– Quoi ?

– Tu n'as aucune raison de rester là-bas. M. Figueroa a promis de retirer les accusations d'enlèvement. Il ne portera pas plainte. Il va s'occuper de ton dossier, ses avocats sont très forts. Laisse-le faire.

La voix de Marion s'est raffermie.

– Je t'aime, Papa. J'ai de la peine pour l'épreuve qui t'attend. Et je serai là pour te soutenir. Mais pas maintenant. Je dois achever ce que je suis venue faire.

– Marion… Quand Nathan t'a abandonnée, la suite a été si difficile… Tu as mis des années à t'en remettre. Tu es devenue journaliste. Tu as construit une autre existence. Ne gâche pas tout…

– Je dois le retrouver.

– Tu poursuis un fantôme.

– Il a besoin de moi.

– Il est peut-être mort.

– NON !

Marion s'est mise à crier.

– Il est vivant ! Je le sais ! On dirait que personne ne veut le revoir !

Elle a éclaté en sanglots.

Son père s'est tu.

Elle a séché ses larmes.

– Ma décision est prise, Papa.

Elle a marqué une pause.

– Je crois que tu me mens. Et que Pope ment aussi.

– Marion…

– Tais-toi.

Elle a changé le combiné d'oreille.

– Cette façon que vous avez de parler l'un de l'autre. On dirait que vous vous connaissez. Que vous voulez m'écarter. Vous parlez de protéger vos enfants. Mais à force, vos secrets nous étouffent.

Son ton est devenu dur.

– En fin de compte, Papa, peut-être que tu sais très bien ce qui s'est passé, il y a quinze ans. Tu ne veux rien me dire ? Tant pis. Cette époque est derrière moi. Le temps perdu ne se rattrape jamais, c'est toi qui m'as appris ça. Mais aujourd'hui, c'est moi qui décide. Alors aidez-moi, toi et Pope. Maintenant. Ou bien fichez-moi la paix. Mais ne vous avisez pas de me mettre des bâtons dans les roues !

Et elle a raccroché.

Pope est venu la voir dans l'après-midi en annonçant qu'il avait entamé des tractations avec le FBI. Il avait bon espoir que Marion et Chloé regagneraient Los Angeles dès le lendemain.

– Je vais vous aider, a dit Pope. Parce que les brevets m'intéressent. Parce que je veux revoir mon fils. Et parce que Chloé vous aime. Vous avez prétendu que vous étiez capable de retrouver Le Troyen. C'est vrai ?

– J'ai une idée sur la façon de m'y prendre, a répondu Marion.

– Vous avez été dure avec votre père.

– Vous lui avez parlé de nouveau ?

– Il a rappelé pour demander que je vous aide.

– Et en quoi son avis vous intéresse ?

– C'est un père. Je sais ce qu'il éprouve.

– Les types comme vous n'ont aucun sentiment.

Pope s'est approché d'elle.

– Les types comme moi, mademoiselle Marsh, tuent des tas de gens sans état d'âme durant toute leur vie. Et puis un jour ils deviennent vieux. Et ils essayent d'en tuer un peu moins.

Elle n'en croyait pas un mot.

Il a touché sa joue.

– Vous avez peur de ce que vous allez découvrir à propos de mon fils, n'est-ce pas ?

Elle a détourné le visage.

– C'est possible.

– Vous êtes une âme forte. Je sais voir ça chez quelqu'un. Pour vous, il n'y a que deux façons d'agir face à la peur : l'affronter, ou bien... l'affronter.

Pope a souri.

– D'accord, j'ai menti. Il n'y avait qu'une seule façon.

Il allait partir. Au dernier moment, il s'est retourné.

– Au fait, Mikado le géant, il est mort. Le Troyen lui a infligé une terrible blessure et il n'a pas survécu. Je n'ai pas revu son acolyte, Brownie. Il ne travaille plus pour moi. Le FBI est au courant. Je sais que vous n'êtes pas responsable, et qu'il n'y a aucune raison que Brownie s'en prenne à vous. Mais surveillez quand même vos arrières.

Il a eu un petit geste de la main.

– On se parlera de la suite quand vous serez de « l'autre côté ».

Puis Pope a disparu pour de bon.

*

Des coups de téléphone ont été donnés. Des accords passés.

Marion et Chloé sont restées toute la nuit à boire du thé et à discuter ensemble. Marion lui a raconté l'histoire de Nathan et elle, leur relation complète depuis le jour où, petite étudiante de vingt ans, elle avait serré la main du Dr Chess, chef intérimaire des urgences de l'Hôtel-Dieu à Paris, jusqu'à ce fameux soir où il avait disparu.

Au matin, elles sont rentrées en avion à Los Angeles. Marion était sous la garde d'un policier. À son arrivée, elle a été accueillie par le FBI. Des procédures exceptionnelles ont été mises en route. Un débriefing a eu lieu dans les locaux qu'elle connaissait déjà. Elle a tout raconté. On l'a conduite devant un juge. Un grand cabinet d'avocats mandaté par Pope a plaidé sa cause. L'enlèvement de Chloé a été récusé : Marion était une amie de la famille, les deux parties étaient consentantes. Les avocats ont pointé du doigt plusieurs failles et vices de procédure, faisant valoir que les agents du FBI s'étaient comportés de façon violente envers Marion Marsh à Laguna Beach, sans jamais lui lire ses droits. Ce qui avait déclenché la panique de leur cliente, mettant en péril sa vie et celle d'une jeune fille, provoquant une grave course-poursuite qui aurait pu leur être fatale. Ils ont plaidé la légitime défense de Marion face à l'Indien Wojak, un ex-détenu en conditionnelle, qui était depuis lors retourné en prison. Ils ont réfuté l'agression d'un shérif adjoint à Lake Powell, à laquelle Marion n'avait pas participé.

Les avocats ont insisté sur la coopération exceptionnelle dont leur cliente avait fait preuve, lors d'une opération du FBI jugée dangereuse, mal préparée et au résultat dramatique. L'incident de Santa Monica était dans toutes les mémoires. Marion aurait dû pouvoir, à l'époque, bénéficier de l'assistance d'un avocat et refuser d'y participer.

Les autres charges, mineures, sont tombées une à une.

Il y a eu des effets de manche, des indignations de part et d'autre, des menaces à peine voilées, des arrangements. À la fin, le juge, en quelques mots solennels, a prononcé la remise en liberté sous caution.

Les avocats ont payé.

Marion était libre.

53

Marion était assise devant une table, à l'ombre d'un parasol, au bord de la piscine d'un hôtel. Un établissement quelconque pas loin du building du FBI. Devant elle, sur une chaise longue, Chloé somnolait en écoutant de la musique.

Marion a bu une gorgée d'eau fraîche en s'efforçant de ne pas être submergée par les images d'Adrian.

De ne pas s'effondrer.

Sa situation avait quelque chose de surréaliste. « Libre », c'est ce qu'avait décrété le juge. Sauf qu'elle avait été priée d'écourter son séjour sur le sol américain. On lui avait accordé quarante-huit heures pour faire ses valises. Délai non négociable. Quant à Chloé, elle se trouvait en attente d'une famille d'accueil à Laguna Beach. Dans l'intervalle, l'une et l'autre avaient pour consigne de rester tranquilles, sous la protection rapprochée du FBI, avec l'obligation de restreindre au maximum leurs déplacements.

À part ça, Marion était libre.

Elle observait Chloé sur sa chaise longue. La jeune fille avait fini par s'écrouler et piquer un somme au soleil.

Marion, elle, en était incapable. Elle se trouvait en état second. L'impression de ne pas avoir touché terre depuis des lustres. Pourtant, elle n'éprouvait plus le besoin de prendre des anxiolytiques. Ce genre de réflexe faisait partie de son ancienne existence, désormais, elle n'en avait plus besoin. Comme si, après avoir voyagé aux confins extrêmes de la peur, elle s'était habituée à vivre en sa compagnie.

Marion a fait tourner les glaçons dans son verre.

L'avenir ressemblait à un visage transparent, très pâle, flottant devant elle. Le visage d'un homme qu'elle avait aimé. Elle tendait sans cesse la main pour le saisir, mais chaque fois il s'envolait un peu plus loin.

Chloé a retiré ses écouteurs.

– Mon MP3 n'a presque plus de batterie. Il va falloir que je le recharge.

Marion lui a adressé un sourire.

Le sort de son père la terrorisait tout autant, mais elle n'en montrait rien. Une « âme forte », comme dirait Pope.

Marion a soupiré.

– Plus de batterie. Voilà exactement ce que j'éprouve.

– J'adore cette musique, a dit Chloé. Mon père l'écoute pendant des heures. Il court avec ça sur les oreilles, toutes les semaines à Venice Beach. Vous y êtes déjà allée ?

– Non.

– C'est un joli parcours le long de la plage. Sûrement l'un des plus beaux de Los Angeles.

– Ça doit être chouette, j'imagine.

– Il ne m'a jamais emmenée courir avec lui. Comme pour beaucoup de choses, il préfère rester seul.

Un silence.

– Je voudrais vous poser une question.
– Vas-y, je t'en prie.
– Vous avez connu beaucoup d'hommes, ensuite ?
– Pas de la même manière.
– Mais vous n'aimez pas les enfants ?
– Si, bien sûr.
– Alors pourquoi vous n'en avez pas ? Je veux dire, ma mère, Evee, ça lui a fait du bien. Mon père n'était jamais là, mais avec tous les problèmes que je lui causais dans la vie quotidienne, ça remplissait un sacré vide.
Marion a ri à sa remarque.
– Tu lui occasionnais tant de problèmes que ça, à ta mère ?
– Vous n'avez pas répondu à ma question.
Son visage s'était refermé, elle a détourné la tête.
– Pour les enfants ?
– Oui.
– Je ne peux pas en avoir, Chloé. Même si j'en voulais. C'est comme ça.
L'Agent spécial Aaron Altman les a rejointes au bord de la piscine et s'est laissé tomber dans un fauteuil en plastique. Sa tenue était débraillée. Il tenait un verre à cocktail orné d'une rondelle d'orange.
Marion l'a regardé s'installer, un peu surprise.
– Qu'est-ce que vous faites là ?
– Comme vous. Je prends le soleil, en attendant de boucler mes valises.
Elle s'est penchée.
– C'est un cocktail alcoolisé ?
– Oui. On m'a prié de débarrasser mon bureau d'ici à la fin de la semaine. J'ai refusé les merveilleux

postes qu'on m'a proposés dans divers placards administratifs. Désormais, j'en ai plus rien à foutre…

Il a bu une gorgée en observant Chloé. Celle-ci se désintéressait de leur discussion, préférant pianoter des deux pouces sur son téléphone.

– Qu'est-ce qu'elle fait, la petite ?

– Je crois que son pouvoir de résistance au stress est plus grand que le vôtre. Ou le mien. Elle *chatte* avec ses copines.

– Facebook, hein ? (Aaron a bu une autre gorgée.) Mon fils également. Peut-être que je devrais m'y mettre. Ça doit être bien d'avoir des amis.

– Vous n'en avez pas ?

– Aucun. Virtuel ou non. Je patauge dans le sang ou la paperasse, et dans les deux cas, ça me prend tout mon temps.

Marion a laissé son regard se perdre dans les reflets scintillants de l'eau.

– Qu'est-ce que vous comptez faire, agent Altman ?

– Je ne sais pas. Partir aux Bahamas. Pêcher. (Il a eu un rire sans joie.) Me faire des amis, qui sait ?

– Et qui va rechercher Adrian ?

– Quelqu'un d'autre.

Il a terminé son verre d'un trait et l'a déposé sur la table.

– Je sais ce que vous pensez des recherches entreprises par le Bureau pour retrouver Adrian Fog. Mais pour l'instant, c'est plutôt ce fichu Troyen qui les inquiète. Peu de gens sont au courant de l'existence des brevets. Avant de partir, on vous fera signer une clause de confidentialité. Le colonel Hollborn, le FBI, le Procureur, tout le monde est sur des braises. Il doit bientôt y avoir une nouvelle base de données biométriques aux USA. Ça ne vous dit pas grand-chose, mais les brevets de votre Dr Fog menacent de tout flanquer par terre. Et je ne vous parle pas de petits problèmes informatiques. Je vous parle d'une catastrophe nationale. Voire mondiale.

– Rien que ça.

Il a marqué une pause.

– À propos de Fog, je voulais vous demander quelque chose. J'ai reçu un rapport complet du Quai d'Orsay vous concernant. Vous et lui. À l'époque où il se faisait appeler Nathan Chess.

Marion s'est raidie.

– J'ai lu votre dépôt de plainte, a ajouté Aaron.

– Il n'y a pas eu de plainte. Juste un dossier.

– Bref. Je l'ai lu. Ça remonte loin, mais d'après ce que j'ai compris, les conséquences pour vous ont été terribles. Il vous a infligé ça, et vous ne lui en voulez pas ?

– Comme vous dites, agent Altman. Ça remonte loin.

Marion n'a pas fait d'autre commentaire.

Il a fini par se lever.

– D'autres agents viendront prendre la relève. (Il a déposé sa carte devant elle.) Gardez mon numéro sous le coude. Jusqu'à ce que vous soyez dans l'avion, c'est encore moi le boss.

Puis il est parti.

– Qu'est-ce qu'il a voulu dire ? a fait Chloé.

– Ah. Finalement, tu écoutais ?

– Il a parlé d'une plainte. De conséquences terribles pour vous.

– Tu n'as pas besoin d'en savoir plus.

Chloé s'est redressée.

– Quoi, vous allez prétendre que je suis trop jeune, vous aussi ? Ou pas assez forte ? Vous allez garder vos petits secrets, comme mon père, comme Pope et tous les autres ?

Marion l'a considérée un moment.

– D'accord.

Elle a pris une longue inspiration.

Puis elle lui a raconté ce qui s'était passé après la disparition de Nathan.

54

Avant

Marion avait quitté le toit de l'hôpital vers cinq heures du matin. Elle était glacée, et déçue de ne pas avoir revu Nathan.

Un imprévu aux urgences sans doute… Mais pourquoi ne l'avait-il pas prévenue ?

Les efforts pour redescendre par la trappe d'accès lui ont paru difficiles. Lorsque ses pieds ont touché le sol, elle était à bout de souffle.

Elle s'est avancée à petits pas jusqu'aux ascenseurs. Chaque fois qu'elle lançait la jambe droite en avant, une douleur sourde irradiait dans son ventre.

Elle a enfoncé le bouton d'appel.

Couloirs déserts. Lumières éteintes. Veilleuses.

La porte de l'ascenseur s'est ouverte, et elle a appuyé sur le zéro.

Elle ne comprenait pas l'absence de Nathan. Mais au-delà, une peur bizarre l'étreignait. Une angoisse viscérale, inexplicable. Quelque chose n'allait pas, mais elle ne parvenait pas à mettre le doigt dessus.

Au rez-de-chaussée, elle a été obligée de s'adosser au mur, hors d'haleine. Sa douleur abdominale restait modeste. Pourquoi une telle fatigue ?

Elle a pris son pouls, compté les battements durant quinze secondes et multiplié le résultat par quatre.

Cent quarante. Filant et rapide.

Pas normal. Pas normal du tout.

– Nathan ?…

Elle a poussé la porte des urgences.

– Nathan… Tu es là ?…

Personne n'a répondu.

C'était l'heure creuse. Et celle des catastrophes. Les patients qui venaient à ce moment de la nuit se déplaçaient rarement pour rien, et devaient toujours être considérés comme des bombes potentielles – l'une des premières règles apprises par Marion.

Elle a pénétré dans la salle de repos. Deux infirmières buvaient du thé.

– Nathan ?…

Elles ont lâché leurs tasses, le visage rempli d'effroi.

Elles ne regardaient pas Marion, mais le sol, sous elle.

Trempé de sang.

Le sien.

Puis Marion s'est évanouie.

*

Elle s'est réveillée dans le service de réanimation, des agrafes sur le ventre. Dehors, il faisait jour. Elle a compris qu'elle sortait du bloc opératoire.

Sa deuxième intervention en huit jours.

Elle a actionné la sonnette pour appeler l'infirmière.

– Vous êtes réveillée, mademoiselle Marsh ?

– Qu'est-ce qui s'est passé ?

– Vous voulez que je vous rajoute de la morphine ?

– Non.

L'infirmière s'est affairée, professionnelle, évitant son regard.

– S'il vous plaît, répondez à ma question.

– Vous avez fait une hémorragie.

– Et ensuite ?

– On vous a opérée.

– Qui ?

– Le chirurgien viscéral de garde.

– Vous avez vu le Dr Chess ?

– Non.

L'infirmière persistait à ne pas la regarder dans les yeux.

– Le directeur de l'hôpital va venir vous parler.

– Le directeur ? Pour quoi faire ?

Elle a terminé son travail et s'est éloignée.

Marion a attendu, morte d'inquiétude.

La porte de sa chambre s'est ouverte et deux hommes sont entrés. Le premier portait une blouse blanche. Le second un costume.

– Bonjour, a dit celui en blouse. Je suis le directeur.

Marion ne l'avait jamais vu.

– Je ne sais pas trop comment vous l'annoncer… La semaine dernière, le Dr Chess a pratiqué sur vous une intervention pour laquelle il n'était pas habilité.

– Une appendicite ? Ce n'est pas sa spécialité, je sais, mais…

– Je ne parle pas de celle-ci.

Il a fait quelques pas dans la pièce en tripotant les boutons de sa blouse.

– Vous connaissez la nature des recherches de Chess ?

– La greffe de main ?

– La régénération partielle d'un doigt. À l'heure actuelle, c'est un projet hypothétique. Dans dix ou quinze ans, peut-être… Il faudrait imaginer une matrice extracellulaire qui servirait d'échafaudage au tissu, puis coloniser la matrice avec des cellules souches. Il y a différentes techniques expérimentales…

– Pourquoi vous me parlez de ça ?

Il a lâché sa blouse.

– Certaines de ces expériences font appel à des cellules souches d'origine embryonnaire. Elles ont un très grand pouvoir de régénération. On pourrait la tenter dans certains pays, mais pas en France. Le comité d'éthique a émis un avis défavorable.

– Je m'en souviens. Nathan m'a dit qu'on avait refusé son étude.

– Parce qu'elle réclame une ponction d'ovocytes. C'est-à-dire le prélèvement de quelques-unes des cellules reproductrices contenues dans un ovaire, ceci à des fins purement expérimentales. Ce qui n'est pas autorisé.

L'homme en costume restait toujours silencieux.

Le directeur s'est approché.

– Peut-être que Chess s'est lassé d'essuyer des refus. En tout cas, il a passé outre. Pendant votre intervention, il a pratiqué sur vous un tel prélèvement.

– Quoi ?

– Il a dupé l'équipe chirurgicale. Après l'appendicite, il a prétendu remarquer une anomalie sur votre ovaire et en a prélevé une minuscule partie pour l'analyser. Sauf que l'ovaire n'avait rien. Il s'est simplement procuré les cellules qu'on lui refusait, afin de poursuivre ses expériences.

Marion a senti le sang refluer de son visage.

– Ce genre de petite intervention est habituellement bénigne. Votre ovaire aurait dû rester intact et n'en conserver aucune trace. Ni vous, ni personne ne l'aurait jamais su. Mais il a commis une erreur. Il a touché une artère, et vous avez fait une hémorragie. Lente, au départ. Grave par la suite. Douleur modérée, sensation d'angoisse, faiblesse, froid, accélération du pouls. Vous connaissez les symptômes, n'est-ce pas ? On vous a réopérée en urgence. Mais l'hémorragie était trop importante, il a fallu retirer d'autres organes.

– Qu'est… Qu'est-ce que vous voulez dire ?

– Vous avez perdu l'ovaire droit, les trompes et l'utérus. Seul le gauche a été conservé pour préserver votre système hormonal.

– Vous voulez dire que… je… je ne peux plus avoir d'enfant ?

– Je suis désolé, mademoiselle Marsh.

Les mots flottaient dans la pièce, comme s'ils ne trouvaient plus leur chemin jusqu'à son cerveau.

– Et… Nathan ?…

– C'est là qu'est le problème. Il est venu du Chili il y a deux ans. Les étudiants le redoutent, mais j'ai appris à le connaître. C'est un homme bien, un grand chirurgien. Il ne voulait sûrement pas vous faire de mal, ni vous infliger de telles conséquences. Mais il a pratiqué un acte interdit, et on l'a découvert. Alors nous l'avons appelé, mais… il demeure introuvable. Il a disparu.

L'homme en costume s'est avancé.

– Mademoiselle Marsh, je suis inspecteur de police. Désolé de me montrer si brutal, mais je n'éprouve pas la même considération que votre directeur pour M. Chess. Vous connaissiez bien cet homme ?

Elle les a regardés, l'un et l'autre.

– Comment ça, disparu ?

– Je suis passé à son domicile, a dit l'inspecteur. Sa porte était grande ouverte, ses effets personnels escamotés à la hâte. Nous avons retrouvé un permis. Un faux. Alors nous avons effectué d'autres vérifications.

Le directeur a posé une main sur le poignet de Marion, comme pour lui donner le courage d'affronter la suite.

– Nathan Chess est un nom d'emprunt. Une fausse identité. Tous les papiers qu'il a fournis à l'administration sont d'habiles contrefaçons. Il n'y a aucune trace de lui dans son université du Chili.

– Quoi ?…

– Il devait connaître un faussaire, ou quelqu'un dans le milieu de la pègre, parce que tout a été exécuté avec le plus grand soin.

– C'est… c'est impossible…

– Il a trompé les gens. Peu importe ce que votre directeur pense de ses qualités humaines, ou de chirurgien. Il me paraît évident, à moi, qu'il vous a utilisée comme cobaye.

– Vous mentez !

Il a regardé Marion.

– Mademoiselle Marsh, je suis désolé de vous le dire, mais le Dr Nathan Chess n'existe pas. C'est un personnage de fiction, créé de toutes pièces. On l'a découvert. Et il est reparti. Je serais très étonné qu'on le retrouve un jour.

Elle ne voulait plus l'entendre.

Ses membres se sont mis à trembler.

Une infirmière est arrivée en urgence.

On lui a injecté une première dose massive d'anxiolytiques.

Puis une deuxième.

*

La semaine suivante, Marion a bénéficié d'un accompagnement psychologique.

De l'extérieur, son état paraissait stable. Mais le psychiatre restait méfiant. Selon lui, son esprit devait être dévasté.

Son père passait la voir à l'hôpital. Parfois il criait, à d'autres moments il restait silencieux. Marion, elle, demeurait sans réaction apparente.

Elle avait refusé de porter plainte ou d'entamer des poursuites. Inutile d'en discuter, c'était son choix. De toute façon, les diverses enquêtes de police n'avaient rien donné. Personne ne retrouverait Nathan.

Ce genre d'usurpation n'était malheureusement pas rare. Chaque année, quelques individus parvenaient à se glisser dans le système. Ceux qui étaient découverts étaient aussitôt arrêtés, ou bien disparaissaient du jour au lendemain. Dans le cas du Dr Chess, on avait ressorti tous ses dossiers chirurgicaux pour les scruter à la loupe, sans rien trouver à redire. En dehors de Marion, il n'avait commis aucune erreur. Patients et confrères chantaient ses louanges. En haut lieu, des personnes se sont entendues pour éviter un scandale, et une nouvelle équipe a pris sa place.

Un matin, Marion est ressortie de l'hôpital. Des rendez-vous de psychiatrie lui avaient été prescrits deux fois par semaine pour assurer sa surveillance.

En passant devant Notre-Dame, elle s'était arrêtée pour contempler l'endroit où elle avait connu le moment le plus heureux de sa vie.

Puis elle s'est rendue à la station de métro Saint-Michel, où elle a acheté un seul ticket.

Elle a descendu les marches, un sourire étrange sur les lèvres.

Au bord du quai, elle a étendu les bras comme dans un rêve.

Elle était presque bien, elle flottait.

La rame est arrivée en faisant trembler le sol.

Marion a fait un pas en avant.

Et s'est élancée vers un monde meilleur.

55

Maintenant

Chloé écoutait Marion, immobile, les yeux écarquillés.

Autour d'elles, la piscine de l'hôtel, les gens, le soleil de Los Angeles, tout semblait avoir disparu.

– Le métro arrivait vite, a dit Marion. Et je me trouvais au début du quai. C'est ce qui m'a sauvé la vie. J'ai sauté une seconde trop tard. Au lieu de tomber sur la voie, j'ai été heurtée par la rame et projetée en arrière dans la foule.

– Et… ensuite ?

– Ensuite, je suis restée dans le coma pendant trois semaines. On m'a hospitalisée à La Pitié-Salpêtrière. Au début, les médecins étaient pessimistes, mais mon corps n'a pas voulu lâcher prise. J'ai subi une douzaine d'interventions. J'étais jeune, bien portante. J'ai fini par m'en sortir.

– Vous avez fait de la rééducation ?

– Je suis restée alitée pendant deux ans. Deux de plus, dans un fauteuil roulant. Puis j'ai eu droit à des béquilles. L'équipe qui m'entourait était fantastique, et mon père ne m'a jamais laissée tomber. Je me suis battue. J'ai récupéré toutes mes fonctions, les unes après les autres.

– Et vos études de médecine ?

– Je n'ai jamais eu le courage de les reprendre. C'était trop long. Lorsque je m'en suis sentie capable, j'ai pris une autre voie. J'ai avalé des tonnes de livres pendant ma convalescence. La lecture constituait pour moi un véritable rempart. Et puis, j'avais du temps. Si tu voyais à quoi ressemble mon appartement actuel, on dirait une bibliothèque, il y en a partout, un vrai capharnaüm…

Chloé a souri.

– Après ça, je me suis inscrite dans une école de journalisme et j'ai travaillé comme pigiste. Je suis allée à droite et à gauche. Puis on m'a proposé un poste à France Télévisions.

La jeune fille a hésité.

– Et… mon père. Vous deviez le haïr, alors ?

– Non. J'ai toujours cru à la réalité de ce que nous avions vécu. Ses papiers étaient faux, mais il y a des sentiments humains que l'on ne peut pas contrefaire. Je crois qu'il a commis une erreur, et qu'il n'a pas pu l'assumer. Ou peut-être que quelqu'un d'autre ne lui a pas laissé d'alternative. Mais en ce qui me concerne, j'ai pris mes propres décisions. D'abord, j'ai voulu mourir. Ensuite, j'ai décidé de vivre. Ton père n'était pour rien dans ces choix.

Une jeune femme les a interrompues.

Latino-américaine, tailleur strict, étui à revolver.

Marion l'a reconnue.

– Agent Perez. Vous prenez la suite d'Aaron Altman ?

– Oui. Et je prends la suite du reste aussi. Nous devons parler. Quelqu'un attend de vos nouvelles.

– Ah ? Et qui donc ?

Perez s'est penchée près de son oreille.

– Vous le savez très bien, Marion.

*

Marion et l'agent Perez se sont retrouvées dans sa chambre.

Perez lui a tendu un téléphone portable.

– C'est une ligne sécurisée. Vous pouvez lui parler.

– Mademoiselle Marsh !

– Pope ?…

– Évidemment, qui d'autre ?

– Perez travaille pour vous ?

– Quand j'en ai besoin. Une partie de sa famille habite toujours au Mexique, vous savez.

Le visage de Marion s'est plissé en une grimace de dégoût.

– Vous êtes vraiment un…

– Un quoi ? Un homme d'affaires ? Exact. Et les affaires sont impitoyables. Alors ne mélangez pas tout. Maintenant dites-moi comment vous comptez retrouver ce psychopathe qui s'est emparé de mes brevets.

– Vos brevets ?

– Ceux de mon fils. C'est pareil.

Marion a fait signe à Perez de sortir. Elle tenait à rester seule.

Elle a repris le combiné.

– Je sais comment m'y prendre. Je vous l'ai dit. Mais avant, je veux des réponses.

Sa discussion avec Chloé avait ravivé de nombreuses questions.

– Lorsque votre fils a disparu, il y a quinze ans, c'était à cause de vous, n'est-ce pas ?

Soupir à l'autre bout.

– Quelle importance ?

– Pour moi, c'est essentiel.

– D'accord, a fait Pope.

Il y a eu un bruit métallique, comme s'il s'allumait une cigarette avec un briquet.

– Adrian a toujours été indépendant. C'était un brillant chirurgien, et il voulait une autre vie. Ne pas être le fils d'un baron de la drogue. J'ai accédé à sa demande. Je lui ai fourni de faux papiers, une fausse identité, et il a mené ses études où bon lui semblait. En France, et ailleurs.

– Il vous a parlé de moi ?

– Oui. Lors de mon premier infarctus, il a fait l'aller-retour au Mexique. Il était chamboulé. Il parlait de s'installer à Paris avec vous. Je lui ai dit qu'il rêvait. Que sa situation était temporaire. Mais il a refusé de m'entendre.

– Jusqu'à ce fameux soir, a dit Marion.

Pope a soufflé sa fumée dans l'appareil.

– C'est vrai. Quand Adrian est redescendu du toit où vous vous trouviez tous les deux, un anesthésiste lui est tombé dessus. Ce dernier avait récupéré vos résultats sanguins. Il suspectait une hémorragie, ainsi qu'un geste anormal sur votre ovaire. Il menaçait mon fils. Adrian a compris que tout allait être découvert. Il m'a téléphoné, la mort dans l'âme. Je lui ai ordonné de partir sur-le-champ. Sinon on l'aurait jeté dans une cellule. Pire encore, il aurait dû affronter votre regard. Sa propre trahison. Et il ne le voulait pas. Je l'ai fait rapatrier dans la nuit.

– Et… après ?

– Il a appris, pour votre tentative de suicide. Il culpabilisait horriblement. J'ai dû agir. Je suis allé à Paris, rencontrer votre père.

Marion a accusé le coup.

– Donc, vous le connaissiez.

Pope a aspiré une autre bouffée.

– À lui, je n'ai donné aucune explication. J'ai simplement confirmé ses soupçons, sur le fait que Nathan Chess n'était pas un homme convenable pour sa fille. Je lui ai donné une forte somme en liquide. Pour financer votre convalescence, tous ces appareillages, ces personnels coûteux.

Et acheter son silence, a songé Marion.

– Il a fait son devoir de père, a continué Pope. Il a protégé sa fille. Je lui ai laissé un numéro à l'étranger. Je lui ai dit d'appeler, si un jour vous partiez à la recherche d'Adrian. Vous auriez pu compromettre sa carrière. Il m'a téléphoné, il y a une semaine. La première fois en quinze ans. Et nous avons su, l'un et l'autre, que les choses allaient changer.

Marion s'est assise sur le lit. À présent, elle comprenait tout. En réalité, Nathan n'avait jamais eu le choix.

– Et les années suivantes ?

Pope a tiré une nouvelle fois sur sa cigarette.

– Adrian devait vous oublier. Je lui ai fait rencontrer une jeune femme, Evangelina. Il a mis du temps, mais il y est parvenu. Leur relation était différente, plus calme que la vôtre. Ils se sont aimés. Chloé est née deux ans plus tard. Adrian est passé à autre chose. Il a beaucoup voyagé. Perfectionné son travail. Passé des équivalences pour travailler aux États-Unis. Ses résultats étaient extraordinaires. L'University of Southern

California lui a fait un pont d'or. Il a américanisé son nom, de Adrian Figueroa, il est devenu Adrian Fog. Son séjour en France est tombé aux oubliettes. Il est resté discret, supprimant toute photo. La seule qui existe, à l'heure actuelle, se trouve sur le site de l'Université. Sinon, il n'apparaît nulle part.

Marion a fermé les yeux.

Les différents éléments du puzzle se mettaient en place dans sa tête, les uns après les autres.

– Il restait obsédé par les dispensaires, aider les démunis. Il s'est mis à travailler comme un forcené. Je lui ai indiqué mon usine de glace, à Page. Lake Powell lui a plu. Son bateau, la solitude… Il n'avait plus aucune relation avec moi. Il a créé la Fondation Fog et collaboré avec Hollborn, à Camp Pendleton. Lorsqu'il a réussi ses premiers essais sur ces soldats revenus d'Irak, on s'est mis à le vénérer comme un dieu.

Pope a marqué une pause, comme pour écraser un mégot.

– Et puis, tout est parti en vrille. L'armée est plus regardante qu'un simple hôpital, où l'administration est une vraie passoire. Ils ont fini par découvrir son lien de parenté avec moi. Tout s'est effondré, une fois de plus. Hollborn, peut-être par jalousie, l'a balancé au FBI. Le FBI lui est tombé dessus. Il a perdu les crédits de l'armée, et aussi sa riche clientèle. Il travaillait n'importe où pour maintenir la Fondation à flot, mais il avait du mal à joindre les deux bouts. Je lui ai proposé mon aide, bien entendu. Mais il ne voulait plus entendre parler de moi, ni de mon argent.

Pope a poussé un soupir.

– Un an après, ç'a été le coup de grâce. Sa femme est morte dans un accident de voiture. Adrian a récupéré le compte rendu d'autopsie. On y mentionnait des lésions suspectes sur la trachée d'Evangelina. Je l'ai lu moi-même. Effectivement, on pouvait penser à un crime. Un accident de voiture, c'est pratique pour dissimuler des lésions.

Marion ne doutait pas que Pope soit un expert en la matière.

– Adrian a alors réalisé que sa femme avait été interrogée, sans doute torturée, puis étranglée par quelqu'un. Sûrement pour connaître la cachette des fameux brevets. Ce crime est devenu son obsession. Il s'est mis à soupçonner tout le monde. Moi y compris. Un jour, il me l'a carrément envoyé à la figure, m'accusant de vouloir reprendre le contrôle sur lui, et ses découvertes.

– Et c'était le cas ?

– Mademoiselle Marsh, la réponse devrait être évidente pour vous.

Non. Elle n'était pas évidente.

– Et pour finir, a dit Marion, le mois dernier, on l'a agressé dans un parking.

– L'œuvre d'un homme masqué, oui. Chloé est la seule à l'avoir aperçu. D'après elle, ce type portait une simple cagoule. Ce qui est différent du masque de guerre employé par Le Troyen, je vous l'accorde. Mais je suppose qu'il s'agissait du même homme, puisque Adrian a été kidnappé ensuite.

– Donc, Le Troyen les attaque et tire sur Adrian.

– Ce n'est pas Adrian qui était visé. Revoyez la scène. Mon fils s'est jeté sous les balles.

– Hein ? Que voulez-vous dire ?

– La cible était Chloé. Après la femme d'Adrian, c'est sa fille qu'on cherchait à assassiner. C'est pour ça que mes gardes du corps la protégeaient en permanence.

Marion a digéré l'information en silence.

– Bon, a dit Pope, maintenant que vous savez tout, comment comptez-vous faire pour Le Troyen ? Vous avez vraiment un plan pour coincer le salopard qui s'attaque à ma famille, oui ou non ?

56

Marion faisait les cent pas dans sa chambre, une barre de chocolat à la main. Le chocolat n'était pas superflu : son cerveau en avait besoin pour carburer.

Elle repensait à ce qu'elle venait d'apprendre. Désormais, tous les mystères du passé étaient résolus. Restait à comprendre le présent. Et sur ce point, son intuition voulait lui souffler quelque chose.

Un jour, Nathan avait parlé de l'intuition féminine en expliquant qu'il s'agissait d'une forme d'analyse multiple rapide. Selon lui, le cerveau féminin était naturellement capable de distinguer les « bonnes » des « mauvaises » herbes au milieu d'une forêt d'informations. Marion ne savait pas si c'était vrai, mais là, tout de suite, son cerveau lui murmurait un raisonnement simple : qui dit crime, dit victime, suspect, et mobile.

Elle a mordu dans le chocolat, laissant venir les idées.

D'abord, les victimes.

Victime n° 1 : Evangelina Fog. Elle n'était pas morte dans un accident de voiture, mais bien assassinée, et probablement torturée au passage. Pas de preuve formelle. Il n'empêche, le légiste du FBI l'avait pressenti, Pope l'avait confirmé, et Adrian en était convaincu. Marion pouvait donc considérer ce fait comme acquis.

Victime n° 2 : Chloé Fog, treize ans, prise pour cible dans un parking. Là aussi, Marion venait seulement de le réaliser, mais son père s'était jeté sur les balles pour la défendre.

Deux agressions effroyables perpétrées contre des femmes. Deux actes odieux et lâches, visant les êtres chers d'Adrian. Il fallait être un parfait salaud pour s'y prendre de la sorte. Mais ce n'était pas le plus important. Le plus important, c'était pourquoi.

Ce qui amenait Marion au mobile.

Elle n'en voyait qu'un : empêcher la divulgation publique des brevets.

Lors du premier crime, Adrian s'était disputé avec le colonel Hollborn, il avait menacé de déposer les brevets dans le domaine public, puis sa femme était morte. Lors de la seconde tentative, Adrian s'apprêtait, là aussi, à livrer ses connaissances pendant un congrès de chirurgie, et sa fille s'était fait tirer dessus.

Le message était clair : interdiction de livrer les brevets au public.

Pourquoi ? Parce qu'ils perdaient ainsi toute valeur marchande.

Donc, l'auteur des crimes était intéressé par l'argent.

Et qui voulait l'argent des brevets ? Marion voyait surtout trois personnes : Hollborn, Pope, et, bien entendu, Le Troyen.

Elle s'est arrêtée de grignoter sa barre de chocolat pour considérer son raisonnement.

Deux crimes. Trois suspects. Un mobile : l'argent. L'argent des subventions de l'armée pour Hollborn, les profits à venir pour Pope, le prix des brevets pour Le Troyen.

Qui, des trois, avait tiré sur Chloé et assassiné Evangelina ? S'agissait-il vraiment du Troyen ? Ou l'homme à la cagoule, dans le parking, était-il une autre personne ?

Marion n'aurait su le dire.

Cependant, quelle que soit la réponse, le coupable connaissait suffisamment Adrian et ses habitudes pour s'attaquer aux deux filles.

Elle a composé un numéro de téléphone.

– Agent Altman ?

– Marsh ?

– Creusez la piste du colonel Hollborn.

– Quoi ?

– Il est militaire. Impliqué dans la conception des brevets. Au courant de leur contenu. Et il connaît leur valeur. Or, Le Troyen se comporte comme un militaire.

– Vous vous rendez compte de ce que vous dites ?

– Oui. Mais c'est le meilleur candidat. Il emploie peut-être quelqu'un pour faire sa besogne. Cherchez un militaire qui a été proche d'Adrian et qui sait bien se battre. Regardez parmi ses anciens collaborateurs à Camp Pendleton. Épluchez aussi les dossiers des opérés des doigts, ceux qui sont revenus d'Irak. Ils ne doivent pas être très nombreux.

– Vous croyez vraiment que ça vaut le coup ?

– J'ai affronté Le Troyen. Je sais comment il fonctionne. C'est un militaire, j'en suis certaine.

Elle a raccroché. Puis s'est mise à la recherche de Chloé.

Le jeune fille était dans le hall de l'hôtel, en train de pianoter sur un ordinateur en accès libre.

– Je voudrais avoir ton avis, a dit Marion.

Chloé s'est retournée.

– Pourquoi ?

– Parce que tu as l'esprit aussi vif que ton père. (Marion a souri.) Et puis, « à deux, on est plus fortes ».

Chloé s'est installée à côté d'elle, ravie.

– Alors voilà, a dit Marion. Si on veut retrouver ton père, il faut faire sortir Le Troyen de sa cachette. Nous serons libres de nos mouvements, grâce à l'agent Perez. Pour le reste, j'ai une idée.

Elle lui a expliqué la façon dont elle comptait s'y prendre.

Chloé a hoché la tête

– L'idée est bonne. Mais ça ne nous dit pas comment capturer Le Troyen. Si ce type est un militaire surentraîné, il aura tout prévu.

– Certes… Mais pour ça, je comptais sur les hommes de Pope.

– Le problème, a dit Chloé, c'est qu'on ne sait pas à quoi il ressemble. La dernière fois, il a berné tout le monde en portant un masque de guerrier au milieu de centaines d'autres.

Marion s'est creusé la cervelle. Rien n'est sorti.

– Il y a peut-être un moyen, a dit Chloé.

– Lequel ?

– Je fais partie d'un groupe sur Facebook. Ils pourraient nous filer un coup de main.

– Un groupe de Facebook contre un tueur ? Tu ne crois pas qu'on devrait plutôt faire appel à des gens comme Perez ou les professionnels de ton grand-père ?

– On aura besoin d'eux aussi.

Chloé lui a donné les détails de son plan.

Quand elle a eu terminé, Marion souriait.

*

Marion réfléchissait à la formulation exacte, devant l'ordinateur du hall de l'hôtel. Elle a fait craquer ses doigts et posé ses mains sur le clavier.

– OK. C'est parti.

Elle s'est connectée à Facebook en utilisant la dernière identité qu'elle avait créée, celle dont le FBI n'avait pas connaissance. Elle a observé son statut actuel, visible par tous ses « amis » internautes, y compris Le Troyen.

« Marion : ... »

Elle a complété par :

« ... dit que T. a fait une grossière erreur. Je détiens un objet capital. Sans ça, les brevets ne valent rien. »

Le Troyen était orgueilleux. Elle a attendu qu'il morde à l'hameçon.

Trente minutes plus tard, elle a reçu un *poke*.

– Je ne fais jamais d'erreur.
– Vous avez oublié quelque chose.
– Quoi ?
– Sur le bateau. Dans le coffre.
– J'ai les brevets.
– Mais pas la capsule.
– De quoi parlez-vous ?

La « capsule » en question était une pure invention de Marion. Mais Le Troyen n'avait aucun moyen de le savoir, puisqu'elle était la seule présente lors de l'ouverture du coffre.

– La régénération des doigts, a tapé Marion, est un processus délicat. Il faut une poudre de matrice extracellulaire et des cellules souches. L'unique formule parfaitement dosée se trouvait dans une capsule étanche, dans le coffre. Je la tiens dans ma main.

Une pause.

– Malin. Que voulez-vous ?
– La capsule contre Adrian.
– D'accord. Je choisis l'endroit.
– Non. Santa Monica, 3e Rue, le quartier piéton. Il y a une place avec des statues de dinosaures. Demain matin, 9 h 55, heure précise. À prendre ou à laisser.
– OK.

Marion a été surprise qu'il acquiesce aussi vite.

– De toute façon, nous devions nous rencontrer, a inscrit Le Troyen.
– Pourquoi ?

Les mots sont apparus au fur et à mesure.

– PARCE QUE... LE JEU... N'EST PAS... FINI.

57

Dans la rue ensoleillée, Marion attendait Le Troyen. Elle était censée prendre l'avion dans quelques heures. Sa dernière journée aux États-Unis. Ce soir, d'une façon ou d'une autre, tout serait terminé.

Marion et Chloé avaient longuement travaillé la veille, chacune dans une direction différente. Tandis que Chloé s'échinait à contacter son groupe sur Facebook, rameutant le monde dont elle avait besoin, Marion suivait son intuition : la piste de l'argent. Elle avait utilisé toutes les ressources à sa disposition sur le web et découvert des informations très intéressantes sur le financement de la Fondation Fog. Hélas, elle n'avait pas eu le temps de pousser les investigations.

Au petit jour, Chloé, l'agent Perez et elle avaient pris un déjeuner rapide, puis s'étaient rendues au lieu convenu.

La Promenade de la 3e Rue, à Santa Monica, était une longue allée piétonne bordée de commerces. À cette heure-ci, à part quelques cafés, tout était encore fermé. Pourtant, il régnait aujourd'hui une curieuse affluence : touristes, étudiants, joggeurs, livreurs, vendeurs ambulants, toutes sortes de personnes semblaient s'être donné rendez-vous là.

Marion a consulté sa montre. Il était temps.

Elle s'est assise sur un banc. Derrière elle, deux énormes diplodocus étiraient leurs armatures de métal recouvertes de vignes grimpantes. Sur la droite, un bâtiment de trois étages abritait un fast-food et un club de gym. Depuis la plus haute terrasse, l'agent Perez et Chloé surveillaient la rue.

Le téléphone de Marion a sonné.

– Tout va bien ? a demandé Chloé.

– Stressée, mais ça va. Et vous, là-haut ?

– On est prêtes. D'ici, la vue est excellente. Avec l'appareil photo intégré à mon téléphone, je peux zoomer sur la rue. Et avec l'option vidéo, je peux même filmer et faire des gros plans. Le Troyen peut venir, on ne va pas le louper.

– Passe-moi l'agent Perez, s'il te plaît.

– Marsh ?

– On est d'accord, pas de flingue. J'attire Le Troyen, vous le repérez, puis vous le coincez à l'écart de la foule.

– C'est ça, a répondu Perez.

Chloé a raccroché.

La Latino a eu un geste d'énervement.

– Je ne comprends pas votre plan. Comment voulez-vous qu'on repère Le Troyen en bas ? C'est plein de monde !

Chloé a regardé sa montre : *9 h 51*.

– C'est ça, le plan.

Perez a parlé dans son talkie-walkie.

– Tous en place. L'enfoiré va se pointer d'une minute à l'autre. Ne le ratez pas.

Elle a vérifié le chargeur de son arme.

Chloé lui a fait les gros yeux.

– Marion a dit…

– Ouais, ben j'en ai rien à cirer, d'accord petite ? On est là pour un job. Et on va l'accomplir.

Perez s'est essuyé le visage.

Chloé s'est tue.

9 h 52.

– Je le sens mal, a dit Perez. J'ai placé deux gars, un à chaque bout de la rue, et un troisième dans le fast-food. Si votre plan foire, Pope sera pas content. Et tu sais ce que ça veut dire, pas vrai ?

– Ça ira, a murmuré Chloé.

9 h 54.

La foule s'est épaissie.

– Putaaain, a grincé Perez, c'est dingue, il y a du monde comme pas possible ! Pire qu'un samedi soir ! Et pourquoi donner rendez-vous au Troyen à *9 h 55 pile* ?

– Parce que la suite va se dérouler à 10 heures pile, a répliqué Chloé. On s'est donné cinq minutes de marge, pour être certaines que Le Troyen serait dans la foule.

9 h 56.

Chloé observait l'affluence des gens dans le zoom de son appareil. Il y avait des centaines de personnes. Des jeunes. Des moins jeunes. Elle s'est concentrée sur la place où se trouvait Marion. Elle a noté un rappeur sous une capuche bleue. Un cycliste. Un clown…

– Perez à tous les tireurs. Le Troyen est sûrement là. Il doit tourner autour de Marion. Soyez vigilants. Ça peut être n'importe qui.

9 h 57.

Le rappeur en bleu ne bougeait pas. Le cycliste poussait son vélo. Le clown faisait des bulles de savon.

Plus loin, un couple a commencé à se disputer en criant. À côté, un groupe de danseurs s'échauffaient sur le macadam…

– Comment vous comptez le choper ? a demandé Perez.

– Simple, a répondu Chloé. Vous vous rappelez le coup du Troyen, avec ses centaines de masques sur la plage ? On va retourner sa tactique contre lui. On va faire un freeze.

9 h 58.

– Un freeze ? C'est quoi ?

Le cycliste est monté sur son vélo. Le clown a fait une énorme bulle. Le couple s'engueulait sec. Les danseurs ont débuté leur chorégraphie.

– Il faut passer par Facebook, a dit Chloé, et contacter une Freeze Mob. Un groupe dont je fais partie. Celui de Los Angeles comporte plus d'un millier de membres[1]. On détermine le lieu. On fixe l'heure précise…

9 h 59, 30 secondes

Perez a serré son arme. Chloé son téléphone.

En bas, Marion retenait sa respiration.

– Et à l'heure exacte…

À 55 secondes, l'homme à vélo s'est arrêté.

À 56 secondes, le clown a stoppé ses bulles.

– À l'instant précis…

À 58 secondes, le couple a cessé ses cris.

À 59 secondes, les danseurs, leur mouvement.

– Soudain, le temps s'arrête !

---

1. Authentique. Les « freeze mob » ou « flash mob » présentes dans les grandes villes peuvent mobiliser des centaines à plus d'un millier de personnes.

10 heures, 0 minute, 0 seconde.

Et dans la rue entière, comme un seul homme…

chaque personne…

… chaque individu…

a cessé de bouger…

totalement pétrifié !

– FREEZE ! Plus personne ne bouge ! a crié Chloé.

Marion a regardé autour d'elle : c'était complètement surréaliste. À part un ou deux promeneurs, les gens s'étaient tous transformés en statues. Une rue entière paralysée, comme sur une photo !

Marion savait que le freeze allait durer une minute, c'était la règle du jeu.

À elle d'agir, maintenant.

D'un coup, elle a piqué un sprint.

Personne n'a réagi. Comme prévu.

Personne… sauf un.

Marion l'a repéré aussitôt.

En haut, Chloé l'a pointé du doigt.

– LÀ ! Le rappeur avec la capuche bleue !

L'homme tentait de suivre Marion, donnant des coups d'œil furtifs autour de lui. Il ne comprenait pas ce qui se passait.

– Il la suit ! a crié Chloé. C'est lui ! C'est Le Troyen !

– PEREZ À TOUT LE MONDE ! LA CAPUCHE BLEUE ! ON Y VA ! GO ! GO !

Perez a descendu les escaliers en courant.

Un homme est sorti du fast-food, deux autres ont accouru de chaque bout de la Promenade. La foule recommençait à se mouvoir.

Les trois hommes ont cerné Le Troyen.

Des cris. Les gens se sont écartés.

Les trois agents l'ont mis en joue.

– Bouge pas, connard ! a ordonné le premier.

– Hé ! a dit Marion, on avait dit pas de…

Un reflet métallique a traversé l'air. L'agent s'est écroulé, une lame plantée dans la gorge. Les deux autres ont tiré en même temps. La foule s'est éparpillée en hurlant. Le Troyen s'est jeté en avant et en une fraction de seconde il a bloqué la main de son premier adversaire, lui a cassé le bras au niveau du coude et écrasé la pomme d'Adam. Puis il a pivoté vers le second, et de son pied détendu comme un ressort lui a percuté le visage. L'homme a décollé du sol et s'est abattu sur le dos.

Les trois agents étaient hors de combat.

Le Troyen s'est tourné vers Marion. Sous sa capuche, il portait son masque de guerre. Il s'est avancé sur elle.

– A… attendez, a dit Marion en reculant, les mains en avant.

Un nouvel assaillant a jailli d'un immeuble, armé de deux pistolets-mitrailleurs.

Brownie. Le tueur de Pope.

Des rafales ont arrosé la rue.

Le Troyen a fait demi-tour et s'est mis à courir.

– Brownie ! a hurlé Perez, tu l'as raté !

Marion était livide, tremblante, hors d'elle.

– Vous aviez dit qu'il n'y aurait pas d'armes ! Que les gens ne risquaient rien ! Et lui, lui… je croyais qu'il ne travaillait plus pour Pope !

– Non, sans rire ? a dit Perez. Pope vous a menti ? Mince alors !

Elle s'est tournée vers Brownie, ignorant les hommes à terre.

– Cette fois on lui colle au train ! On le rate pas, allez !

Marion les a regardés s'éloigner au pas de course.

Son téléphone a retenti.

– Je le vois !

Chloé.

– Hein ? Où ça ?

La jeune fille sautait en l'air, toujours à son poste d'observation au troisième étage.

– Le Troyen est passé dans la 4e Rue, juste derrière vous ! Il est entré dans l'immeuble de parkings !

Marion a voulu crier aux autres de revenir. Ils étaient trop loin.

Une seconde pour se décider.

Elle a foncé.

*

Marion se glissait dans les allées du parking obscur.

Le poursuivre seule était une idée stupide. Complètement idiote. Qu'est-ce qui lui avait pris de faire ça ?

Elle a repéré un mouvement, près d'une camionnette blanche.

Elle s'est immobilisée, retenant son souffle.

Lentement, sans bruit, elle s'est approchée.

Un van ordinaire, semblable à n'importe quelle camionnette de livraison. La portière arrière était entrouverte.

Elle l'a écartée pour y jeter un coup d'œil.

Une bâche militaire gisait sur le sol, dans le coffre. Dessus, des feuilles. Un dossier. Elle l'a immédiatement reconnu : les brevets d'Adrian.

– Bon sang !

Une poussée vigoureuse l'a propulsée à l'intérieur.

La portière a claqué. Bruit de verrou. Elle s'est retrouvée dans le noir.

– Non !

Pas d'autre issue. Le van comportait une cloison à l'avant.

– Non ! a encore hurlé Marion.

La terreur l'a envahie.

Elle était à nouveau prisonnière.

*

L'agent Perez progressait dans le parking, tenant son pistolet à deux mains.

– Il est là, j'en suis certaine, a dit Chloé. Je l'ai vu. Marion était juste derrière lui.

– Reste en arrière, toi.

Brownie a poussé la jeune fille pour avancer, le visage congestionné par la haine.

– Putain, cet enfoiré a tué Mikado, je vais le massacrer…

Une silhouette, au milieu du parking.

– À terre !

Une première déflagration.

Perez s'est écroulée.

Une seconde.

Brownie a touché Le Troyen.

Une troisième.

Brownie s'est abattu, face contre terre.

Le Troyen était toujours debout. En sang.

Il a marché droit sur Chloé.

*

– Altman ! a crié Marion au téléphone. Le Troyen m'a capturée, j'ai les brevets avec moi !

– Quoi ? Qu'est-ce que vous dites ?

– Je suis prisonnière d'une camionnette blanche, au premier étage d'un parking, sur la 4e Rue ! Je ne peux pas sortir mais je tiens les brevets ! Ils sont là, dans ma main !

– Nom de Dieu… Mais qu'est-ce que…

– Pas le temps de vous expliquer ! Magnez-vous !

Altman a braillé des ordres autour de lui.

– OK, Marsh, laissez votre téléphone branché ! On triangule immédiatement votre appel ! Il y a des tonnes de voitures de patrouille dans votre secteur, les flics seront là dans deux minutes, on va vous trouver !

Marion s'est mise à trembler, réalisant une fois de plus à quel point elle avait été folle d'agir ainsi.

– Surtout ne tentez rien…, a dit Altman. J'arrive…

Il haletait. Il devait être en train de courir.

– Pour l'enquête chez les militaires, a-t-il poursuivi, vous aviez raison…

– À quel propos ?

– On tient une piste… Fog… a effectivement travaillé avec quelqu'un… un sergent instructeur de l'armée israélienne… Une personne qui a perdu ses doigts en Irak… en désamorçant une bombe… C'est pas un Marine, mais l'armée a des accords… leur sergent a été inclus dans le programme de Fog…

Marion l'a entendu claquer une portière et déclencher la sirène.

– Une forte tête, sanctionné plusieurs fois, poursuivait Altman. Après l'intervention chirurgicale, il a démissionné. On l'a perdu de vue. J'ai son nom quelque part…

Marion a sursauté : dehors, quelqu'un tripotait la portière du van.

Altman a prononcé un nom dans l'appareil.

– Hein ! Quel nom vous dites ? a fait Marion.

Le van s'est ouvert.

Le Troyen était là.

Sa tenue de combat dégoulinante de sang.

Un pistolet s'est posé sur la tempe de Chloé.

– Chenowitz, a répété Altman. Le sergent C. Chenowitz. Il s'agit d'une femme.

Le Troyen a ôté son masque.

– Salut, Marion, a dit Cora.

58

Marion est demeurée figée.

Tétanisée.

– Raccroche ce téléphone, a ordonné Cora.

– Toi ? C'est… c'est toi Le Troyen !

– Le téléphone. Tout de suite.

Marion a obéi. Et aperçu Chloé.

– Chloé, tu vas derrière. Marion, grimpe devant. Exécution.

Les filles ont obtempéré, incapables de réagir. Cora s'est mise au volant et a démarré en trombe, un pistolet à la main. Le van est sorti du parking.

Un objet rectangulaire a atterri sur les cuisses de Marion : un nouvel iPad, avec une carte géographique de Santa Monica.

– Tu vois les points rouges qui clignotent ?

– O… Oui.

– Ce sont des voitures de flics. Elles ont toutes un GPS. J'ai piraté leur serveur. Guide-moi.

– Mais…

Cora a tourné vers elle le canon de son arme.

– Tu veux revoir Adrian, oui ou non ?

Marion a hoché la tête.

– Alors tu fais ce que je dis.

Le van a foncé dans la rue. Marion donnait les indications. Elles ont tourné à gauche. Deux cents mètres. Puis à droite. Encore à gauche. Marion a entendu des sirènes. Des voitures de police filaient dans une rue parallèle.

– Tu t'en sors, a dit Cora. Continue.

Marion était pétrifiée. Incapable de faire fonctionner son cerveau.

Sa copine. Une simple ambulancière de la région parisienne.

Elle s'est tournée vers elle.

– Comment… est-ce possible ?

Cora a émis un rire sec.

– Je t'avais dit de te méfier de tout le monde. Sur Facebook, n'importe qui peut être ton ami. Le syndrome de Troie, tu t'en souviens ?

Du sang s'échappait de son gilet pare-balles, mais elle n'avait pas l'air de s'en soucier.

– Tu étais ma cible. Je t'ai contactée. Et toi, tu m'as tout donné. Ton adresse, ton travail, ton téléphone, tes emails, tes habitudes…

Elle a craché un filet de salive écarlate.

Le van roulait toujours.

– À Paris, j'étais Cora d'un côté, Le Troyen de l'autre. J'ai attrapé ton chat à quelques mètres de ta fenêtre. J'ai donné au livreur le paquet contenant l'iPhone. Je t'ai accompagnée au commissariat. Le message que tu as reçu, après avoir vu ton père, c'est moi qui l'ai programmé sur l'appareil. La poursuite en Hummer, l'accident de la route, les tonneaux dans le champ, tout était prévu. Je sais parfaitement exécuter ce genre de cascade et j'avais préparé le terrain à l'avance, on ne risquait rien.

– Et à la clinique ?

– J'ai simulé mes douleurs de la colonne vertébrale. Si tu sais quels symptômes imiter, il est facile de piper un examen. Ensuite, j'ai pris des photos de moi dans mon lit, et dès que tu es sortie, j'ai signé ma pancarte. Si tu avais appelé la clinique, ils t'auraient simplement redirigée vers mon numéro et je t'aurais dit que j'avais changé d'hosto. J'ai pris le vol suivant pour Los Angeles. Tu as reçu mes photos plus tard, comme si j'étais encore hospitalisée. Mais je ne t'ai jamais lâchée d'une semelle, Marion. Je suis une professionnelle. Je ne commets pas d'erreur.

– Pourquoi cette mise en scène ?

La bouche de Cora s'est élargie en un sourire sinistre.

– Pour créer Le Troyen.

Elle s'est garée un instant. A ôté son gilet pare-balles. Dessous, son tee-shirt était gorgé de sang. Elle a sorti une seringue et se l'est plantée dans la cuisse. Son visage a repris des couleurs.

– Il fallait que tu y croies. Que tu aies la trouille. Que tu obéisses. J'ai façonné Le Troyen de toutes pièces, comme si c'était un monstre de Frankenstein. Mais c'est toi, Marion, qui lui as donné vie. Et tu leur as servi sur un plateau.

Le van a redémarré et Cora a repris son flingue, menaçant Marion de temps à autre.

– Grâce à toi, à ta peur, à tes réactions, à nos dialogues interceptés par le FBI, il est devenu leur adversaire n° 1.

– Je ne comprends toujours pas…

– Je vais t'expliquer. J'étais sergent instructeur dans l'armée israélienne. L'une des meilleures combattantes de la meilleure armée du monde. Imagine-toi à ma place. Tu parles dix langues, tu sais tout faire. Infiltration, combat, piratage informatique, manipulation. Tu fais la campagne d'Afghanistan, celle d'Irak. Et un jour, une bombe explose. Tu perds tes doigts. L'armée t'offre une pension. Au revoir et merci.

Cora a engagé le van dans une suite de petites rues. Une grimace de souffrance déformait son visage.

– J'ai rencontré Adrian Fog. Il m'a prise dans son programme chirurgical. Il m'a rendu ce que j'avais perdu. C'est un dieu. Si tu voyais ce dont il est capable… J'ai quitté la carrière militaire. On est restés en contact. En Amérique, les gens commençaient à s'agiter autour de lui. Quand sa femme est morte, il a pété les plombs. Il soupçonnait tout le monde. Surtout Hollborn et Pope…

Cora a tourné dans une impasse.

– Adrian n'avait confiance en personne, il était déprimé. On conversait sur Facebook. À cette époque, j'étais en Europe, je cherchais du boulot. Il a commencé à me parler de toi. Il m'a payée pour aller à Paris, t'observer, voir ce que tu étais devenue. Pour moi, c'était juste un job. Mais lui, je voyais bien qu'il avait une idée en tête. Ça a duré des mois. Toi et moi on est devenues copines. Et un jour, Adrian m'a appelée. On venait de lui tirer dessus dans un parking de Los Angeles. Il se cachait…

Cora a garé le véhicule.

Le sang suintait à nouveau de sa poitrine.

– J'ai sauté dans un avion. On s'est rencontrés, Adrian et moi, juste à côté de l'aéroport. Il était en sang. Il m'a donné son pouce droit, conservé dans la glace. Il m'a expliqué les grandes lignes de ce que je devais faire. Il m'a dit que cette fois, on visait Chloé, sa fille. Quelqu'un s'attaquait à lui, à cause des brevets, un truc qui valait une fortune, mais qu'il comptait offrir au domaine public. Adrian m'a dit qu'il avait laissé un message pour toi, chez un loueur de voitures, à côté de l'aéroport. Il savait que le FBI mordrait à l'hameçon. Pour le reste, il m'a laissée me débrouiller.

– Mais… alors…

– Eh oui, Marion.

Cora a coupé le moteur.

– Je n'ai pas kidnappé Adrian Fog. Personne ne l'a fait.

Elle s'est tournée vers elle.

– Je travaille pour lui.

59

Aaron Altman fulminait sur le parking.

– Bon Dieu, comment vous avez fait pour les perdre !

Des voitures de police étaient garées partout dans la rue. Il y avait des sirènes, des escouades de flics…

Son téléphone a sonné.

– Quoi encore !

– C'est le QG. On a reçu un email. Il vous est destiné.

– Qu'est-ce que vous voulez que ça me foute ! C'est le chaos total, ici !

– Pareil pour nous. Le colonel Hollborn vient d'appeler. Le Procureur général et M. Figueroa aussi. Chacun a reçu le même email.

– Hein ?

– Un message identique. Pour vous quatre.

– Qu'est-ce que vous racontez ? Il y a quoi, dans cet email ?

On lui a lu.

Altman a blêmi.

*

Le sang de Cora imbibait maintenant la banquette du véhicule. Son visage était blanc. Marion avait envie de crier, de peur autant que de colère.

– Alors Adrian t'a payée ! C'est lui qui t'a dit de faire tout ça !

– Non, a dit Cora, plus faiblement. Il m'a juste donné quelques consignes. J'ai bâti mon plan. Quatre parties : te faire venir, mettre Chloé à l'abri, secouer les adversaires d'Adrian, planter le drapeau. Puis tout s'est enchaîné, je t'ai baladée des uns aux autres.

– Sauf que tu oublies un détail, tu as vraiment failli tuer Chloé ! Tu l'as jetée dans un lac !

– C'est vrai. Quand j'ai mis la main sur ces fameux brevets, j'ai basculé, moi aussi. Tu ne te rends pas compte de la valeur qu'ils représentent. Mais Adrian le savait. Il n'était pas fou au point de me faire totalement confiance. Les brevets sont incomplets, il manque la moitié des pages. Alors je suis revenue au plan initial. C'est pour ça que j'ai accepté cette nouvelle rencontre avec toi. Je t'aurais contactée de toute façon. (Elle a toussé du sang.) Adrian est malin, il s'est toujours arrangé pour que j'aie besoin de toi. Et toi de moi.

Cora a jeté un coup d'œil au trou dans sa poitrine.

– Sauf que cette fois, on dirait que t'as été la meilleure, hein ?

– Où est-il ?

– J'en sais rien. C'est à toi de le découvrir.

– Quoi ?

Cora s'enfonçait de plus en plus profondément dans son siège.

– On y est, Marion… C'est l'ultime étape… La dernière partie du plan : planter le drapeau.

Elle lui a fourré les brevets dans les mains.

– Les brevets sont à toi. Adrian le voulait… Il fallait que tu les récupères, ça a toujours été son but…

Il a insisté, personne, absolument personne ne doit pouvoir le retrouver, sauf toi… Tout son plan repose là-dessus.

Ses doigts ensanglantés ont effleuré l'iPad.

– Je viens d'envoyer un message aux autres. Re… regarde ce qui est écrit.

Marion a lu.

De : Troyen
A : Hollborn / Pope / Altman / Procureur Général
Message :
Bonjour à tous. Marion Marsh et moi-même possédons désormais les brevets. Dommage, aucun de vous n'a compris que nous étions complices, elle et moi, depuis le début. Inutile de nous rechercher. Là où nous sommes, personne ne nous trouvera. Bye, et merci d'avoir joué.
Sgt. C. Chenowitz / Le Troyen

– Mais tu es complètement folle ! Ils vont tous penser que je suis coupable !

– Oui, Marion. Le drapeau, c'est toi. Je l'ai planté, haut et visible, pour que chacun le voie bien.

Cora a agrippé sa main.

– Tu n'as pas le choix… Si tu veux t'en sortir, tu dois retrouver Adrian… Il t'a donné rendez-vous quelque part… À Venice Beach… C'est ici… Il a dit… Il a dit que tu pouvais écouter sa musique favorite… que ça t'aiderait à trouver le lieu…

– Sa musique favorite ?

– Surtout… Personne ne doit te suivre… Personne…

– Cora !

Elle ne l'écoutait plus.

– Ça m'a fait plaisir… d'être ton amie… Salut… ma… belle…

Le sergent Chenowitz a lâché sa main.

Sa poitrine s'est affaissée.

Elle était morte.

60

Debout dans l'impasse déserte, Marion et Chloé contemplaient le cadavre de Cora. L'incroyable quantité de sang à l'intérieur du véhicule provoquait quelque chose d'hypnotique.

– Alors mon père n'a pas été enlevé, a dit Chloé d'une voix blanche.

– Non.

– C'est… c'est pas possible…

Elle s'est tournée vers Marion, les yeux brillants de larmes.

– Je veux dire… c'est mon *père* ! S'il est libre, pourquoi il a fait ça ?

Marion l'a serrée contre elle.

Elle-même ne savait plus quoi penser.

Des sirènes de police résonnaient dans le lointain.

– Il faut y aller. On ne peut pas rester ici. D'après Cora, Adrian m'a donné rendez-vous à Venice Beach. On y est. Elle a parlé d'une musique que ton père écoute tout le temps, c'est censé nous aider à comprendre où il se trouve.

– Je… je n'en peux plus…

La jeune fille était secouée de spasmes.

Marion l'a serrée plus fort dans ses bras.

– Chloé ! Ton père t'aime ! D'accord ?

– O… Oui…

– Il t'aime, et je t'aime aussi ! Il y a une raison à tout ça, c'est forcé !

Elle-même essayait de ne pas craquer.

– On va tenir bon ! Toi et moi, Chloé !

– Toi et moi…

– À deux, on est fortes !

– D'accord.

– Concentre-toi. Est-ce que tu connais cette fameuse musique ?

– Keane. C'est Keane son groupe préféré. Je l'écoute sans arrêt. Le titre, c'est *Somewhere Only We Know*.

– « Un endroit que nous sommes les seuls à connaître » ?

– C'est ça.

Marion l'avait déjà entendue. Une mélodie romantique et triste. Une chanson universelle, qui parlait du temps qui passe et des choses qui nous échappent. Du désir de se reposer quelque part, ne serait-ce qu'un instant. Du rêve de pouvoir repartir à zéro.

Les sirènes de police se rapprochaient.

Marion s'est pris la tête entre les mains.

– Bon sang… Un endroit que nous sommes seuls à connaître… Repartir à zéro… Adrian a dit que je comprendrais…

– Il court sur cette plage.

Marion s'est redressée.

– Quoi ?

– Mon père. Il court sur la plage de Venice. Je te l'ai déjà dit.

– C'est vrai… je m'en souviens.

– Laguna Beach est loin. Parfois, il ne rentrait pas pour dormir.

– Tu veux dire qu'il couchait dans le secteur ?

– Oui.

– Où ? Dans un hôtel ?

– Je ne sais pas. Mais je crois que Maman savait.

Marion s'est concentrée de toutes ses forces.

« Un endroit que nous sommes seuls à connaître. »

Un lieu intime.

En rapport avec Adrian et Marion.

Un message qu'elle était capable de comprendre.

Repartir à zéro.

Zéro.

Dans sa tête, il y a eu un déclic.

– J'ai besoin d'un annuaire, vite !

Elle a saisi l'iPad. S'est connectée à Internet. A sélectionné les pages locales. Venice. Marion a tapé deux mots.

La réponse est tombée.

Elle a regardé Chloé.

– Mon Dieu… Je sais où est ton père…

*

Marion et Chloé couraient dans la rue. Les sirènes résonnaient, de plus en plus proches.

– Vite, sur la plage ! a dit Chloé. On se mêlera aux joggeurs !

Elles ont emprunté une ruelle et rejoint le bord de mer.

Une longue promenade bordée de petits immeubles de un ou deux étages. Du monde, des boutiques, des parents avec des poussettes, des gens à vélo.

Marion a accéléré l'allure, tout en scrutant les numéros des maisons.

Nathan était là, quelque part, tout proche. Il leur avait laissé cette chanson, comme un fil rouge. Il les guidait, leur montrait le chemin. Marion pouvait presque apercevoir son visage…

Elle a redoublé de vitesse. Les numéros se rapprochaient.

Le cœur de Marion battait, battait…

Chloé courait à son côté.

Plus vite.

Encore plus vite.

Un petit immeuble.

C'était là.

Elles sont arrivées devant l'entrée.

– Nathan ! a crié Marion.

– Papa !

L'endroit ressemblait à un ancien magasin de souvenirs touristiques. Tout était fermé. Sur les murs extérieurs, des peintures évoquaient à s'y méprendre la cathédrale Notre-Dame de Paris. Sur une pancarte, on pouvait encore lire le nom de l'échoppe : POINT ZÉRO.

L'endroit où Marion et Nathan s'étaient embrassés pour la première fois à Paris.

Cela ne pouvait pas être un hasard.

– Il faut faire le tour ! a crié Marion. Il doit y avoir une autre entrée.

Elles ont couru à l'arrière. Escaladé un grillage. Sauté dans un terrain vague.

Elles sont arrivées devant une petite porte.

Marion a secoué la poignée. Fermé à clé.

Elle a regardé autour d'elle. Une colonne de parpaings.

Marion s'en est emparée.

– Aide-moi, a-t-elle demandé à Chloé.

Elles ont frappé une fois avec ce bélier improvisé.

Une autre.

Encore une.

La porte a cédé.

61

Marion et Chloé s'attendaient à tout, sauf à ça.

Elles n'étaient pas à l'intérieur d'un magasin d'articles touristiques.

Ni même dans un magasin tout court.

L'immeuble de deux étages ne comportait qu'une pièce, unique et immense. Un grand loft entièrement peint en blanc. Dedans, le silence était total.

On se serait cru dans un mausolée.

– NATHAN ! a crié Marion.

– PAPA !

Leurs cris ont résonné dans l'espace vide.

Aucune réponse.

Elles ont fait quelques pas à l'intérieur.

Un simple lit. Une cuisinière. Une télévision. Des livres.

Le sol était propre, d'un blanc immaculé, à part une fine couche de poussière.

Le magasin d'origine, celui qui annonçait « Point Zéro », avait dû être démoli pour n'en conserver que la façade. Ou bien tout cela n'était qu'un trompe-l'œil.

– Pourquoi ce silence ? a dit Chloé. Mon père devrait être ici, non ?

Marion a observé les livres et les objets, sans répondre.

Quelque chose ne collait pas.

– Il n'y a rien d'utile ici.

– Quoi ? a fait Chloé.

– Regarde, ce sont des livres de décoration. La moitié d'entre eux est en bois. Et la télé n'est pas raccordée à une antenne.

Elle s'est dirigée vers la cuisinière. De loin, la surface ressemblait à une plaque en vitrocéramique, mais de près, ce n'en était pas une. Marion a eu l'impression étrange d'avoir déjà vu ça quelque part.

Elle a tourné les boutons.

Rien.

– La plaque ne marche pas.

– On dirait que tout est factice, a dit Chloé.

Un endroit factice.

Une façade extérieure en trompe-l'œil.

Un leurre.

Marion est brusquement retournée à la cuisinière.

Elle se rappelait où elle avait déjà vu ce genre de plaque : sur la façade d'un coffre, dans le bateau d'Adrian.

Elle a posé ses mains dessus, bien à plat. Au bout d'une vingtaine de secondes, une lumière s'est allumée. Marion a attendu. Un scanner à reconnaissance digitale a balayé ses paumes. Il y a eu un chuintement.

Elle s'est retournée.

Dans le sol, au centre de la pièce, une trappe venait de s'ouvrir.

Une chambre forte.

*

La cave, en dessous, était silencieuse et glaciale, plongée dans une clarté bleue.

Marion et Chloé ont descendu l'escalier en se tenant par la main, le cœur battant.

Des diodes clignotaient sur des armoires informatiques. Des éprouvettes scintillaient dans l'ombre. Des appareils à centrifugation, du matériel de laboratoire. Dans un coin, Marion a reconnu le lit d'hôpital, horrible, sur lequel Nathan était attaché dans la vidéo. Les menottes étaient ouvertes. Aucun corps dessus.

Elle a posé sa main sur un interrupteur. La pièce s'est illuminée, centrant tous les faisceaux de lumière sur un bassin situé au centre.

Il ressemblait à une petite piscine à demi enterrée dans le sol. À peine trois mètres sur trois. Des volutes flottaient à la surface. À l'intérieur se mouvait lentement un liquide translucide et épais, tel un état intermédiaire entre la glace et l'eau.

Surtout, une silhouette immobile était allongée au fond.

Et Marion a su.

Elle a plaqué ses mains sur sa bouche, tandis que Chloé s'effondrait sur elle-même.

Marion a descendu les dernières marches, en larmes, pour faire le tour du bassin.

Dans son cercueil de glace, le corps était pâle, fin comme une statue, aussi paisible qu'un gisant.

Elle a contemplé son amour.

Nathan était aussi beau que dans son souvenir.

Merveilleux. Doux. Allongé.

Il aurait pu être en train de dormir.

Sur les bords du bassin, des panneaux avertissaient de ne surtout pas toucher au liquide de congélation.

Marion a levé les yeux. Sur une table, près d'elle, à côté d'un ordinateur, se trouvait une petite télécommande ornée d'une note.

« APPUIE ICI. »

Elle a cliqué.

Derrière l'ordinateur, un immense écran mural s'est allumé.

Le visage de Nathan est apparu.

« Bonjour, Marion. Je suis heureux que tu m'aies retrouvé. J'espère que Chloé est avec toi. Je vous aime tellement toutes les deux. Vous êtes ce qui m'est arrivé de plus beau dans la vie. Je n'ai pas beaucoup de temps. Alors je vais tâcher de vous expliquer du mieux possible... Les balles que j'ai reçues lorsqu'on a tenté de tuer Chloé ont fait pas mal de dégâts. Je suis un bon chirurgien et j'ai tout ce qu'il faut ici, dans mon laboratoire, pour me maintenir en vie. Mais je ne me fais guère d'illusions... Je n'ai plus beaucoup de temps. Je me plonge régulièrement dans le bassin pour diminuer la douleur et l'hémorragie. Chaque fois, j'intensifie un peu plus le froid qui y règne. Et lorsque le temps sera venu, j'y plongerai définitivement... Ça ne fera pas mal. Ce sera comme lorsque nous étions sous la neige, Marion. Tu te souviens ? Les flocons tombaient et tu ne sentais plus le bout de tes doigts. Ce sera comme un long sommeil paisible dans lequel je voguerai, en rêvant de vous deux pour toujours... »

Dans l'escalier, Chloé pleurait en silence.

« Mais avant cela, je dois terminer ce que j'ai commencé, même si le prix à payer est terrible. Alors cet enregistrement est mon témoignage posthume. Il pourra servir, si nécessaire, devant la justice... Je me souviens d'une citation d'Edmund Burke, elle disait : "Pour que triomphe le Mal, il suffit que les hommes de bien ne fassent rien." Alors, voilà ce que moi, le Dr Adrian Fog, sain de corps et d'esprit, déclare avoir fait. J'ai engagé le sergent Cora Chenowitz pour jouer le rôle du Troyen. Marion Marsh est totalement innocente. Je les ai manipulées, l'une et l'autre. Et je l'ai fait dans un seul but : faire savoir aux personnes concernées que toi, Marion, étais en possession de mes fichus brevets. »

Dans la vidéo, Nathan s'est emparé d'une liasse sur une table.

« Les voici, ces fichus bouts de papier... Ils sont le fruit de mon orgueil. De mon obsession à vouloir être le meilleur. Ils m'ont fait perdre les plus belles années de ma vie. À cause d'eux, je me suis détourné de ma fille. Mon épouse est morte. Et je t'ai perdue toi, Marion. J'ai détruit notre amour. Si tu savais à quel point je les hais. »

Il a posé les feuilles. Ses épaules sont retombées.

« J'ai dissimulé la moitié des brevets dans un coffre sur mon bateau, et conservé l'autre ici. Mes recherches ont abouti, mais elles demeurent incomplètes. Les doigts que je suis capable de faire repousser ne sont pas parfaits. Une fois, une seule, les cellules souches

d'origine embryonnaire ont engendré un résultat inattendu, et de nouvelles empreintes digitales sont apparues. Ce patient, Wojak, est mon unique succès. Il faudra quelques années de plus pour comprendre. Alors j'ai voulu léguer mes découvertes au monde scientifique. Mais les conséquences engendrées par mes actes ont été effroyables. On s'est attaqué à ma famille, à ceux qui m'étaient les plus chers. Il fallait que j'agisse. Je ne pouvais pas laisser triompher le Mal. »

Il a poussé un long soupir.

Puis ses yeux ont fixé l'écran avec douceur.

« Marion. J'espère vraiment que personne ne t'a suivie jusqu'ici. Maintenant que tu as les brevets, commence par refermer la trappe d'accès, il y a un interrupteur pour ça près de toi. Puis écoute bien ce qui va suivre. Repère les choses. Ne commets pas d'erreur. Le moment est venu de sauver des vies. Pas la mienne, il est trop tard. Mais la tienne, et celle de Chloé... »

Elles ont écouté Nathan jusqu'au bout. Longtemps pleuré ensemble. Puis elles se sont préparées.

Lorsque tout a été terminé, Chloé a levé les yeux vers Marion.

– Et maintenant ?

– Maintenant, on attend.

62

Des appels ont retenti d'en haut, à l'extérieur de la chambre forte.

– Marion ! Chloé ! Vous êtes là ?

Les filles se sont regardées.

– C'est Altman ! a-t-il dit. Tout va bien ! Nous avons trouvé le corps du sergent Chenowitz, et aussi son iPad. Marion, nous savons qu'elle a envoyé cet email à tout le monde et que vous n'êtes pas coupable ! Les preuves sont dans l'appareil. Vous avez été manipulée comme nous tous. Le Procureur est au courant. Vous pouvez sortir, il n'y a plus rien à craindre !

Elle a déverrouillé la trappe.

Altman a descendu l'escalier, le front en sueur.

– Dieu soit loué ! Vous êtes saines et sauves !

Il les a prises dans ses bras.

– Bon sang, vous pouvez dire que vous nous avez fichu une sacrée frousse !

Il les a serrées contre lui.

Chloé a fondu en larmes tandis que son stress se relâchait.

Marion conservait les brevets à la main.

– Ne vous inquiétez pas, a dit Altman. Le Troyen est mort et la zone est sécurisée, quadrillée par la police. J'ai fait venir au moins un millier de flics, Pope ne peut pas vous atteindre !

Il a pris son talkie-walkie.

– Central, ici Altman. J'ai retrouvé Marion Marsh et Chloé Fog. Envoyez tout de suite une ambulance.

Il a communiqué l'adresse, puis il a raccroché.

– Les secours seront là dans cinq minutes.

Il a souri.

Chloé continuait d'être secouée par les larmes.

Altman observait le bassin de congélation et le corps d'Adrian.

– C'est incroyable… Alors Fog était retenu prisonnier ici ? Qu'est-ce qui s'est passé ?

– Aaron ?

– Oui ?

Marion se tenait toujours immobile.

– Comment avez-vous trouvé cette maison ?

– Eh bien, nous avons procédé par recoupements. Vous avez disparu dans cette zone.

– Oui, mais comment avez-vous fait pour localiser l'endroit exact ?

Il a hésité.

– Je suppose que quelqu'un vous a vues entrer. Il a dû communiquer votre signalement à la police…

Il s'est tourné vers l'écran mural sur lequel le visage d'Adrian Fog était figé.

– C'est quoi, cette vidéo ?

– Adrian va vous l'expliquer lui-même, a dit Marion. Il a laissé un message. Ça devrait vous intéresser.

Elle a appuyé sur *play*.

« ... et maintenant que tu as les brevets, Marion, tous mes ennemis te recherchent. L'armée, le FBI, le gouvernement, mon propre père... Ils sont si puissants, si avides... Je n'avais pas d'autre choix pour les départager. Cette maison, où tu te trouves, personne n'en connaît l'existence. Ma femme Evee était la seule. Mais le jour où elle est morte, elle en a communiqué l'adresse à quelqu'un. Je le sais, parce que l'endroit a été cambriolé dans l'heure qui a suivi son meurtre. Tout était sens dessus dessous, mais l'assassin n'a pas découvert la chambre forte. Il a dû penser qu'il s'agissait d'une fausse piste, d'un simple lieu où j'aimais me retirer. J'étais fou de douleur. Je voulais tellement découvrir le coupable... Mais je ne pouvais faire appel à personne : Pope connaît des gens partout dans la police, et Hollborn a le bras long. Quant au FBI, tout ce qu'ils veulent, c'est me coincer pour remonter à Pope. Au moindre faux pas, ce meurtrier invisible aurait frappé à nouveau. J'ai commis l'erreur une fois, et Chloé a failli mourir à son tour. Je ne pouvais plus prendre de risque. Alors j'ai imaginé ce stratagème. Et maintenant tu es là, Marion, tel un magnifique drapeau qui claque dans le ciel. Un appel tellement irrésistible que le coupable sera forcé d'y céder. Il va revenir voir si tu te caches ici, et il le fera seul, car il sait que tu possèdes le trésor qu'il convoite depuis toujours. »

Les yeux vert translucide d'Adrian ont semblé emplir la pièce.

« Personne ne t'a suivie, Marion. Personne ne connaît cet endroit. Sauf notre meurtrier, à Evee et moi. En dehors de toi, il est le seul à savoir. »

Marion a coupé l'enregistrement.

Puis s'est tournée vers Altman.

– Vous n'avez reçu aucun appel pour signaler notre présence ici. Vous le saviez. Parce que vous êtes déjà venu. Vous avez tué Evee. Tiré sur Chloé. Et vous êtes responsable du meurtre d'Adrian.

– Quoi ? Vous êtes folle ! Pourquoi aurais-je fait une chose pareille ? Je travaille pour le FBI ! J'ai contribué à créer la plus grande base de données biométriques au monde ! J'ai toujours essayé d'arrêter Pope ! Alors que des gens comme eux, des gens capables de modifier les empreintes digitales, ils font le jeu du terrorisme et…

– VOUS MENTEZ !

Altman s'est arrêté net.

Marion l'a toisé d'un air impitoyable.

– Vous voulez me faire croire que vous agissez au nom de votre pays. Par patriotisme. Mais tout ce qui vous intéresse, c'est l'argent. J'ai effectué des recherches sur Internet. L'armée a retiré son financement de la Fondation Fog et le FBI a monté un dossier contre Adrian. Il n'avait plus aucun crédit. Comment a-t-il fait pour continuer à travailler ? La Fondation comportait des frais. Il fallait payer du personnel. Se procurer du matériel coûteux. Sans le financement de l'armée, comment la Fondation pouvait-elle continuer d'exister ? Il n'y avait pas trente-six solutions : Adrian avait dû faire appel à des investisseurs privés. Et comme elle ne valait plus grand-chose à ce moment-là, la Fondation a été rachetée, pour une bouchée de pain. J'ai obtenu la liste des nouveaux investisseurs. Le plus important d'entre eux, celui qui est majoritaire, est une société anonyme basée à Nassau, aux Bahamas.

Elle a pointé son doigt sur l'agent du FBI.

– Les Bahamas, c'est bien là où vous allez régulièrement faire de la pêche avec votre fils, n'est-ce pas Aaron ? Je serais curieuse de voir ce que donneraient quelques investigations supplémentaires. À mon avis, c'est votre nom qui va apparaître derrière cette société. Le voilà le mobile. L'argent. La repousse des doigts, la régénération cellulaire, et bientôt d'autres organes, un foie, un cœur, pourquoi pas ? Les perspectives étaient si folles, la fortune tellement colossale ! Hollborn vous a servi Adrian Fog sur un plateau. Vous avez découvert la valeur de ses recherches, et vous n'avez pas pu résister. Vous enviiez Adrian, son argent, son talent, son pouvoir. Alors votre opération, sous le couvert du FBI, n'a été montée que dans un seul but : vous emparer de sa Fondation et de ses brevets, en éliminant tout ses ayants droit. Sa femme, sa fille. Et Pope, bien sûr, la cerise sur le gâteau. Et si jamais ça foirait, vous auriez toujours pu vous enfuir avec les brevets à la main, n'importe quel pays vous aurait accueilli.

Les paupières d'Altman papillotaient comme s'il sortait d'un mauvais rêve. Ses poings se sont ouverts et fermés à plusieurs reprises. Puis un sourire sinistre a fendu son visage.

– D'accord, Marsh, d'accord… On dirait que vous êtes une sacrée petite futée… Alors à mon tour d'annoncer une mauvaise nouvelle. Pourquoi croyez-vous que je viens d'appeler une ambulance ?

– Je ne sais pas, a répondu Marion.

Il a braqué son arme.

– Parce que je viens de découvrir vos deux corps. Chloé et vous. Mortellement touchées. Lâchez ces brevets et donnez-les-moi. Tout de suite.

Marion n'a pas cillé.

– Tu as tout, Chloé ?

– Oui, a répondu la jeune fille.

– Alors c'est bon. Envoie le fichier.

Chloé a appuyé sur la télécommande.

Les yeux d'Aaron ont fait l'aller-retour.

– Quoi, qu'est-ce qu'il y a ?

– Caméra informatique, Aaron, a dit Marion. Notre conversation était filmée.

– Et j'ai publié la vidéo sur Facebook, a renchéri Chloé. Un simple clic suffit. (Elle a pointé son doigt sur l'image.) Mon père nous a expliqué comment faire un peu plus loin sur l'enregistrement. C'est comme ça qu'il vous a piégé.

Un rire nerveux s'est échappé de la bouche d'Altman.

– Facebook ? Vous vous fichez de moi ? Je suis le FBI ! Je vais faire effacer ça dans la minute qui vient !

– Ça m'étonnerait. Adrian a rentré une longue liste de contacts. Tous les *amis* qu'il a pu trouver. Journalistes, directeurs de chaînes, rédacteurs en chef de grands quotidiens. J'ai moi-même ajouté Catherine Bormann, ma patronne chez France Télévisions. À la seconde où je vous parle, la vidéo de vos aveux tourne sur la page Facebook personnelle de chacune de ces personnes. Elles sont plusieurs milliers. Partout dans le monde.

Marion l'a fixé droit dans les yeux.

– C'est terminé, Altman. Un jour, vous m'avez dit que vous n'aviez pas d'amis ? Vous allez en avoir des tas !

Elle a jeté les brevets dans le bassin de glace.

Il a hurlé.

– Non !

Il a plongé dans le liquide de congélation. Sa peau est devenue bleue. Il a nagé. Les brevets coulaient, il a tendu ses doigts. Il les touchait presque. À côté de lui, le cadavre d'Adrian semblait sourire.

Altman a nagé de plus en plus lentement.

Un cri muet s'est échappé de sa bouche.

Son corps s'est figé dans le liquide.

Puis Aaron Altman n'a plus bougé du tout.

Épilogue

L'enterrement d'Adrian Fog s'est déroulé dans un cimetière verdoyant sur les hauteurs de Laguna Beach. Dans le ciel immense, le soleil brillait haut. L'air sentait bon. Au loin, sur la mer, des bateaux de pêche ramenaient leurs filets.

Le service funèbre était prévu pour une centaine de personnes, mais il a fallu faire de la place, car plus d'un millier s'étaient présentées. Parmi de nombreuses personnalités, Armando Santos Figueroa et le Procureur général de Los Angeles étaient debout côte à côte. Autour d'eux, d'autres gens riches et célèbres avaient pris soin de s'entourer de gardes du corps. Mais ceux-là n'étaient pas les plus nombreux. Le gros de la foule était constitué de simples anonymes, de pauvres gens venus d'Utah, d'Arizona et de partout ailleurs, qui avaient parfois voyagé ensemble, entassés dans des voitures brinquebalantes, pour venir rendre un dernier hommage au Dr Fog, l'homme qui s'était un jour occupé d'eux.

La cérémonie a été émouvante. À la fin, Marion a proposé à Chloé de venir en France passer quelques jours avec elle.

La jeune fille a accepté.

Le père de Marion les attendait à la descente de l'avion. Il était sorti de l'hôpital avec le sourire. Apparemment, son traitement se présentait bien. Les jours suivants, il a posé mille questions à Chloé tandis que Marion s'appliquait à répondre aux nombreuses sollicitations que l'Affaire Altman suscitait depuis son incroyable dénouement sur Facebook. Les brevets qu'elle avait jetés dans la cuve étaient des faux. Elle avait confié le véritable dossier au Département américain de la Santé publique, laissant aux experts le soin de déterminer comment les exploiter au mieux.

Catherine Bormann l'a rappelée au téléphone. Elle souhaitait discuter d'un nouveau contrat avec elle.

– Je ne vous demande pas une réponse immédiate, Marion. Je sais que vous avez besoin de vous reposer. Mais bon, vous savez ce qu'on dit, il faut battre le fer…

– Oui, madame Bormann…

– Je vous en prie, appelez-moi Catherine ! Au fait, savez-vous que la mort de cet Aaron Altman soulève des tas de questions ? Il semble qu'il a été mêlé à une autre affaire, il y a quelques années, classifiée par le FBI sous le nom de code *Monster*. L'histoire d'un médecin de Floride dont la femme et le fils ont disparu. La chaîne voudrait un reportage. Je veux que ce soit vous, avec votre équipe. Promettez-moi d'y réfléchir !

Marion a répondu qu'elle y songerait.

Plus tard, lorsqu'elle s'en est sentie capable, elle a proposé à Chloé de visiter Notre-Dame et l'Hôtel-Dieu.

La jeune fille a battu des mains et a bondi sur son appareil photo.

La jeunesse est une force invincible.

Elles ont pris le métro et sont descendues à la station Cité. Elles ont acheté un bouquet au marché aux fleurs, puis se sont promenées sur le parvis. La foule était dense, comme d'habitude.

Marion a laissé Chloé partir devant. Apparemment, cette dernière avait la ferme intention de photographier chaque centimètre carré de la capitale.

Marion s'est installée sur un banc et elle a sorti une lettre de sa poche.

Elle l'avait trouvée dans une enveloppe à son nom, posée sur la table, juste à côté du corps glacé d'Adrian Fog.

Les derniers mots écrits par son amant, uniquement pour elle.

Elle les avait lus à de nombreuses reprises. Elle connaissait les phrases par cœur. Mais elle avait envie de le faire encore une fois, dans cet endroit précis.

Elle a déplié la lettre.

Bonjour, Marion

Après tout ce que tu as vécu, tu dois m'en vouloir. Et tu as raison. Je ne cherche pas à être pardonné. Je suis impardonnable. Mais avant de mourir, je dois te révéler une dernière chose. Une chose stupéfiante et qui va te faire du mal.

Ce jour-là, il y a quinze ans, lorsque je t'ai opérée, j'ai pioché dans ton être. Ta propre chair. J'ai ponctionné quelques-unes de tes cellules ovariennes pour poursuivre mes recherches. Un acte fou et égoïste. Rien ne pourra jamais effacer ça. Mais je ne m'en suis pas servi. J'ai ramené les cellules congelées avec moi, en Amérique, anéanti par les conséquences de mon geste. Mon père m'a présenté Evangelina. Je ne parvenais pas à t'oublier. Alors il m'est venu une idée folle, et j'ai fait un pacte avec Evee. J'avais l'argent, la science et les relations nécessaires. Avec mes propres cellules, et les tiennes, j'ai fait concevoir un embryon. J'ai demandé à Evee d'être la mère porteuse. Elle a accepté.

Marion.

Toi et moi, nous avons une fille.

Elle s'appelle Chloé.

Je te l'ai volée, cette fameuse nuit, comme je t'ai volé tant d'autres choses. Aujourd'hui, Chloé a treize ans. Elle est merveilleuse. Elle ne sait rien pour nous deux. Elle a l'existence devant elle.

Alors, à toi de choisir ce que deviendra la suite.

J'ai gaspillé mon temps si souvent. Le temps est le bien le plus précieux. Mais au lieu de le passer avec les êtres qu'on aime, on le perd à poursuivre des buts absurdes. Et au bout du compte, il ne reste rien. On se retrouve à dépendre d'une perfusion, grappillant quelques heures pour écrire une lettre.

Mes ennemis étaient si nombreux. Toi, si fragile. Moi, tellement démuni. Je n'avais pas le choix, j'ai dû créer Le Troyen. Il a été ton adversaire et ton allié. J'espère que vous avez trouvé l'assassin. Protégé Chloé. Et qu'au bout du compte, ta fille et toi, vous êtes enfin réunies.

Je suppose qu'en lisant ces mots tu me prendras pour un fou. Et tu auras raison. Tout ce que j'ai fait dans ma vie n'était que du vent. Les chemins que j'ai empruntés me semblaient glorieux, mais ils ne profi-

taient qu'à moi-même. Je me suis constamment trompé. J'ai été aveugle. Je me suis acharné à détruire mon bonheur.

Alors, j'espère que tu conserveras aussi dans ton cœur le souvenir du jeune homme, idéaliste et rêveur, qui t'a un jour offert une étoile. Ce jeune homme est toujours là. En moi.

Voilà, Marion. Ceci était ma dernière opération chirurgicale. La plus difficile entre toutes : j'ai tenté de réparer ta vie. Cette vie que nous aurions dû avoir ensemble.

Je te demande pardon. Je t'aimerai toujours.

Nathan

Marion a remis la lettre dans sa poche.

À quelques mètres de là, sur le parvis de Notre-Dame, Chloé s'est arrêtée sur un cercle de bronze scellé dans le sol. Elle a levé les yeux en direction de Marion et lui a fait un signe de la main. Marion lui a souri, tandis que sa fille mitraillait quelques clichés de plus.

Le Point Zéro.

Là où tout commence.

Chloé ne pouvait pas les voir, mais deux spectres pâles se tenaient à ses côtés.

Il y avait un jeune homme, beau comme un dieu, et une demoiselle blottie dans ses bras.

Ils s'aimaient.

Ils pensaient que ce serait pour toujours.

– Troisième souhait ! a dit le spectre du garçon.

Il a mis un genou à terre, un peu maladroitement.

Il avait l'air si jeune…

– Tu voulais vivre un moment unique, a dit Nathan. Quelque chose de spécial. Un miracle. Mais je ne peux pas faire ça tout seul. Alors considère ceci comme ma demande officielle…

Il a tendu une rose au fantôme de la jeune étudiante en médecine.

Le cœur de Marion battait à tout rompre.

– Je veux que nous passions le reste de notre vie ensemble. Je ne veux jamais te quitter. Je veux que nous ayons un enfant. Un miracle tellement merveilleux que nous en aurons le souffle coupé. Toi et moi, unis pour toujours. Un bébé rien qu'à nous.

Le spectre a pris une inspiration, tandis que Marion essuyait les larmes qui noyaient ses yeux.

– Troisième souhait : Marion Marsh, veux-tu m'épouser ?

REMERCIEMENTS

Aux États-Unis, je tiens à remercier mes amis Rich et Kathy Tusa qui, une fois de plus, m'ont raconté des anecdotes formidables et fait découvrir Laguna Beach. Tous mes remerciements aussi à la municipalité de Laguna, au FBI de Los Angeles et aux services de police de Naples pour leur accueil chaleureux et les infos, livre après livre.

En France, je remercie mes amis le Dr Abadie, le Dr Chetboun et le Dr Mamane, chirurgiens spécialistes de la main dont je partage le quotidien. Merci également au Dr Myriam Dauby (un roc dans la tempête) et à toute la bande de la clinique Conti : plusieurs d'entre vous sont dans le livre, je vous avais prévenus… Merci enfin à l'incroyable Mr Flash, mon frère dans la vraie vie.

Je remercie également Françoise Chaffanel, Richard Ducousset, Francis Esménard et toute l'équipe d'Albin Michel, ma « famille de cœur », pour le renouvellement du miracle, année après année.

Pardon à Mikado et Brownie d'avoir emprunté vos surnoms géniaux pour en faire des personnages de roman. J'ai pris aussi quelques libertés avec l'Hôtel-Dieu, notamment au sujet des règles de la salle de garde (en réalité, les externes ne sont pas taxables, c'est l'interne qui l'est). Pour les références sur l'immigration clandestine aux États-Unis, je me suis servi entre autres d'un excellent article du journaliste François Hauter intitulé « USA : le drame quotidien de l'immigration clandestine », consultable sur le Net.

Un immense merci, enfin, à mes parents, ma famille et mes proches qui me soutiennent depuis toujours, ainsi qu'à mes gentlemen de la Ligue de l'Imaginaire : Maxime Chattam, Olivier Descosse, Eric Giacommetti, Henri Loevenbruck, Jacques Ravenne, Laurent Scalese, Franck Thilliez, Bernard Werber, Erik Wietzel, ainsi qu'à Guillaume « maître zen » Musso. Le cœur des hommes, les gars. Le cœur des hommes.

Laetitia, Margaux, Joffrey : je vous aime, votre âme est présente à chaque ligne.

Quant à Nico, Elo, Haoua, Maëlle, Fredo et tous les autres, j'ai écrit cette histoire pour vous. Mes lecteurs, mes complices, merci de m'avoir fait une place dans votre bibliothèque et, parfois, dans votre vie. À bientôt entre deux pages… et sur Facebook, bien sûr.

Voulez-vous être mon ami ?

SITES WEB
www.patrickbauwen.com
www.la-ldi.com

Du même auteur
aux Éditions Albin Michel :

L'ŒIL DE CAINE, 2007, prix des Lecteurs du Livre de Poche 2008.

MONSTER, 2009, prix des Maisons de la Presse 2009.

Composition réalisée par NORD COMPO

Achevé d'imprimer en janvier 2012 en France par
CPI BRODARD ET TAUPIN
La Flèche (Sarthe)
N° d'impression : 66112
Dépôt légal 1re publication : février 2012
LIBRAIRIE GÉNÉRALE FRANÇAISE
31, rue de Fleurus – 75278 Paris Cedex 06

31/6262/5